U0462192

世界科幻大师丛书232

废园天使Ⅱ

RAGGED GIRL

瘢襞少女

[日] 飞浩隆

著

丁丁虫

译

四川科学技术出版社

图书在版编目(CIP)数据

废园天使. Ⅱ, 瘢襞少女 / (日) 飞浩隆著 ; 丁丁虫译. -- 成都 : 四川科学技术出版社, 2024. 12.
(世界科幻大师丛书). -- ISBN 978-7-5727-1648-5

Ⅰ. I313.45

中国国家版本馆CIP数据核字第202459BV24号

图进字: 21-2021-343

世界科幻大师丛书

废园天使 Ⅱ 瘢襞少女

SHIJIE KEHUAN DASHI CONGSHU
FEIYUAN TIANSHI Ⅱ BANBI SHAONÜ

著 者 [日]飞浩隆
译 者 丁丁虫

出品人 程佳月
责任编辑 兰 银
特邀编辑 李闻怡
封面绘画 安 佚
封面设计 李 鑫
版面设计 李 鑫
内文制作 刘 勇
责任出版 欧晓春
出 版 四川科学技术出版社
成都市锦江区三色路238号 邮政编码: 610023
官方微博: http://weibo.com/sckjcbs
官方微信公众号: sckjcbs
传真: 028-86361756
成品尺寸 140mm × 203mm 印 张 12
字 数 245千 插 页 2
印 刷 成都日报锦观印务科技有限公司
版 次 2024年12月第1版
印 次 2025年1月第1次印刷
定 价 55.00元

ISBN 978-7-5727-1648-5

邮购: 成都市锦江区三色路238号新华之星A座25楼 邮政编码: 610023
电话: 028-86361770

RAGGED GIRL

目 录

夏日的玻璃体

首发于《科幻杂志》2002年10月刊

01

茱莉·蒲兰顿喜欢炎热的天气。

她走在烈日下，没有戴帽子。走着走着，头顶上隐约升起朦胧的烟雾。她就喜欢这么热。也许是总这么晒太阳的缘故，头发都褪成了铂金色。以前……对，金盏花还在的时候，她还是蜂蜜色的深色金发。

茱莉·蒲兰顿喜欢炎热的夏天。她很喜欢这个“区界”，因为这里只有夏天。夏天已经持续了很久很久，还将永远永远持续下去。没有尽头，没有折损。

踩实的红土路，下坡。茱莉·蒲兰顿不慌不忙地走着。十六岁的纤美身形，后背到脖颈的线条很柔和，看上去个子很高。慧黠的嘴角，还有如同深绿橄榄般的眼眸，里面总是呈现出茱莉毫无防备的情感。抬起视线，可以看到在绿色的果树园和小丘的后面，有红色房顶鳞次栉比的狭小港镇。深邃清澈的蓝色大海上直耸着巨大的积雨云，那洁白的光辉让大海和天空的蓝显得发黑。

白色凉鞋，无袖连衣裙，原色麻布。凉爽的海风轻抚着茱莉的颈项。她的头发刚刚自己动手剪短了——为什么头发会变长呢？茱莉想。这样的细节有必要吗？在这个“夏之区界”，我已经长了三百年头发，也剪了三百年头发……

茱莉来到焦耳·塔比家门前。那是一幢背靠树林的房子，小小的，如同玩具般精致。(没错，夏之区界的建筑，都是古老而美丽的，宛如南欧田园的景象。)不过今天还是别和那个自命不凡的“表弟”打招呼了——他母亲不喜欢我，毕竟我的品行很差呀。

茱莉轻哼歌曲，抖动手腕，发出咔啦、咔啦的响声。那是白色贝壳串成的手链发出的枯涩声音。

咔啦、咔啦。

这是什么歌来着？对了，是我写给金盏花的歌……可爱、帅气的小兔金盏花，已经死了三百多年了。不过我绝不会忘记它。

茱莉唱起了自己写的歌词。

我的耳朵会听你的秘密

我的鼻子会闻你的温暖

我的眼睛会爱你的毛发

这首歌有两段。歌词完全一样，但是第二段是用金盏花的视角来唱。这是两段的不同之处。

慢慢地，手链中的“手风琴”开始在茉莉的手腕上鸣响。那是混在贝壳串中的唯一一颗透明的矿物。它的音色宛如手风琴与簧风琴，有时也会化为木笛和管风琴，和着茉莉的哼唱，用愉快的三拍伴奏。

我的舌头……嗯，会舔你

舔去你的眼泪

我的前爪……嗯，会轻拍

轻拍你的心跳

“手风琴”是茉莉最近好不容易才找到的玻璃体，是她自己找到的。一颗小小的玻璃球，比树莓还小。这颗视体（大家都这么称呼玻璃体）特别喜欢音乐。它会把看到的、听到的所有东西都变成音乐，振动周围的空气。那音乐声改变了茉莉的哼唱。它不仅仅是单纯的伴奏，还会捕捉茉莉的声音，分析歌曲的结构，揭示歌声中包含的记忆与情感，编制出若干繁复的对比旋律[1]。多亏了如同吊床般舒适的背景音乐，茉莉才能享受自己关于金盏花的回忆。

草帽里面味道很好

有你的气味，也有我的气味

---

① 两段或两段以上同时进行、相关但又有区别的声部构成复调，这些声部各自独立，但又和谐地统一为一个整体，彼此形成和声关系。不同旋律的同时结合叫作对比复调，同一旋律隔开一定时间的先后模仿称为模仿复调。

笼罩着这气味，睡午觉吧

呼吸着这气味，睡午觉吧

等到唱完第一段和第二段，“手风琴”又弹奏起长长的尾奏。它感知到茱莉的情绪，继续演奏下去。直到旋律与和声逐渐失去力量，才自然而安静地停止。

“谢谢。”

茱莉微笑着吻了“手风琴”一下。如草叶一般明亮的绿色。茱莉非常喜欢“手风琴”。

“你真可爱呀。”

她把“手风琴”举起来，对着天空窥看。

“手风琴”开始努力把光的碎片化作音乐。

这实在太难了。“手风琴”的声音不合适。需要更高的音调、更快的上升和衰减的速度、更加金属的音色。“手风琴”奋力搏斗，但忽而滑过了飞快的旋律，忽而奏破了高亢的音符。茱莉一边听一边咯咯地笑，等到“手风琴”彻底失控，发出蠢蠢的“噗噗”声时，她终于捧腹大笑起来：“啊哈哈，啊哈哈，抱歉抱歉，啊哈哈，笑死我了。”

手链里的“手风琴”似乎有点沮丧，不过好像也没怎么生气。这颗玻璃体也很喜欢它的主人。

穿过果树园，翻过小山丘，只用了十分钟。道路变成了更宽阔的石板路。已经到街市了。这是真正的古典小镇，由木头、石头、灰泥，还有玻璃和瓦片构成。几乎没有超过四层的建筑。街道的宽度与房屋的宽度都适应着人的身体。这样的外观恰恰体现了区界的设计理念——在古典而不便的小镇度夏。

茱莉·蒲兰顿穿过喧闹的广场，钻进小巷，来到熟识的自行车店。店主正在入口旁修理一个爆掉的车胎。

“大叔，今天我也来借车啦。”

“好呀。”

“谢谢。”

茱莉像往常一样吻上那个上年纪的自行车店老板。舌吻。

放开嘴唇，茱莉把额头贴上自行车店老板的额头。

“大叔，今天怎么样啊？”

“今天很好哦，没有问题。”

“真的吗？”

茱莉想通过与自行车店老板额头相贴，来探寻他人格边界中的景象。

自行车店老板微微一笑。

“拆解、组装、上油、打磨。”

“你是说自行车，还是说自己？”

“能大修[①]我的只有你，茱莉，只有你哦。”他笑着说。

自行车店老板轻轻松开茱莉圈着自己身体的手臂，在店里的固定位置坐下，打开报纸，圆圆的手挥了挥：“去吧。”

茱莉走出昏暗的店铺。夏天的阳光刺痛了眼睛。自行车的镀铬层闪闪发光。踩上脚踏，人力平稳地化作推力。风吹

① Overhaul，即上文说的拆解、组装、上油、打磨等一系列步骤。

得脸颊发凉。是的，区界里的一切事物与现象都合乎逻辑，就像是……

茱莉转动车把，避开躺在路边的狗。自行车保养得很好，活动部位运转顺畅，连结部位结合紧致，非常可靠的感觉。大修……今天的大叔真的没问题吗？茱莉总有点儿担心。

茱莉知道访客对自行车店老板和他家人所做的那些残酷行径。不管茱莉怎么努力，大叔内心的创伤都绝不可能痊愈。只能暂时缓解疼痛罢了。

市场里有许多摊位。顶棚色彩鲜艳。顾客熙熙攘攘。

但是，这里一个人都没有。

没有人。

空荡荡的街道。

空荡荡的区界。

空荡荡的夏天。

这个夏天就是一片废墟。

三百年来，没有一个访客的虚拟度假区——夏之区界。

维护良好的废墟。

花坛与草坪得到精心打理的废园。

只有员工与演员的主题公园。

挤满广场的都是无处可去的 AI。

茱莉踩着自行车，夏天的烈阳倾泻下来，刹那间她只觉得自己成了镀铬的光芒。

如果真能变成光就好了。

02

这个区界有两个核心区域。两处街市各自围绕着东西两边的入海口建成，又被逼近大海的断崖地带分隔开来。连接街市的是狭如栈桥的小路，架设在断崖侧腹上。

茱莉·蒲兰顿的自行车穿过广场，沿着海边飞驰，很快便出了街市中心。道路逐渐变窄，房子也变得稀稀拉拉，田畦与空地越来越多。在街市尽头，道路宛如蛇行攀上断崖，那儿不远处，有一个箱子般的巨大建筑。那是勒内的工厂。茱莉骑车绕到工厂后面，停在邮筒旁边的一棵大向日葵前。工厂周围有几艘渔船，载在卸货的台架上。茱莉从前车篮里抱出大大的褐色纸袋，用屁股顶开弹簧门，转身走进工厂。

新鲜的木材气息与海风交织在一起。啊，真好闻。这味道总是让茱莉很开心。

门边有一张老旧的长桌，上面乱七八糟地放着水壶、珐琅剥落的杯子、空瓶子、凤尾鱼罐头、葡萄酒瓶，等等。茱莉用屁股把它们灵巧地顶到一边，腾出地方放纸袋。

“啊，哎呀哎呀。”

她张开纤细的手臂，享受地深呼吸这里的气息。

木料的气息，涂料的气息。

还有这座与爷爷同岁的工厂本身令人怀念的气息。

工厂呈长方形。茱莉站在短边上，长边一览无遗。对面墙壁上的窗户几乎都敞开着，迎进海风与午前的阳光。工厂里有两艘船，都是私人的破旧小船。茱莉没见过这里造新船。当年自己送下水的可爱女孩们——现在勒内的主要工作是修理她们。

背朝大海的逆光小船。古老的，如同仓库般静谧的工厂。每个人都会在夏季的假日中找到这样属于自己的地方吧。

“我买了东西。”

“哦哦，真是不好意思。”

声音从船的另一侧传来。木架的缝隙间不时闪现的身影，穿着和昨天一样的背心和短裤。哎，果然和想的一样，茱莉叹了一口气。勒内正在汗流浃背地刨木头，虽然应了一声，却没看茱莉一眼。宛如大力水手五十岁时候的脸庞，正全神贯注地盯着自己手上的动作。大滴大滴的汗水从下巴上滴下来。茱莉用水壶给大杯子倒上满满的水。拧开工厂后面的水龙头，矿泉水就会喷涌出来。倒好水摆在旁边，工作之余喝上一杯，就是这个区界最好的船匠——勒内的风格。

茱莉踢开脚边的刨花，拿着两个杯子往前走。刨花里爬出几只拳头大小的蜘蛛，四处乱跑。茱莉当然不会吃惊。

“哎哟，终于要找蜘蛛帮忙了吗？”

“发什么傻，谁会找蜘蛛帮忙。它们是来参观的。”

“哦？真的呀。那今天也是你一个人咯？”茱莉若无其事地问。

“是啊。”

茱莉有点沮丧:“没有访客啊。”

茱莉把杯子递给勒内,正准备喝另一个杯子里的水,忽然感到自己背后有人,就靠在修理中的船身上。她吓了一跳。

“哇？”

那是个男人,二十多岁,黑发披肩,个头很高。茱莉感到心跳漏了一拍。站在那里的也许就是自己期待的那个人。

“听你‘哇’一声真是太好了。”勒内笑道。

“勒内爷爷,你要真是我的爷爷,我可能真要揍你哦。”

“我可没骗你。你和他都不算访客。”

“哎哎,那是自家人？”

不知怎的,茱莉觉得她只能和勒内说说话,但说到这里也开始心不在焉,而那人只是抱着胳膊站着。

“欸……唔,喝水吗？”茱莉递出杯子,那人也只是微微摇了摇头,“哦,好吧,那,我就喝了。”

虽然水温不冷,但出了一身汗的时候喝还是很美味。微微的海水气息,矿物质含量丰富。有时候茱莉甚至会对自己能分辨如此细微的味道感到惊讶。给 AI 赋予如此丰富的感受,给世界赋予如此真实的细节,人类却离开了。这三百年来,没有一个人访问这个区界。

“大断绝”。

“那个……”茱莉喝完水，心跳平稳了一些，再次（下定决心）和那人打招呼，“你说点儿什么好不好？我有点儿不好意思。”

“唔……没什么……要说的。”

勒内爷爷保持着弯腰背对他们的姿势，咏咏地笑了起来。

茱莉绷起脸：“啊，哦，是吗，嗯。”

“我说你们啊，帮个忙好不好？”看不下去的勒内出手帮忙，“把寄放在外面的船收拾干净。喏，那边架子上有工具。茱莉，反正你就是冲着那个去的吧。给我都是浪费。找到多少都是你的。”

“你觉得呢？”茱莉小心翼翼地看了看那人的表情——对方叹了一口气，“感觉无可无不可的样子……”

那人的后背终于离开了船身：“哦……好的，走吧。”

“说起来也挺稀奇的……”勒内插嘴道，“何塞这么沉默也是少见。”

茱莉走出工厂。何塞·范·多梅尔推着装了工具的推车跟在后面。茱莉抱着垫脚台。

“我说何塞，你也在这儿找视体？”她眼睛望着前方问。

“不，不是。”

“哦，大家不是都在到处找吗？”

“是吧。”

“那你来这儿干什么？”

“因为勒内爷爷的手艺好。”

“你要拜师？”

“不是，”声音里似乎带着微笑，“只是看看。”

“为什么？”

“好玩。”

“……奇怪的家伙。”

其实茱莉很高兴。因为自己也一样。

两个人在一艘卸了货的船边停下。

“啊，这个呀。”

固定在台架上的船，船底密密麻麻粘满了牡蛎壳和海藻。

“好像挺难处理。”

“能帮我拿下那个吗？”

何塞站在垫脚台上，接过茱莉递来的工具。结实的凿子，顶端像铲子一样宽。何塞将凿子贴紧贝壳，用劲将贝壳剥下。长而柔韧的双臂上隆起紧绷的肌肉。胸膛也很厚实。从这么近的距离看，可以看到他的鼻子很挺，两颊瘦削。茱莉一边收集掉落的贝壳，一边时不时地偷偷观察何塞。

这个人……很有意思。

茱莉在下面絮絮叨叨朝他说了不少话，但何塞还是很沉默。到后来茱莉实在累了，终于决定先停一会儿。

何塞刮了一阵，换了一个更薄的、不带刃的刮刀，开始仔细清理剩下的附着物。

茱莉把收集到一起的碎片移到手推车上，两眼放光。

“找宝贝吗？”

“……嗯，不过我说何塞啊，这是你动手以来终于说的第二句话哎。”

“能找到吗？”

“第三句。是哎，找不到呢，没那么容易找到吧。”

茱莉在找玻璃体。“手风琴”就是这么找到的。

……最早发现视体（那时候还没有“玻璃体”这个词）是在大断绝的几个月之后。没错，视体在大断绝之后才出现在这个区界。

发现者是个四岁的孩子。据说视体在院子的鸡窝里放着，就像个鸡蛋。男孩子看到一个鹌鹑蛋大小的乳白色球体，随意往里面看了看……便看到了美丽的石头纹理，如万花筒一样不停变幻，随后慢慢成形，绘出人的脸。

男孩吓了一跳，赶紧挪开眼睛。球体笼罩在涌动的珍珠色微光中，不久又从顶部迸出细细的光芒。光芒迅速变干，化作蛛丝般的实体，开始在半空中描绘起某种图案。少年意识到自己触发了什么东西，而且还停止不了，吓得哭了起来。

“妈妈！妈妈！”

听到男孩的哭声，他的爸爸妈妈从家里跑出来，一下子呆住了。在他们看来，那景象像是珍珠色的怪物正在袭击自己的孩子。那怪物头部大得异常，还有鞭子一样的四肢。男孩昏了过去，视体从手里掉落，射出的光芒消失了。妈妈抱起男孩，爸爸要用棍子去打那个怪物。

“爸爸，住手，不要！”醒过来的男孩大叫。

“别弄坏了。那是他画的。”

仔细一看，妈妈挂着泪在笑。

那是男孩前一天画的画。因为画在墙纸上，被妈妈骂了一顿，擦掉了。男孩为此还大哭了一场。

那是妈妈的肖像画。是男孩为了让妈妈开心，努力画出来的。

现在，那颗视体被刻上“蛋白石之丝”的铭文，和怪物一起陈列在镇公所的玻璃盒里。

视体，等同于魔法石。

区界的事物、现象，如同现实——也就是访客们所属的真正世界——一样相互影响。规则，唯一的规则，就是与现实相同。所以在这个区界里，无法使用超越现实世界的神奇力量。

唯有视体是唯一的例外。

视体能以所有事物都无法实现的方式干涉区界的事物和现象，而且那超越性的力量能与AI——尽管尚不清楚是以怎样的形式——相联系。正如男孩描绘妈妈的肖像一样，AI的思绪与体质能够影响视体的能力……也就是能够操控视体。

这给AI带来了新鲜的感动。不过那时候人们认为视体是特殊的、独一无二的东西。直到一百多年后，人们才改变了这一想法，感动变成希望。

茱莉一边收拾堆积如山的贝壳，一边专心寻找视体。很难找到大家伙。鹌鹑蛋那种大小的就算特级品了，就连“手风琴”

也比那要小上两圈。茱莉现在考虑的是从小培养视体。这是个新主意。

“你也找找吧,”茱莉劝何塞,“我分你一些。”

“嗯,”何塞走下垫脚台,蹲在地上,但他没有找,而是看着茱莉的动作,“奇怪。”

“什么?”

因为何塞来到了身边,茱莉有点儿心神不宁。

“平时我挺健谈的,但不太能和你说话,”刚才勒内也这么说,“不用说太多也蛮好的……挺开心的。”

“欸……这是在和我调情吗?”手上不能停,但是茱莉脸已经通红了。

“啊不……只是觉得很神奇。我对你,还有对别人,嗯,别误解……还是很有兴趣的。”

何塞说话特别慢,就像是要给茱莉留下思考的时间一样。

“这个呀,我也是啊。”

“嗯,肯定是吧。”

“何塞很有名啊。在安努的朋友中,最聪明、最强大的,就是何塞吧?”

在渔民中,安努的朋友实力和人望都很高。而每个人都承认,这样的评价有一半都来自团队的核心何塞。

“可是我完全不了解何塞。大断绝之前和之后都是。虽然知道这个名字,但是完全没见过面,也从没想过要见面。”

“嗯……”

“不过，最近有点儿不一样了。”

“嗯……”

茱莉把手上的牡蛎壳扔掉，转到何塞的正对面，盯着他的眼睛：“嗨，你看这个。”

她吐出舌头。

舌尖上有个小小的舌钉在发光。

“视体舌钉？”

“只要接吻，就能穿透人格边界。我能看看你的吗？”

何塞摇了摇头：“还是算了。”

“为什么？”

“不能说。”

“胆小鬼？”茱莉只用眼神就能表达笑意。

“很危险，大概。”

“哎，怎么危险？”

“我，你，都会坏掉。”

“我说何塞，”茱莉想了想，问，“刚才那句‘很危险’的主语，是谁？”

“……”

“是‘坏掉’很危险？”

“……”

“在夏之区界，这不是危险——是拯救吧？”

茱莉用小猫一样的动作，堵住了何塞的嘴唇。

03

女人在笑。

她的嘴在笑。

没有声音，没有呼吸，如同画像般的笑，浮现在那张脸上。

身材高大——大约比茱莉年长十岁、个子极高的女人，身穿白色大衣，垂直站立在绿草丛中。

她披着夏日清晨如同蕾丝般的冷冷轻雾，黑发上到处都是闪烁的细细水珠，宛如寄宿在蜘蛛丝上的水滴。

女人的嘴在笑。

美丽的牙齿宛如排列整齐的小棋子。

那些牙齿一颗颗都是银色的。

而且都很尖。

知性的美貌。温柔的眼神。奶白色的肌肤。柔弱无骨的手。

这一切都被金属的笑容打碎。笑容像是从别的照片上拼贴过来的，有种打破感观平衡的危险。虽然想着不能看，眼睛却无法从那犀利的笑容上移开。仿佛仅仅看一眼，自己就会被破坏——好像有人说过这很危险？

白色大衣的袖子染得通红。

依然温热的血。

有人倒在女人的脚边。绿草如茵，蓝色的小花如同宝石般点缀其间。草丛上有个倒下的身影。

茱莉想走过去，但是双腿有点儿颤抖。好像有人说过这很危险？

她从未在哪个 AI 中看到过这样的景象。

茱莉忽然感到有人往后拽她的衣领，不禁轻轻地叫了一声。

回过神来，茱莉发现自己身在工厂外面，何塞就在眼前。抓住衣领的也是何塞的手。嘴唇已经分开了。

“还是算了。真的很危险。”

何塞站起身来。

茱莉也悄然跟在后面。

那到底是什么？

现实世界里，不知道人类个体的范围是如何定义的。区界的 AI 是数百个模块的复杂联合体，在引用各种库的同时，又在实时改变其构成，所以和自然的生物不同，AI 必须实时创造自身的边界。AI 的外观——人的“姿态”，定义了其范围。它是包装模块群的外缘程序的隐喻。

茱莉拥有解开它的力量。

视体舌钉只是媒介。力量属于茱莉自己。

进入 AI 的人格，找到其中的伤口。这就是茱莉的（秘密）职责。

虽然被人说成是放荡、随便、不检点的女孩，但整个夏天她一直在这么做。

大断绝之前的五十年。

以及之后的三百年。

不断修复遭破坏的AI。

然而这样的情况还是第一次。

强大的图景突然侵犯了她——她感觉自己很久以前就是那幅景象中的居民。超乎寻常的渗透力与同化作用。如果不是何塞预先给予自己“危险”这个词，自己可能会被抹除。这样的经历还是第一次。

“那是——谁？”茱莉忍不住问出口，同时身体不禁一缩。那应该是不能问的。

但是何塞转过头：“谁——你说的是谁？”

“……”

何塞看不到刚才的景象。茱莉不敢再追问下去。危险肯定比何塞自己以为的更甚。

何塞转回去，目视前方继续说道：“你，很喜欢视体？”

“很喜欢啊。”

“能使用视体吗？”

“……在学习。”茱莉挺起胸膛回答。

“那给你看看吧，我收集的视体。”

茱莉倒吸了一口气：“你、收、集、的？”

“嗯，虽然不是很多……我想看看能不能培养视体，所以试着养了一点儿。”

“养……”

茱莉差点儿晕倒。

视体非常稀有。第一次听说有人拥有超过两颗视体。他到底是怎么得到的？更令茱莉震惊的是，除了自己，也有人想到了培养视体，而且还抢先了。

“不过，总是用不好。我大概没有使用视体的才能，”何塞一边埋头往前走一边说，“你要是有喜欢的，可以拿走。”

“啊……哈。”

这时候应该给个机灵的回答吧。茱莉不禁诅咒自己只能发出如同打哈欠的傻傻声音。

这个区界发现的第二颗视体，是在陈旧的衣橱里。

东边的入海口，植物园尽头的小路上，有一幢设计风格和周边截然不同的房子，那里面住着三个老妇人，她们是三胞胎。由于个子很矮，体形又是圆圆的，三个人站在一起就像是摆了一排果酱瓶。

其中的一个，某一天从抽屉里取出珍珠项链准备晾晒的时候，忽然发现其中一颗珠子变成了令人目眩的蓝色，质感也不再是珍珠的圆润，而是变成了坚硬的矿物质，散发着光泽，甚至还做了明显的人工切割。老妇人（三胞胎中的长女安娜）发挥出一贯的细致作风，数了数珍珠的数量——多了一颗。

距离第一颗玻璃体的发现，实际上已经过去了一百多年，但安娜马上就意识到这与“蛋白石之丝”，也就是第一颗视体是同类。

为什么？

迎风举起项链的时候，一股鲜烈的、清爽的、沁人心脾的香气扑鼻而来。毫无疑问，那是金汤力的香气。它就是眼前这块蓝色石头发出的。而且——安娜很快意识到——那只是这块石头的一个切面。把项链换个角度，又闻到另一种柑橘皮似的带有苦味的甘甜芬芳。金汤力的气味消失殆尽，仿佛从未存在过——当项链恢复原来的角度时，又发出刚才那种鲜艳的香气。安娜不断变换石头的角度，总共发现了三十多种不同的香气。

这块蓝色的石头在释放香气——或者在释放某种可以解释为香气的信息。就像是宝石吸收进平凡的光线，经过若干层的清洁处理再送出来似的。

第二颗玻璃体就是这样被发现的。

而它也带来了上一次无法比拟的成果。

“如果我也能像安娜她们那样就厉害了。”茉莉慢慢骑着自行车说。何塞走在她旁边，大大的步伐，坚定的步态。“真羡慕啊。”

“哪里厉害？”

“能发现玻璃体在代谢信息就很厉害。”

从周围获取某些东西，用自己的方式将它变成另一种东西再释放出去。这是视体的风格。发现这一点的正是安娜。她发现,“蓝色香囊”(这是后来取的名字)的香气,受到光线、温度以及用手抚摸玻璃体的 AI 的思考和感情等周边条件的影响。幸运的是,三姐妹以芳香疗法为生,对气味的感觉非常敏锐。这么说来——安娜想起了一百年前的事——或许,“蛋白石之丝”是将男孩的遗憾化作了实体?

“还有呢?”何塞问。

“嗯……”两个人离开工厂,去往何塞的小屋。狭窄的土路。午后干燥炎热的泥土。“当然是使用玻璃体的能力啦。”

安娜和姐妹们经过反复试验,终于驯服了“蓝色香囊”的香气,成功实现了有意识的操作。控制香气不在话下。很快,她们便可以按照客人的情况调和香气,或者让客人自己调和香气,以此来使其集中精神……“蓝色香囊”如今已经成为安娜姐妹们的芳香疗法中不可或缺的物件。

“那你会怎么用?”

“这个啊……我想变个动物出来,就像魔术师的帽子。”

孩子气的想法。何塞苦笑。

“欸,我觉得不是不可能啊,”茉莉理解错了苦笑的意思,争辩道,“像‘蛋白石之丝’这样能够实体化的视体有很多呢。‘暂定螺旋’‘剪贴板’都是这种,‘倾斜的画笔’也是。采取不同的使用方法,肯定能变出生物。”她举出好几个视体的名字,“现在虽然我尽了全力也还只能让‘手风琴’发声,但总有一天能行的。嗯——蜻蜓呀,蜜蜂呀,松鼠也不错。”

“那很期待啊,”何塞也快活地笑了,“希望你喜欢我的视体。”

小屋就在海边。周围没有住家。房子已经很老了，伤痕累累。

“这简直是‘倾斜的小屋’了。”

茱莉毫无顾忌地说，何塞有点儿难堪。不过一走进去，茱莉就不禁瞪大了眼睛。墙壁和地板的木料虽然古老，但质量很好，有着令人舒适的光泽。房子打扫得很干净，一切都收拾得井井有条。让茱莉目瞪口呆的有两点。首先是手工制作的美丽床罩。一只巨大的鲸鱼正在喷水。简洁的图案，在这个房间里很协调。何塞喜欢鲸鱼？茱莉想。

另一点，不用说，当然是玻璃体的收藏柜。

令人窒息。

茱莉不敢相信自己的眼睛。

收藏柜贴在床对面的墙边。从腰部的高度到眼睛的高度，分隔成棋盘状。每个格子二十厘米见方，都带有玻璃门。玻璃体就放在里面的台子上展示。空的格子很多，但也放了二十多颗玻璃体。

将来的情况不清楚，但目前夏之区界里找到的视体大约有十五颗。

而这个房间里的数量比那还多。

茱莉的手颤抖着伸向其中一个方格，打开上翻式的玻璃窗，拿起躺在紫色天鹅绒上的玻璃体。黑色。黑色、纯粹的球体。不仅是黑，那比黑更甚。也许“深邃”才是准确的说法。视体中照不到光的空间——仿佛是某种东西的延展。从未见过这样的视体。旁边这个又是什么？比何塞的拳头还大。也是球形，但很透明，可以看穿整个球体。雪景般的颜色，仿佛是覆盖着厚厚积雪的小屋，窗户中透出灯光的黄昏景象。轻轻一摇，便有雪花飞舞，宛如玩具水晶球。不过在那小屋的烟囱中，壁炉的烟雾正在袅袅升起。

下面隔了两层的方格，是潮湿的吗？有着饴糖色的湿润光泽。那是茧形的玻璃体，但摸上去是干的，和体积比起来显得很轻。把它拿出来——

强烈的声响直击茱莉的耳朵。

尖锐高亢的持续音，如薄刃般刺耳的声音。受到那声音的干扰，茱莉的视觉发生了变化。物体的轮廓渗出彩虹色，无法聚焦。茱莉慌忙合上盖子，声音如同被切断一样消失了。

“啊好痛……”茱莉捂住耳朵，“这到底是怎么回事？”

“……”何塞也皱着眉头，朝茱莉的手点了点下巴。是手腕……？

“啊，对了……这也是音系的玻璃体啊！”茱莉对着手腕叹了一口气，“对不起对不起，你和它形成啸叫了呀。或者——”茱莉哀怨地盯着“手风琴”，“——难道说，你有点儿嫉妒了？”

“教教我吧。”

“饲养方法？”

“那个等会儿。你怎么能找到这么多？”

“也没什么特别的，”何塞的耳朵好像也还在痛，“只要找到能有很多视体的地点就行，和鱼一样。”

“欸，哪里有啊，那种……地点？”

“海里。”

“哦……我的‘手风琴’也是在勒内爷爷工厂的牡蛎壳里找到的。”

“海里的概率更高。像今天这样的休息天，去海边的石头上到处走走，找到那种目标地点，直接潜水下去采。”

“海边找不到吗？”

“打鱼的时候没那么多时间。会被安努骂的。”

“这样啊，海边的石头啊。对哦，还没什么人去找过呢。第一个是在鸡窝里发现的，所以大家都在树林啊山啊草丛里找。是哦，目标是海边的石头。但为什么在海里呢？我还是不明白……对了何塞，你喜欢潜水？”

“还行吧。”

“我也喜欢潜水。因为它和进入大家的边界有点儿相似。不过进去之后大家都会稍微舒服点儿，但是我呢，怎么说呢，把伤痛接过来，就很痛苦。我是个挺糟糕的角色。”

茱莉把胳膊伸在桌子上，俯身趴下去。白色手链发出干涩的声音。脸颊贴在桌子上，凉飕飕的。照到阳光的地方，和没照到阳光的地方，桌子温度不一样。圆斑状的温度。指尖的位置很微妙，与何塞的手肘若即若离。茱莉想象着手肘的温度。

“我知道。”

“你附和得还挺及时的。”

“我很明白你说的意思。我也……虽然做法不一样，但在某种意义上，我也潜入过AI。”

“……”

“我不是说过自己平时挺健谈的吗？”

茱莉点点头。

“嗯，你知道吗……用说话来潜入。”

“类似心理咨询？”

“嗯，是吧。集中精神。关注对方选择的词句、语调、声音的情绪。只要侧耳细听对方在说什么，就能清晰听到对方没有说出口的话。”

“哟嚯，挺意外的。我还以为你是个冷硬的人呢，原来是个愿意听人说话的好心人啊。就是那种大家觉得，‘哎呀，可以找他倾诉呀’那样的人。”

“你……想说什么吗？”

“唔……”

然后，当茱莉从桌子上抬起头的时候，眼中已经噙满了泪水。何塞很吃惊，不知道说什么才好。

“对不起，我想到了金盏花……以前养的兔子。已经死了。大断绝前就死了。”

“大断绝，前。”

何塞暗暗催促。夏之区界的角色设定基本上是固定的。测试期一旦结束，就不会再有什么变化，将在这个夏日里永远生活下去，不会变老。发现“蛋白石之丝”的男孩，依然是四岁。即使是AI饲养的动物，也不会在半途死亡。何塞在催促……讲讲那只兔子。

“死了……我杀的。”

“是吗？”

“其实不是……但和我杀的没什么两样。”

“很可爱的兔子？”

“嗯，雄兔。青年。我的恋人。”

“金盏花也喜欢你。”

“嗯。”

“为什么现在会想起那个呢？”

“不是想起，”茱莉的一只眼睛微笑着，摇了摇头，“是从没有忘记，一直都记得……金盏花……还有，杀了它的人。”

“……”

何塞握住茱莉贴在桌面上的手。“手风琴”轻轻响起，那音乐化作碎片飘落下来。这不是伴奏，只是旋律。

我的耳朵

会听

你的秘密

“我相当于帮了他的忙。让他杀了金盏花的，就是我……”

我的鼻子会闻你的温暖

何塞把鼻尖贴在少女的头上，闻着褪色的短短金发的气息。柔软的头发。有着汗水、稻草和海水的味道。何塞抚摸着它。

我的眼睛会爱你的毛发

“我们很像啊……”

“……”

我的舌头……嗯，会舔你

舔去你的眼泪

我的前爪……嗯，会轻拍

轻拍你的心跳

像手风琴、像木笛的愉快三拍音。不过现在的节奏稍微慢了些。仿佛对下一阶段犹豫不决、畏缩不前、胆战心惊……

草帽里面味道很好

有你的气味，也有我的气味

或者，是想把现在这个阶段的时间无限延长，沉睡在其中……

何塞感受到茱莉的深深伤痕。这个少女不能治愈自己。否则，她就会失去治愈他人的功能，失去区界分配给她的功能。

我……也是一样……何塞轻轻搂住少女小小的头颅，放在自己怀里。

笼罩着这气味，睡午觉吧

呼吸着这气味，睡午觉吧

“一到下午，我就会把它放到藤条篮子里，带到草地上去。放它出去的时候，我就躺下来，把草帽盖在脸上睡午觉。过不了一会儿它就会来闻我的手，然后我就会给它喂饼干。”

“是吗？”

“我还给它画过画。素描。但是它在上面尿尿。”

“啊，真有意思。”

“对吧，有意思吧。”

两个人这样的姿势默默保持了一段时间。不久，“手风琴”的歌声慢慢减弱。声音逐渐消失的时候，茱莉抬起头，吻了吻何塞的鼻尖。泪水终于干了。

“果然是我的同类呢。”

“……”

“我们挺吃亏的，是吧？”

“……你在试探我吗？”

“一半吧。”

何塞松开手臂，放茱莉自由。他浅浅地坐在椅子上，身体斜向一边。茱莉离开茶几，躺到何塞铺着鲸鱼床罩的床上。凉鞋脱下，掉在地上。

“生气了？”声音有点儿细，有点儿害怕。

“一半吧。”

“我在想象你潜入大海的样子。刚才，一直……水很冷。那冰冷渗透进来。冷到足以损伤身体，但需要感受它。然后身体变得像冰，空气也耗尽了，直到确信某种损伤刻在了身上，才向上浮……我看到了那样的你。”

仿佛为了想象和品尝那样的冰冷，茱莉在布上摩擦身体，像是要将床罩上苍白的水之气息写在身上似的。

“在那时候……你拿回了视体，当作确信的纪念。你不是潜水去采视体，而是为了获得那种确信……我偷偷看到的就是那样的画面。”

“哦。”

“生气了？”

“完全没有。”

“说对了？说错了？”

“……”

“我喜欢夏之区界。很热很热。我喜欢不戴帽子走路。大概我知道，用身体的某处感受疼痛是很重要的。”

“……”

“我说，”茱莉换了个趴着的姿势，像猫一样抬起头，“这种无聊的对话你打算说到什么时候？”

声音里有种强烈的危险。

“你要我在这里一个人待到什么时候？不丢人吗？”

瞪起的眼神真的很生气。

“赶快过来啦！”

04

茱莉其实很害怕。那危险的景象，有种令人捉摸不透的诡异。哪怕有一天不得不去触摸它，她也会马上放弃。胆小其实正好。

所以她没有从接吻进入，而是用穿了舌钉的舌去舔何塞的胸口。小屋中很安静，能听到近旁海浪拍打的声音。茱莉一边侧耳细听那声音，一边舔舐。

光线从窗户斜射进来，照到茱莉的小小舌头反复舔过的位置，那光芒渗透到肌肤之下的深处。这是外缘程序的局部绝缘性被临时解除的证据。在那里面，隐隐可以看到何塞内部构造的视觉隐喻，宛如密密麻麻组合在一起的玻璃针。

茱莉以此为基点，将全身的感觉徐徐与何塞同步。恰似……对，恰似潜入海底一样。

那里，很冷吧？

区界 AI 平均由数百个模块构成，每一个都是熟练的设计师、部件工程师的艺术作品。而要将它们组合统一起来，创造出人格，需要角色工程师的精湛技艺。

刚才的茱莉就像是突然踏进了模块关系错综复杂的灌木丛。普通的 AI 没什么问题，但何塞的内部恐怕抱有无比巨大的黑暗和纠葛，太过危险，不能掉以轻心。

茱莉放弃通常的直接进入方式，尝试从安全的地方进入。每个 AI 都在随时与区界交换信息。日期、时间、地图上的位置、周围对象的配置——有一个专用窗口从区界操作系统获取这些信息，并返回相应的数据。茱莉就站在这里。

这部分还粗略描绘了各个 AI 的结构图。看了一眼那张导览图，茱莉不由得吃了一惊，不知如何下手。何塞大约由四千个模块构成。用真实的人类比喻，相当于他骨骼的数量或者循环系统的总长度足有常人的数倍。居然能保持住一个人格，这本身就已经很惊人了。

为什么需要这么多的模块？哦对了……我知道还有一个人，也是这样的 AI……

茱莉粗粗浏览导览图，但最多只能理解其中三分之一模块的功能。剩下的完全不知道有什么用。不可见的功能。

那个女人就在里面，茱莉想。

那一定是个非常危险的地方，因为何塞不知道那个地方。不知道是否涉及何塞的人格——茱莉决定装作不知道。如果回到那里，我将变得毫无防备。

但是，那个女人在那里笑。

盘踞在何塞的记忆模块里，嘻嘻地笑。

茱莉很气愤。她知道这是如同小女孩般的（不对，本来就是小女孩）气愤，但还是控制不住自己的气愤。

我会找到那个女人……这种感情抑制了茱莉的警戒心。她把地图翻过来查看详图，发现何塞的记忆组织异常发达。小小的备用记忆模块发育得如同葡萄串一样。主模块深处就有那样的地方，似乎平时不会使用。从没见过这样的形态。茱莉找到它的一头，开始集中精神，准备跳往那里。

掀开了床罩的床上，两具胴体纠缠在一起。透明的皮肤、半透明状态的边界，在接触的地方开始互相渗透。

茱莉意识到了这样的渗透，跳进何塞的深处。

遥远的回忆。

紧紧扎在一起的头发光滑黑亮。没有扎进去的头发则在白皙的耳边落下柔和的影子。长长的睫毛。微笑的悲伤眼眸。红艳的唇。幻影般的长长大衣。下面露出黑色的靴子。坚硬的鞋跟。

清晨。夏日的清晨。沾满露水的草丛。如宝石般点缀其间的蓝色小花。

墓碑。

昨天，有个我熟悉的孩子，横躺在那块白色墓碑上。

这个女人……把那个少年……

女人朝我笑了。白色大衣的袖子，被少年的血染得鲜红。

“又来了呀，何塞？你弟弟已经不在这里了……”

我（茱莉）伸手摸了摸自己的脸。脸上是干的。如果脸颊被泪打湿了该有多好。

“你忍不住了，所以又来了呀。”

我（茱莉）无法动弹。即使摇头，也像是在回答“是的”。早就被看穿了。

这个女人……昨天，吃掉了我的弟弟。

大衣前襟敞开着。赤裸的白皙身躯纤细光洁。只要被邀请进入，便是温暖的、有着膏香的、牛奶色的黑暗。

“真是个坏孩子。把弟弟送给我，自己活下来，然后又不知悔改地回到这里。”

我被紧紧抱住。然后，我的手被引导到一个湿热的地方。那里有着烂鱼般的恶臭。抬头望去，女人那美得令人陶醉的白皙脖颈大大地朝后仰着，正在放声大笑。扎起的头发松开了，长长的、细细的，如同黑雨般垂落。

我把它当作一种惩罚。

这次茱莉成了那个女人，正在低头看着何塞。

她把少年抱在纤细的手臂里，让少年——何塞含住平平的乳房。银齿女人的感觉，就是自己的感觉。

“真是个坏孩子呢。”

茱莉感觉是自己说出了那句话，她竭尽全力也无法抑制伤害这个稚嫩少年所带来的喜悦之情。为什么连这样的喜悦都会保存在何塞的记忆区域中？—— 她必须拼死努力才能记住这个疑问。

然后，感觉又一次——

完全翻转。

茱莉换到了承受发丝之雨的一方。

被裹在大衣中的白色黑暗里。

女人的声音落在茱莉——少年何塞的身上。

“真是个坏孩子。把弟弟送给我，自己活下来，然后又不知悔改地回到这里。”

甜美的谴责让何塞彻底屈服。失败感——愉快而美好的喜悦攫住了少年。尽管感受到强烈的不适，茱莉还是不得不品味这种感觉。

女人用力握住何塞的（茱莉的）稚嫩部位。强烈的触感满溢出来，打湿了少年的股间。女人重新握住更多的部位，笑着露出残忍的牙齿，探出长长的指甲，猛然捏碎了它。

茱莉惨叫起来。

那苦痛又将茱莉切换到女人一方。她低头俯视惨叫的少年张开的嘴，颗粒整齐的牙齿。多么美丽的景象啊，她看着少年洁净的牙齿想。

“好好闻我，孩子。”

女人（茱莉）微笑。

“你真是个坏孩子呢。”

女人（茱莉）像剥香蕉一样剥开食指，显出其中如同烧红火筷般的尖端。

“让你的眼睛、你的耳朵好好休息吧。你就可以永远、永远闻我的气味。”

炽热的指尖插入少年的视觉器官。那顺滑的手感，在途中又切换成自己的眼睛被炽热金属棒插入的剧痛。

啊……

茱莉意识到，这个女人恐怕不是别人，正是何塞自己。这是某人在何塞内部营造出来的巨大罪恶意识，是不断责罚自己的机制之表象。

所以在这个场景、这个情节中，“自己”与“女人”的感觉就像拧在一起的麻绳一般，不断转换立场。在惩罚自己与遭受惩罚的痛苦快感之间，无尽地转换。

不知道是谁、为了什么，将如此复杂的结构加入到何塞的设计中。已经没有余力去思考这个问题了。在这令人目眩神迷的痛苦与嗜虐的明灭中，茱莉逐渐沉醉。

必须回去。

回到床上去。

必须挣开。

两人的四肢。

但迷失了回去的路。

这个场景本身就是感觉的牢笼。

女人和少年（也就是何塞）自行关闭了视觉和听觉，要退缩到舌头、皮肤和气味的感觉中去。

如果没有别的强烈的感觉，茱莉就无法返回到与这场景无关的、来源于她自身的感觉中去。如果不能画出一条明确的界线，相互渗透的边界便无法复原。

它……茱莉挠了挠脚……它就在某处吧……在这个自闭的记忆世界，在甜美与苦痛的反复与增殖的……某处。

茱莉拼命回想自己的身体，但想不起来。她只觉得自己早在三百年前就是这个银齿的女人了。好不容易才恢复了刚刚剪短的头发在脖子后面的触感。以它为线索，依次回想其他的部分。脖子——肩膀——长而纤细的手臂——尖尖的手肘……手腕，手链。

茱莉忽然想起了啸叫声。如果那刺耳的噪声，那尖锐的不适感能在这里响起——

白色手链。

金盏花之歌。

对了，回想那首歌更深处的东西。那个杀死金盏花的傍晚。

茱莉紧紧闭上眼睛。

自己内部最大的黑色东西，现在把它彻底挖出来。

那段记忆与剧痛连接在一起。抱着金盏花的尸体，那尸体上残留的死之苦痛，全部流入了自身。

无与伦比的痛苦。

现在，让那痛苦苏醒吧。

用那痛苦，在我与何塞之间画出界线。

不过在那之前，茱莉也稍稍原谅了自己一点儿，允许自己回想起蓬松圆润的兔子尾巴那柔软的触感。

——金盏花，对不起。

用你的痛苦拯救我……

05

两个人走在海边。

虚拟的海滩上，两道虚拟的影子，并排延伸。低低的太阳把一切染成红色，夜晚触手可及。

出了小屋以来，两个人一句话都没说。

没人会在失败的性爱之后聊天。

干涩、疼痛的性爱。这样的回味让两个人沉默不语。茱莉几乎什么都不记得了。脱离的冲击和苦痛，让她几乎忘记了所有的细节。

但是，还有若干碎片留在茱莉身体里，就像远足的几天后，会在口袋里找到枯萎的花，在裙裾上发现草籽一样。

尖锐的牙齿。两个不同视角来回交替的感受。还有……甜美的罪恶感。那是对谁的？

弟弟？

啊——对了，弟弟出事了。

于是——茱莉终于开口，试着问这件事："你有弟弟呀。"

意外地得到了"嗯"的回答。

何塞没有往下说，所以茱莉也没有再问。

心像是被晒伤了似的，火辣辣地痛。大概是强行从那个地方剥离时，受到了某种损伤吧。在那里（然而也只能隐约回想那场景），可能还残留着我的什么东西。

在何塞内部。

在何塞内部，沾满新鲜水滴的清晨草丛里。

茱莉蹲在距离海浪最近的地方，迎着闪耀的夕阳光线，举起手镯的玻璃体。

结痂似的白色变质物覆满了小小的视体。再也听不到歌声了，也没有了草叶一般的绿色。

“手风琴”死了。

玻璃体也会死。一旦超出了物理与精神的压力阈值，玻璃体便会突然丧失变容能力，无法再恢复。即使正常使用，也有寿命耗尽而死的情况。

为了将自己剥离出何塞的记忆世界，超负荷使用了它——也许那时候我用了金盏花的回忆。涉及金盏花的渴望、痛苦、悲伤、恍惚。把一切都注入“手风琴”，变成声音鸣响。就像闹钟的铃声一样。

那超出了“手风琴”的容量。

“对不起呀，”茱莉感到自己很可耻，“真的很对不起。”

茱莉从手镯串上取下“手风琴”。

“你可以把柜子里喜欢的视体拿走……都是我的错。”

“没有的事。错的是我。”

牡蛎壳里找到的视体，终究要回到海里去，茱莉想。

她把小小的视体浸泡在夜晚的蓝色海水中告别。仿佛在手里清洗，又像是游泳似的，婆娑了一会儿。

“啊……”

矿物之花绽放开来。

恍然如是。

结痂般的硬膜溶解成细细的纤维，漂在水中，像白色绒毛般朝一个方向舞动。发梢舒展开来，宛如白花。

茱莉屏住呼吸，小心翼翼地把它从水里捧起来。

即使离开了水，绒毛也依然蓬松舒展，没有打湿。

这是——在暮色苍茫的海岸，茱莉手中亮起微弱的光芒——这是，光的绒毛。

玻璃体发出的光，呈现出柔软绒毛般的形状。这颗视体还活着。

这不是“手风琴”，茱莉想，在它内部诞生了完全不同的视体。

很小很小，很新很新。

刚刚出水，还在颤抖的视体。

它是——

它简直是——

“……棉尾巴。”

“哎？”何塞的眼神迷惑不解。茱莉的眼睛流露出笑意。

“这孩子的名字啦。”

它指的是——蓬松圆润的兔子尾巴。

瘢襞少女

首发于《科幻杂志》2004年2月刊

从没见过那么丑的女人。

将来肯定也见不到。

站在窗边，爱德华七世公园和庞巴尔公爵广场尽收眼底。美丽的景色。里斯本沐浴在明亮的午后阳光中。

那阳光也照在眼前的香槟酒杯上。客房服务提供的香槟。银盘里切好的水果。草莓和橘子。葡萄一颗颗仔细地剥好了皮，腌制在糖浆和利口酒里。

沙发对面坐着阿形溪。

已经三年了吗？仿佛已经过了近乎永恒的时间，又仿佛我们刚刚分别一样。

我下定了决心，问溪："还想要我吗？"

"为什么这么问？"

溪微微侧首，似乎很奇怪。和三年前没有半点变化，如同棒球手套般变形的大手拿起一只雅致的玻璃杯。

"你明明早就是我的了。"

我很惊讶，于是等待溪的下一句话。

＊＊＊

好吧，我们来说说阿形溪。你肯定也很关心吧。

阿形溪非常丑。不是“不够美”。是丑。她的长相会激发观者的感情，引发难以遏抑的混乱与厌恶。而这种丑就是她的本质。阿形溪的一切存在——无论是罕见的才华还是特异的能力，全都建立在那丑陋之上。

我第一次见到阿形溪的日子——就从那天开始说吧。我二十七岁，她——嗯，十九岁。聘请了弗拉斯塔·德拉霍什教授的某所日本大学刚刚扩建了研究设施，会议室也是崭新的。天花板、墙壁和地板全都是一尘不染的白色，形成了微亮的无影空间，唯独中央放了一张大大的鲜红色桌子。同样的红色也用在椅垫上。此外再没有别的颜色（除了我们）。我们私下里把它称为库布里克的房间。

那一天，德拉霍什教授和包括我在内的五六个人围坐在桌边。我们是“信息拟姿”的主要开发人员。

医生娜奥美、丘脑卡程序员凯尔、教授、我、运动生理学专业的器械体操高手……唔，列维琴，还有统计处理出身的谁来着，富舍古？应该就是这些人。

“阿雅砂还没来？”娜奥美一直在摆弄平板。那东西和笔记本差不多大，可以浏览、编辑各种电子文件。

“马上马上，正在带她来。”教授用他那标志性的轻松语气回答，拿起纸杯喝了一口咖啡。我都能闻到那香气。

娜奥美把平板扔到桌上。啪的一声。但其实那里什么都没有。平板没有物理实体。谁都能触摸它，阅读它的内容，拿起它来也会感觉到重量。即便如此，平板还是虚拟物体，只是被房间覆写了而已。库布里克的房间里构建了“多重现实”的设备，它作用于插在我们体内的丘脑卡上，让我们产生真实感。

需要说明的是，即使是在当时，虚拟平板也已经很普遍了。大部分商场和学校都导入了多重现实。

但是——

德拉霍什教授双手把纸杯揉成团，尽管里面还剩了半杯咖啡。当他再次摊开手掌，里面是一个徽章般的图标。星巴克的商标。这是教授复原的旧日饮食品牌之一，也是第三代多重现实的样品。

教授从屁股口袋里掏出零钱包，放进图标。零钱包里面塞满了各种各样的品牌图标，像是硬币一般，现在又多了一个绿色圆圈套着的女巫脸。这个图标也没有实体。

和以前在商业和教育领域普及的多重现实相比，第三代添加了味觉和嗅觉。那是教授当时的卖点。他擅长营销，于是投资者们派了一支“眼光独到”的团队，他们轮流拜访了库布里克的房间。

他们喝着拿铁，咬着巧克力，用湿巾擦手，体会平板皮套的触感和气息，惊叹不已。当他们尽力伪装镇静，含糊地表达着投资意向离开房间时，他们真的震惊了。因为手指上残留的巧克力触感与香味，在关门的瞬间消失了。他们震惊的不是消失，而是刚才那种指尖的触感太过真实自然，以至于消失前都不曾留意它的存在。这正是教授最为擅长的故弄玄虚。实际上，他在这个部分投入了大量的资源，而这种举重若轻的巧思确实相当有效，它使得来访者们都认为自己眼光独到。

零钱包回到教授口袋的同时，门外也有了动静。

我紧张起来。除了教授，其他人应该也一样。因为马上就要见到阿形溪了。

“请进。”

随着教授的声音，门开了。

从那扇门过不来的——

我差点儿脱口而出。

当然，溪的身体再大也不至于到这个程度，但我的确感觉到溪是强行把身体塞进来的。在平滑且均一的库布里克的房间里，某种不同的感觉塞了进来。那时候阿形溪的身高应该是一百七十厘米，体重差不多一百五十公斤。不过，我也不是第一次近距离见到那样的体格。特大号的 T 恤被巨大的乳房和腹部撑得几乎裂开，黑色的运动短裤嵌进她下肢的肥肉里，挤出复杂的皱褶。我不由得想起某人在网上说的恶语——“阿形溪全身都是犀牛屁股”。她的相貌不需要在这里描述了吧。我当时确实被她全身异常发达的皮肤组织吓到，非常震惊。这就足够了吧。

“我来介绍一下。”德拉霍什教授站起身，报出她的名字，“她是……唔，对了，我的网友。”

我听说了事情的经过。她出生于日本北陆地方的富人之家，苦于先天性代谢障碍，从未去过学校，依靠家庭教师学习。十二岁起发行《瘢襞少女》，十五岁时公开自己的开发者身份。是德拉霍什先发去了粉丝邮件，在邮件往来中，他对她产生了深深的关切，多次去拜访她。

还有，她是拥有直观性全身感受的人。

“我可以坐吗？”溪说，“大家都很安静呀。”

虽然她这么说，但还是没人能说出话来。

“好啊，坐吧，那边是空的。”唯有教授坦然自若。

我有点儿生气，这让我找回了自我。

“那个……”在溪坐下去之前，我挤出笑脸，伸手过去。我比她高十厘米左右。“我是安奈·卡斯基。”

“你好。”

就像戴着棒球手套的手。手掌上生了无数胼胝——对，“生”是最合适的形容。指甲是各种颜色。黄，黑，灰。当然不是涂了指甲油。也有手指没长指甲。

“我是阿形溪，一个粗粝的女人。”

她微微睁开如同象皮般又厚又满是皱纹的眼皮，那眼睛真像是细细的小溪一样。她看着我痛苦的外交姿态——也就是语无伦次说话的样子，然后说：“哦……你真漂亮。”

“人的意识和感觉之间，每秒会产生超过四十次的差异。”

你大约也知道吧，这是德拉霍什拿手的台词。每秒四十次。那是丘脑钟的振荡频率，是捋过大脑这一信息处理设备的电流周期，是与生俱来的频率。在科普书和电视讲座中，教授不厌其烦地强调这一点。下面从教授给某杂志写的文章中引用一段。

一旦视网膜上的影像完全固定，人就无法看到东西了。为了避免这个问题，人会在无意识中运动眼部的肌肉，细微调整影像。

人只有在这样细微的差分、无休止的变化之上才能看到物体。大脑以每秒四十次的速度将世界切片，将其落差——各帧之间的差异——视作环境的变化来获取。我们视觉的最小单位，就是这样的切片。

在稍后的杂志采访中，教授也说了同样的话。当然，教授的聊天更有趣。

“——我先声明，我可没说过什么人要移居到虚拟空间去的胡话。”

“但是教授您倡导的‘数值海岸’正是虚拟世界吧？”

“亲爱的，你说所谓‘人在虚拟世界生活’，到底是什么状态？”

“啊，那个……”

“还有，为了移居到虚拟世界，需要什么？你就说你自己吧。”

“那个，首先需要‘我’……”这位采访者看来很聪明，“不光是大脑，‘身体’也需要吧。”

“那当然，因为人的认知能力是和身体相配套的。但是虚拟身体必须精心制作。眼睛的高度、穿过狭小场所时的身体尺寸、随意伸出手臂时能够到多远，等等，这些看似微不足道的差异足以让你苦不堪言。比不合嘴的假牙难对付多了。”

“请不要吓唬我。所以说我们必须把更多的意识放在身体上是吗？唔，那是不是相当于把我的大脑当作机器，用程序再现它？和弹珠台游戏的原理差不多吧？……对了，人有多少脑细胞？”

“光是大脑皮质的神经细胞就有一百四十亿。要开发模拟大脑的程序，就相当于写一个具有一百四十亿个角色的剧本。另外，别忘了大脑本身是一个器官，所以也需要模拟物质代谢和热量。神经胶质细胞的数量好像是神经细胞的十倍。虽然我没数过。”

“……”

“看，一解释就很害怕了吧？把整个大脑的构造程序化，到底是什么样的状态？多重现实如今已经非常普及了，所以大家都觉得很快就能发展到虚拟现实了。其实中间还有很大的技术断层。我现在要说的是，人类要想移居到虚拟空间，再过一百年还差不多吧。”

“这样啊……”

"但是我很不满意。我想把自己放到虚拟世界里，想得不得了。我恨不得马上就去。"

"……这话和您前面说的矛盾了。"

"不，没矛盾。首先放弃移居。当成度假好了，偶尔去一趟。然后自己就不去了，放在那儿不管了，然后再回收。"

"您到底在说什么？"

"说的是我啊。"

"那个……抱歉，我投降，完全听不懂。"

"准确地说，是和我类似的个体。'信息拟姿'。"

差不多该介绍我自己了。我叫安奈·卡斯基，来自瑞典，应德拉霍什教授的请求加入研究。

我曾在哥德堡大学从事下一代义肢·载具的研究。机器人工学首先在步行辅助的领域产生出各种商业价值，人们期待接下来在上肢的领域继续发展。我的论文尝试阐明人类使用上肢进行灵巧动作时（比如弹钢琴、控制人偶、操作车床），在认知与运动的总体系统上发生的上位现象。在高级作业中，人类的认知系统和身体感觉会形成若干层级，并行展开多种处理。为了控制所有层级，钢琴家或者人偶师需要从垂直方向透视各层次的视点。我试图找出它是如何产生的。那项研究的最终目的是用机器和软件来代替上肢的功能。我从康复工程的角度去进攻那座陡峭的山峰，而德拉霍什教授要去攀登另一座山峰，只是我们的道路在途中交叉了。我们撞到了一起。

教授给我写来信件，说他读了我的论文。

“我想知道当手掌触摸世界的时候，身体中发生了怎样的喧腾……如果我们能重现那种喧腾，那么人类即使没有双臂，也会意识到自己正在触摸世界。”

“当然，”我用邮件回复说，“我正想开发那样的义肢。”

教授在信里问我要不要去他那边做这项研究，要不要尝试制造“虚拟上肢”。我接受了邀请。

见面后，我发现教授真是个天才。

第一次见面的当天，教授和我在校内的自助餐厅吃着饭说：“我从小就不明白为什么右键对现实世界没用。”

我不禁问他：“是那个鼠标右键吗？”

“嗯，就是那个右键。”

我有点儿怀念。现在已经没有鼠标了，不过那个词还是勉强保留下来。

“……右键点击现实？”

“不能点太不合理了，对吧？朝西开车的时候，谁都想把太阳的亮度调暗一些吧？”

“是吧……”一般人会想戴个墨镜吧。

“再比方说，你受不了学校咖啡馆里意大利面酱的味道，”教授把叉子丢到意大利面的盘子里，“是不是希望视野角落里有个滑动条，让你能自己调整味道？”

“我明白您的想法，”我终于笑了起来——教授简直像个孩子，“您是想在自己要去的虚拟世界里添加那样的选项吗？”

“去不去都行——以前不是有录像机嘛，现在也有吧？”

我翻了个白眼，跟不上话题的突变。

“是不是录像很勤，但是一次都没看过？”

“呃……嗯，没错，不过大家不都是这样的吗？”

“是吧。就是这么回事。”然后教授歪着头看看我，“对了，我总觉得好像在哪儿看见过你。”

“经常有人这么说。您在哪儿见过？”

“唔……不是女演员……你做过模特吗？”

“哎呀，您嘴可真甜。”我咯咯地笑了起来。

还是说回第一次和溪见面那天。

溪一进房间，每个人都皱起眉头。她的身体很臭。虽然我对别人的体味比较宽容，但还是有点儿难以忍受。

教授随意打了个招呼，然后用一贯的语气说出了让在场众人脸色发白的话："嘿，你的体味总是在微妙地变化，而变化幅度超过阈值的话，鼻子就永远不会习惯。"

“是吗？确认下吧。让我回溯记忆。”对于教授几乎侮辱性的话，溪轻轻应付过去，就像是一笑而过似的。

“啊，这也记得呢。”

“完全记得。只要是跟自己身体有关的，什么都行。”

“都列在绝对时间的刻度上了，是吧？”凯尔急切地问。

他好像一直在等插话的时机。凯尔是《瘢襞少女》的狂热粉丝，所以自然而然冒出了“绝对时间”这个词。我不喜欢这种偏向氛围的词，不过并不至于反对。既然阿形溪管它叫“绝对时间”，那么其他任何人都没有改另外一个名字的权利。

自己心中有一把尺——

阿形溪在《瘢襞少女》的网站上这样写道。过去到现在的一条笔直的时间尺。自出生以来，一切记忆都沿着那条线排列。从每秒四十帧中捕捉到的直观性全身感觉（这里也引用她的比喻），化作薄薄的切片标本堆积在她体内。十九年的时间。二百四十亿层的时间切片。

阿形溪十九岁的时候便已经成为传说了。

一堆扑克牌在面前迅速切洗，过了三周还能完整背诵出来。那时她三岁。

六岁时，她在城市主干道旁站了十五分钟，一个星期后依旧可以把那段时间里经过的所有车辆的种类、颜色、车牌号码报出来。那条路是双向六车道，溪记下的车足有三千辆。重要的不是这个。实验者预先这样指示她：“小溪，把路对面大楼的窗户数加起来。”

一周后，在没有预先告知的情况下问她车辆数。

她说：“那我数一下。”

记下了一切，随时都能提取。任何一点点牵系到感知的事物都绝不会遗忘或消失。一切都作为整体性的感觉，而不是作为事件记忆下来。

那就是阿形溪。

我们做不到。我们需要汲取意义，用情感做标记，抛弃大部分信息，换取存储效率。

娜奥美从自己的零钱包里掏出代用币。红桌子上出现一大杯意式玛奇朵咖啡。

“喝吗？”

溪不能喝。

溪的眼睛连一丝热气都看不到。

多重现实对她没有意义。因为她没有“插”丘脑卡。溪必须使用机器终端才能访问网络。明知道这一点，娜奥美还是“提供饮品”。

“你自己请，”溪淡淡一笑，“我还没有连接。”

不一样——那正是阿形溪的特质。我看着她脱衣服的背影想。研究所里设置了医务室。团队中只有我和娜奥美才有医师资格，给溪做体检是我的职责。

披肩发如同松散的旧绳子纠缠在一起。从漆黑到明亮的棕色、白色，各种颜色混杂在一起。溪说自己没染发也没脱色。是黑色素代谢异常引发的随机白化。

我把听诊器贴在溪背后的时候，她说：“幸好是你。我觉得。”

大大隆起的后背上，肌肉和脂肪密密麻麻堆在一起。从我这边可以看到她的双肘有着深陷的“Y”字形。

由于肥胖，她的后背朝我大大凸起。到处都是斑点、丘疹、结节、表皮松解、溃疡、脓疮、裂缝、鳞屑和疤痕，宛如多民族纷争地区的地图一般互相争抢着领地。有些地方还生着粗短厚实的体毛。也有奇迹般毫发无损的地方，但反而显得怪异。换句话说，没有一块地方看起来正常。整体上明显呈现出结缔组织的异常发达和皮肤的硬化。当然这不仅限于背部。

真是“全身都是犀牛屁股”。当我看到实物的时候，我才知道这已经是相当克制的表达了。

我让溪正面朝我坐好，拿起她的手臂测血压。

“安奈，你真的很漂亮。”

溪的眼睑肥厚干燥，被同心圆状的裂痕包围。她的眼睛打量着我的手臂。

“皮肤像瓷器一样。真没想到有你这么完美的人。”

“你太夸张了。”

溪用又粗又黑（我觉得那简直和阳具一样）的食指触摸我的前臂，一直摸到肘部。

一共五秒，随后手指放开了。

我松了一口气。我意识到自己全身僵硬。

“对不起。因为真的太漂亮了。”

“没关系。”

“……谢谢。”

继续体检的期间，我偷偷摸了摸溪的手指滑过的部位。

只有五秒。

在那五秒里，从未体验过的感觉和感情，在我的手臂上诞生，随即消失。尽管已然消失，我却无法忘记。

“我说亲爱的，以前不是有录像机吗？”

这是刚才杂志采访的后续。德拉霍什教授对谁都会重复同样的话。

“现在也有。”

“有定时录像对吧？”

“嗯，有。”采访者一脸困惑。

“定时录像的时候，你会坐在电视机前吗？”

“那就没有录像的意义了。”

“虚拟世界也可以用同样的方式前往。只是为了度过短短几个星期的时间，不管是戴头盔，还是注射纳米机器人、复制大脑结构，都太夸张了。现实时间的受限也很烦人。让代理——信息拟姿去就行了。

“拟姿没必要和我完全相同。轻巧、不易生锈、实用、和我相似，这样的拟姿肯定足够了。尽量保证感受个性、表象个性，还有信息代谢的个性和我相似。重要的是，受到特定刺激的时候，和我有同样的反应和处理。

“拟姿——比如说，在我这样工作的时候，也可以前往不同世界。可以将世界细分成若干区域，控制每个区域的时间流速对吧。物理世界的三天，也可以提供相当于一年时间的冒险。还能同时使用好几个拟姿。傍晚回到家，疲惫地躺在沙发上，按下播放键。虚拟世界的体验就会装载到我身上。”

“装载？怎么装载？”

“这是接下来要考虑的。”教授意味深长地笑道。

“那么，我换个问法。刚才您说的‘拟姿’是个程序吧？程序能‘进行体验’吗？”

“不能吗？那么换个说法，人类可以体验计算机里的虚拟世界，这没问题吧？实际上人类根本没有体验过‘虚拟世界’，从来没有。只是看着物理上的显示器发出的光，依靠数据手套里的机械结构产生出抓杯子的感觉而已。那终究不是虚拟。所谓多重现实，只是在这个严谨的现实上裹了一层糖衣罢了。”

仿佛能想象教授那不耐烦的语气。教授是希望成为能对现实世界右键点击的人，然而他梦想的完美虚拟世界是不可能实现的。

“所以才有拟姿，明白吗？有了它，代理就可以直接感受世界，而不用通过简陋的设备。”

“唔……”采访者的呻吟被忠实记录下来。大概是没办法马上消化吧。这反应很正常。

“那么，我再问两个问题就结束了，”采访者振作精神说，“教授，您刚才提到了录像机。”

接下来的问题非常直接。

“假设教授您的设想实现了……那么也可能有这样的情况，架子上放满了录像带，但里面的内容其实都没被看过，对吧？”

“是啊，肯定是那样。”

“……那样的话，”记者继续道，“那就是从未开封的人生，是吧？”

我不知道教授是什么表情。因为只有文字报道。那上面只记载了教授的回答——

“我说亲爱的，人生必须要‘开封’吗？”

体检的结果没问题。丘脑卡的植入手术三天后进行。

“还有点儿抵触？”我问躺在床上看书的凯尔。当时我住在研究所附设的集体宿舍里，也是库布里克的风格。

“不——好吧，这是她自身的希望。我的抵触，怎么说呢，大概是想把她视为圣域吧。就像是……多重现实不曾染指的地方一样。”

“作为阿雅砂的作者，直观性全身感觉的所有者，溪却还没有连接，真是令人意外。”

我脱下T恤，没穿胸罩。房间里有点儿冷，乳头竖了起来。凯尔装作在看书，不过我明显感觉到他的视线。那令我愉快。没错，受人注视是一种快感。

我把裤子也脱了。没有立刻上床，而是站着。手搭在眉毛的位置，仰望天花板的姿势。

“干吗站着？又觉得有人偷看你？”凯尔声音里带着笑。

“不知道……可能吧，”我终于钻到床上，“不过是娜奥美主刀，我很放心。”

说到植入丘脑卡的技术，无人能出娜奥美之右。

丘脑卡是多重现实的基干设备。“插卡”当然是个比喻。它是直接植入生物体组织的，不过非常便捷，便捷得像是可以随时更换似的，所以人们才会这么形容。

多重现实的第一代交互设备是头戴式显示器，不过寿命很短，很快就被注射式显示器取代。注射到眼球里的微型投影仪能够在眼球内部组装起来，在视网膜上投射图像（设备也由这项关键技术得名）。不过真正的革命是由三年后登场的丘脑卡——也就是在脑干周边构建可编程网状站点的脑神经设备——带来的。

它原本是为了修复因脑中风受损的麻痹侧运动功能而开发的产品。考虑到使用者的安全——比如说不要随意抓取发烫的药瓶——加入了“触觉”功能（尽管不是很稳定）。在麻痹侧的手掌上粘贴印有感知微点的薄片，将它捕捉到的数据在大脑中作为感觉重现。这项技术与商业用途的多重现实结合到一起的时候，会发生什么呢？

让营业员和顾客都能伸手触摸空中虚像的演示套件。能够自由处理一切数据，并且像有实体对象一样操作平板——这大约只是平平无奇的突破吧。

丘脑卡真正的革命性，在于它真正切断了感觉器官和感觉本身的关系。

手掌上的感知微点传给丘脑卡的其实只是数据。既然如此，只要替换多重现实的数据，便可以在物理现实上叠加任意数量的不同现实。

眼内投影仪会发出微弱而真实的光，但丘脑卡只会从多重现实的发射器接收信息，比如“眼睛捕捉到了这种频带的电磁波”“鼓膜检测到空气的压力变化”，将之发送给大脑。发送过程中没有模拟处理。这是第二代的多重现实。

动物的感官是用来捕捉环境变化的权宜措施。摆脱了感官的束缚，人类首次获得了与环境无关的感觉——负责这个开发项目的，正是刚刚二十出头的德拉霍什教授。他当时的宣言至今仍铿锵有力。

“我想说这是人类感觉的第一次文明化。就像是与营养无关的美食一样。”

凯尔的手贴在我的背上。很温暖。

凯尔曾经说过，我的身体凉凉的，很舒服。

“舒服吗？”我问。

“嗯——”凯尔的手抚摸我的脖子，接着是胸，然后移向侧肋，“很舒服。怎么说呢，就像是一件洗过的衬衫，一张浆过的床单，那种感觉。”

我把盖在我们身上的毯子掀开，伸展四肢。想象着天花板如果是一面镜子，里面会映出什么样的图像，乐在其中。虽然凯尔看起来不太喜欢。

“‘猎杀凯列班’还在继续吧？”

“当然。”

“为什么不告诉溪？说不定她会很感激。”

“那个，有点儿害臊。”

凯尔是名为HACKleberry的义勇军团体，也就是所谓网络自卫队的成员之一。他们不仅提供机器的空闲能力，还在业余时间全力以赴开展清除工作，是非常认真的志愿者。HACKleberry 的目标是《瘢襞少女》的盗版用户，那些被称为“收藏家”的人——这一称呼来自福尔斯的小说标题。

瘢襞少女。那是令阿形溪之名享誉世界的“作品”。

有位眼角有痣的少女。左手直到手腕都裹着绷带，上面渗出血迹。在网络的某个角落里，这个瘦弱的少女抱膝怯生生地坐着。任何搜索引擎都找不到她。她有一个官方网站，但她不在那里。运气好的话，在访问自动化的悬赏站点，或者点击新闻网站，又或者搜索大葱料理食谱的期间，你的浏览器会突然打开一扇门，进入少女所在的房间。如果你能很好地介绍自己，也就是能消除少女的胆怯和戒心，那么你就可以享受和她的短暂对话或者简单的游戏（扑克牌、黑白棋之类）……少女也会零零碎碎地说起自己。

我第一次听说《瘢襞少女》，是在这个话题走红之前。有位消息灵通的朋友兴奋地告诉了我。

阿雅砂——这是少女自己说的名字。据说是十二岁，但不知道真假。她穿着长袖针织衫（尺寸略大，显得有些臃肿），偶尔会把衣服掀起来，露出手臂或者侧肋。那上面明显都是暴力留下的痕迹。其中的残忍令人窒息。

“谁干的？”有人忍不住问。

“不知道呀，”阿雅砂回答说，“找找看吧，再把我从这里救出去。”

但是房间突然从显示器上消失了，怎么重试也未必能再见到。

根据官方网站的说明，要想遇到阿雅砂，需要下载一个doors文件，并与浏览器连接。当访问的网页具有某种特征（似乎是与内容无关的部分，就像是代码的某种习性），并满足其他若干条件时，浏览器就会调用doors文件，将开发者散布在网络各处的模块汇集起来，在当前的浏览器上展现出阿雅砂的房间。房间数据、人机界面、会话引擎、容貌与声音、记忆片段群、伤口的形态和位置，所有这些部件汇集在一起，门便会打开。在短暂的相遇时间结束后，模块们又会像原来一样，分散到网络的不知名处去。

阿雅砂的经验信息似乎会在回收过程中更新。因为下一次见到阿雅砂的时候，她会记得你。但是你会狼狈不堪、惊慌失措。

因为阿雅砂会把新的伤口展现给你看，并且这样说："你看，这是你上次留下的伤口。"

从某种意义上说，阿雅砂只是暂时存在于使用者的终端上。从另一层意义上说，她根本不存在。阿雅砂只不过是散布在各处的细微模块零散保存的信息而已，只有当它们组合在一起的时候，才会有一种仿佛存在的感觉。但从其他的角度来看，也可以说阿雅砂是一个覆盖了世界的、广袤无垠的、不断重写自己的存在。

这些都没什么大差别。只是如何解读同一个现象的区别，仅此而已。

"我留下的伤口？"

于是你忍不住要这样问。

阿雅砂说，这样随意的聊天对她是一种诅咒。每次像这样聊天时，伤口都会增加。聊天并不痛苦，而是快乐，但有一个无情的系统在某处运行着，它和阿雅砂连在一起。当与你分别的时候，那个系统就会吸走记忆，将之转化成伤口和痛苦，刻印在阿雅砂的体表。阿雅砂只有伴随着那样的痛苦才能想起你。

于是你终于明白了。

监禁和伤害她的，是网络上无数的阿雅砂的粉丝。是你的终端，也是你自己。

瘢襞少女。这是官方网站的名字。全世界有无数的聊天对象。全身覆盖了无数层的伤口。只有通过聚集的伤口与疼痛，阿雅砂才能记住这个世界。阿雅砂的世界通过伤口记忆。

“我非常震惊，”我对凯尔说，“第二次见到阿雅砂的时候。”

“谁都一样。”

凯尔的爱抚很适合我。热情又小心，没有过度的热切。我的身体在保持着凉爽的同时又陷入混乱。我喜欢那样的克制。

“我哭了。不过不是因为阿雅砂。”

“……”

“我想起来自己读《收藏家》的时候。”

“哎？”

“那个女孩……米兰达几次试图逃出凯列班的监禁，但最后还是死于肺炎。”

凯列班是监禁女性的蝴蝶收藏家——小说主人公的绰号。

“哦。”

“我发现是我杀了她。我在读书……读着读着，米兰达就死了。在和阿雅砂第二次对话的时候，我突然发现了。我很震惊，就像被枪打了一样。”

“什么意思？”

“在我翻开书之前，米兰达只是印在纸上的文字。如果我不翻开书，她就不会死。正因为我不小心读了书，她才‘活了’。”

“活了？”

“对。在读书的时候，米兰达确实活了。在我心里。但是，读到后面，我只能眼睁睁看着她慢慢被我逼入死地。她明明那么聪明，那么美丽，”我流下了泪水，“是不是很傻？但我确实发现，对小说中的残酷场景皱眉的我们，才是真正的罪犯。”

“她可能并没有死，”凯尔轻声说，“因为你还记得米兰达有多生动，对吧？所以米兰达的小小人格已经保存在你心里了。即使你没有意识到，你的米兰达也会作为一个无意识的子模块，生机勃勃地思考着。”

“谢谢你。”尽管这只是德拉霍什教授的一贯观点，我还是抱着凯尔的头亲了一下，“所以读的书越多，我的处理速度就越慢。”

凯尔抓住我双手手腕，往上推到枕头的位置按住，又把我的腿缠住固定。用牙齿咬我的胸，留下小小的齿痕。我喜欢他这么做。

“你真温柔。当然啦，谁都会和阿雅砂共情的。”

我笑了:“啊,凯尔,凯尔啊。你不明白。你完全说反了。”

“说反了?”

“我不是说了吗?我不是想到阿雅砂的经历才哭——哪怕我明天就死了,至少我会作为阿雅砂的伤口被记住。我们都是阿雅砂心中的小小人格……想到这一点,我如释重负,才哭起来。”

“我想教授所说的信息拟姿还没有得到很好的理解——实际上我也没有,所以希望您能通俗易懂地再解释一下。”电视主持人带着笑容说道。

虽然嘴上说着“希望”,但电视主持人看起来完全不感兴趣,这很奇怪。那是我还在哥德堡大学时教授送过来的录像带。可能是直播。教授不在演播室里,只有一张脸映在大屏幕上。

“嗯,你有时候会像别人那样思考,是吧?”

“嗯。”主持人有点儿不知所措。

“你会想,他会这么说话,他会这么行动,然后你就会学着他说话、行动,对吧?”

“嗯,是啊。”

“但那并不是‘他’,而是你在想。”

“嗯,没错。”

“你认为他人的判断和行动是有益的,因而记住。你观察他人如何应对刺激,将他的外象保存下来。日后在遇到问题的时候,将那外象模式调出来模仿。但是,思考的人是谁呢?”

“是，我……吧？”

“‘我’又是什么呢？有一种观点认为，人的思考和意识，是无数运算器官的集合。你就是那个集合体。在认为他人的言行有益的时候，你就会给自己的运算器官追加一种新的行动方式。在需要的时候，你就会把问题交给那个器官，收取处理结果。”

“一般不是会把它当作我自己的想法吗？”

“但是你认为自己‘在像他一样思考’。实际情况可能的确如此。运算器官在那一瞬间的处理过程中，可能确实调用了与‘他’一模一样的意识。”

“信息拟姿和您说的这些有关系吗？”

“能不能将意识复制到虚拟世界——这种问法未免太含糊了。复制什么？复制是什么？如果是制作意识的模拟器，那太困难了。意识大概并不具有能够落在设计图上的构造。它可能更像是一张张的漫画，不知道为什么能变成动画一样的东西。也许应该说是一种现象吧。或者像是电流经过导体时会伴随发热一样，信息流动和代谢时发生的现象——被我们称为意识。

“若是那样的话，复制意识的想法就没有意义了。因为现象无法成为构建的对象。只能引发它。我们无法制造火焰，但可以制造暖炉，燃烧木柴。”

“那要怎么做？”

“是‘安奈’[①]这两个汉字？”溪很吃惊的样子，“全名是卡

---

①日文原文中一直将“安奈”写为片假名“ナンナ”，这个名字的常规译法是“安娜”。

琳·安奈·卡斯基？这样啊。”

这是秘密武器——这么说有点儿夸张了。它是用来和溪成为好友的鱼钩。

“你妈妈是日本人呀。你在日本住过？”

“十二岁的时候吧。上大学时又去了国外。”

溪的房间和我的完全一样，但感觉小很多。可能是因为身材庞大，也可能是因为乱得连落脚之处都没有。

溪在聊天的时候手也没有停，一直在织毛线。

整个地板上都是旧毛线。当我知道溪带来这里的大批行李，其实都是旧毛衣的时候，确实很吃惊。溪把它们一件件都拆开。拆开的毛线当然不整齐。在织毛衣的时候，织工投入的能量化作毛线的扭曲保存在其中。溪在编织的过程中抚平那些扭曲，仿佛乐在其中。

“你在干什么？”

“织毛线啊。”

“织什么？”

“把各种线混在一起——什么都行。一边织一边想。重要的是手先动起来。”

你会觉得能在这里非常幸福吧。毕竟阿形溪正在着手她的新作。

看着溪手上的动作，只见架着织针的地方，疮痂都剥落了，血淋淋的。

“不痛吗？”

“痛啊，当然痛，”溪没有停手，“不光这里痛，这具身体啊，到处都不舒服。你把宿醉的头痛和恶心想象成皮肤上的感觉，贴在整个身体上试试。那就是我的感觉。永远习惯不了。这样的活法，没人能理解吧。”

听她平平淡淡地说着这样的话，我心中涌起某种迫切的感情，情不自禁想要抚摸她的脸颊，但我犹豫了。这里不是诊疗室。作为个人而非医生去触摸溪，我还没做好准备。

“没关系的，随便摸。”

我用涂了蓝色指甲油的手指摸了摸溪的脸颊。角质化的表皮就像大大的鳞片。我轻轻一碰，就有一片剥落下来。

就像瓷砖一样。

它掉在溪的膝盖上。溪坐在地上。掉落的鳞片下面还是同样的鳞片。

我浑身颤抖，想起体检那天看到的溪的裸体。刻印在全身的苦痛。我在想象。如果溪的这些纹理映射到我的身体上，会是什么感觉？

我起了鸡皮疙瘩。

那不是厌恶，但如果问我那是什么，我也无法回答。

“真羡慕你。”溪说。同心圆中的眼睛直直地盯着我，“你太美了。”

我在等待，等溪的手指再次滑过我，但是溪什么都没做。怎么了——话已经到了嘴边。溪在克制。我相信她想触摸我。沉默间，几秒钟过去了。

“第一眼看到你的时候，我就意识到一件事。”溪仿佛转移话题似的对我说。

“什么事？”我故意装傻。

溪像是要说什么，但没有说。

于是我说：“对了，告诉你一个好消息。凯尔啊，他是HACKleberry的成员。”

“哎？”

“他们每年都会定位和举报几个收藏家。厉害吧？”

“辛苦了。不过我不关心。”

“是吗？”我有点儿吃惊，“真是意外。你知道收藏家们对阿雅砂做了什么吗？你不介意吗？一点儿都不介意？”

“嗯，对，”溪淡淡地回答，“我无所谓。那些事情一开始我就知道。”

无法将阿雅砂保存在终端上，怎么都抓不到她的痕迹，但是有人破解了溪的设计。还有更恶劣的人，不仅“活捉”了阿雅砂，还做了进一步的加工，改编成猥亵、残虐的作品，在网上公开。特别是自称“凯列班”的不明身份的收藏家，心理十分异常，发表了许多令人作呕的“作品”，是HACKleberry们最为憎恶的对象。

我很失望。因为我以为，对溪来说，凯列班的做法，就像把自己的孩子绑架走了，又把她的尸体照片公布出来一样。

“你见过加工后的阿雅砂吗？”

“没有。”

“没人给你看？”

“不是，”溪轻轻一笑，“收藏家们都要给我看。他们就是那种禀性。每天都发给我，但我没兴趣，所以通常不看。从我把阿雅砂送出去的那刻开始，就这样了。她见过谁，被谁囚禁，有什么样的遭遇，我根本不在乎。”

“太无情了。”

“哈哈哈。大概是吧——只是我认为，现在地球上和卫星轨道上的所有碎片，包括被收藏家们拿走的部分，全都是阿雅砂。我无法保护，也无法控制。就是这样。”

“是吗……”

我盘腿靠墙坐着。我发现自己非常喜欢这个比我小的少女。

“手术是明天，该睡了。”

“没关系。没什么大不了的，就是个很普通的小手术，当天就能出院的那种。”

“凯尔担心你。你和别人不一样。”

阿形溪从来没有插入过丘脑卡。从来没有连接过。

“……直观性全身感觉是什么样的感觉？我想象不出来。”我故意用很直接的语气问。

“是吧。但是在我看来，我也无法想象你们那样的人生。一个个瞬间就那么消失了，再也找不回来了，太可怕了。我想象不出你们是怎么活下来的。”

“我们的人生就像沙子做的城堡？”

溪露出微笑：“这个比喻没有意义。”

就算沙子做的城堡，也是不会被破坏的世界。

“那你告诉我，”我把手搭在溪粗糙的手上，“你回想事物的时候，是什么样的感觉？”

录像带的后续。

“信息拟姿是怎么做的？”

“把你的习惯转移到丘脑卡上。”

主持人不太明白。

“人类的认知系统是为了适应栖息环境而形成的。不管是从投射在视网膜上的图像中检测到物体的轮廓，还是从双耳听到的声音中推测音源的位置，或者感觉卡路里高的脂肪很美味的机制，都是适应了树栖生活和寒冷气候的结果。就像每个人都有同样的器官，只要是人，构成认知的基本部件和结构都是一样的。

“有人模仿基因组，将之命名为‘认知组’。语言很伟大。从那以后，认知的解读与体系化得到了飞速发展。以软件方式模仿人类认知组的AI核心，目前已经成为机器人产业的基础。基于它的‘拟姿白纸’嵌入丘脑卡。但是这东西现在还处于光秃秃的类似人体模型的阶段。接下来——”

教授从屏幕上消失了，切换到图解画面——两个头部的CG模型。左边是真实的，右边是模型。

“把你的个性转移过去。”

光、声、味觉，被输入到真实的（也就是人类的）头部。出现了生理的、感情的反应。眨眼、微笑、打喷嚏。每一次，连接两个头部的电线都会闪烁。模型（拟姿白纸）慢慢变得像人类了。

“这不是动作捕捉，是情绪捕捉。”教授说，“感受个性决定环境输入如何作用于感情，表象个性决定感情如何表现出来。这是早期机器人 AI 研究过程中诞生的概念。但是我想设置一个中间区域来表现人类的复杂个性。我将它称为代谢个性。这是非常玄妙的概念，所以我们还不能直接导出它的本体，目前计划详细记录感受个性与表象个性，增加样本量，从而对中间领域做出经验性的表达。丘脑卡通过记录感受和表象，不断迭代代谢函数——用它来给认知体染色，那就将是你的信息拟姿。

“只要一年就够了。这个模型中包含了 flob。它是一项训练计划，旨在与你的身体感觉磨合。尽管你意识不到，但丘脑卡每天都会进行几千项自我测试，就像你的丘脑卡里有个健身房一样。”

这一次画面右侧出现了真实的全身像，用电线和中间的头（染色的认知体）连接在一起。

“婴儿在游戏中学习怎么使用自身。内在模型也是用同样方法制作的。测试的细节根据你的身体习惯自动定制。拟姿就是这样出现的。”

画面中心，认知体的头部周围成长出真实的全身像。

主持人歪着头，似乎没有完全接受：“只要转移我的反应，就能形成我的拟姿……？”

“它和你的外表一模一样，对事物的反应也和你一模一样。

同样，它有着同样的兴趣，同样的打开零钱包的方式。这就是拟姿。可以理解了吧。作为虚拟空间的企业模型，它够用了。不过——”教授点了点下巴，脸上带着微笑，但眼神很认真，“不过我很确定，我的拟姿和我有着完全相同的意识。就像是一页页的漫画可以被视为动画一样。虽然没人能确认这一点。”

“对了教授……”主持人似乎准备进入收尾阶段了，“到目前为止，都是这样通过直播和您交流。”

教授笑了。他知道主持人想说什么。他对主持人的平庸露出微笑。

“教授，您是本人吗？或者，您是拟姿？”

“你呢？”

从溪的房间回来的途中，我还有点儿兴奋。我不想马上回自己的房间，所以去了趟研究楼。通过综合认证进入楼层，来到监控室，打开面板显示器，确认我的拟姿的状态数据。临近深夜，她已经睡了。

话是这么说，其实我从没有见过自己的信息拟姿。凯尔、娜奥美，连教授也没见过。这里面是用官能素表现的世界，只有拟姿才能感知。我们能做的只有通过状态数据确认他们是否在正常活动。我们创造的世界，就像是这个校园的微缩版，拟姿们大约都在里面好好地生活着。总有一天我们会把他们装载在自己身上。那令人期待。希望能有一段美好的体验。

我拿起一支忘在桌上的银色水笔，浏览着教授和其他成员的状态数据，用尖尖的笔帽戳自己的脸颊。这是我下意识的习惯动作。

在日本读中学的时候，我养成了奇怪的习惯，喜欢把自动铅笔的笔尖或者圆规的针尖顶在脸颊上用力压。当力量适中的时候，会有一种朦胧的快感，不过一旦超过阈值，就会突然变成疼痛。我喜欢在那条线上保持力量的平衡。就是那样的怪癖。忽然间我想，如果用针去刺拟姿会怎么样？那是自己，但又在自己的外部。感受痛苦的是谁呢？

“晚安。”我问候过面板，离开了房间。

然后，我再次问自己。

为什么要给阿形溪插丘脑卡？

教授还没给我们一个完整的解释。不管怎么问他，他都只是呵呵笑两声，很愉快地说：“再想想。”

不过，这个时候我感觉到答案已经呼之欲出了。我很想找个人聊聊。

还有几个区域亮着灯。娜奥美那边也亮着。我情绪昂扬地走向第二天的主刀医生处。

丘脑卡是通过纳米手术插入的，患者的负担很轻。它很早就普及了，是个稳定的系统。虽然我有点儿担心溪的免疫条件，不过娜奥美设定了严格的过敏测试，结果无可挑剔。

娜奥美的区域主色调是白色。她一贯很整洁，正好相配。显示器的亮光和白色的衣襟照亮了娜奥美浅黑的脸庞。眼镜的细边仿佛一道光之线。如今眼镜是一种别有风情的装饰品。

“我能进来吗？”我把从大厅供应处拿来的纸杯递过去。

“哎呀，真正的咖啡，太感谢了。坐吧。”娜奥美摘下眼镜，挠了挠光头，“习惯早起的你这么晚来，真少见。”

“我刚才在溪的房间。”

“她还在织毛线？”

“嗯。”

“真不知道天才都在想什么。”

“所以我刚才问了。关于记忆的事。”我兴致勃勃地说了起来。

“嗯。”

“我问她：‘你回想事物的时候，是什么样的感觉？’”

“嗯。”

“‘回想’直观性的全身感觉，是什么样的体验。”

刚才的兴奋又苏醒了。

“嗯。”

“她是这么说的：‘发挥一点儿想象力就知道了，安奈，你觉得直观性的全身感觉是什么样的东西？五感全都原封不动地记录和再现。完完全全的？’”

几百亿张静止的图像层。每一张都是每秒四十帧的认知帧。我努力想象。

“突然我明白了。回忆起其中的一张，就相当于再现出‘那一瞬间的整体’，把身体包裹住一样。我会回到那一瞬间的中心。”

“是吗……”娜奥美似乎还没反应过来。

“溪不是一直都在说吗？她可以随时访问任何一帧，完全自由。而且可以正向移动，也可以反向移动。”

“……！”娜奥美啪地拍了一下手，“明白了！”

如果以每秒四十帧的速度再现积累的五感帧——那就是对过去完整的、没有一丝缝隙的再现。

“录像机……！”

“溪说过。不仅可以正向、反向，或者调整速度，还可以同时回忆两个以上的过去。”

“哦……”娜奥美呻吟了一声。无法想象那样的体验。全身感觉就像是一种包裹着自己的东西。同时启动两个以上的全身感觉，意味着溪可以从更高的位置俯瞰它们。

我有点儿担心：“丘脑卡的容量没问题吧？”

娜奥美终于回过神来：“啊，哦，没事的。那完全没问题，我有考虑外部存储。啊对了，不过我终于明白了教授的想法……安奈，是那样的吧？”

“嗯。”

“阿形溪拥有世界。完全用感官做素材，创造出来的完美世界。”

“嗯。”

“把它记录下来再现。”

“那和我们创造的‘官能素空间’几乎一样吧……教授早就发现了吗？”

信息拟姿与官能素空间的原型，已经在研究室内试运行了很久。但要将虚拟度假区变成商业模式，还有很多课题。其中最大的问题是，如何将拟姿在“数值海岸”经历的体验传递给用户。问题的关键在于，人类每分每秒的“全面体验”该以什么样的形式保存。这是必须要决定的。一旦决定下来，记录和传输的技术问题自然会浮现出来。只要有了问题，剩下的就好解决了。

“我们清楚地知道阿形溪是怎么记忆的。”

“我们也有实时的‘全面体验’，只是大部分都被丢弃了。但阿形溪——唯有她不一样。”

“弄清阿形溪怎么保存直观性全身感觉的——”

“只要进行数字化模仿就可以记录下‘全面体验’。”

“将那些记录——每一帧传送给人……”

我们叹了一口气。

请想象一个魔法小盒子。从虚拟空间归来的拟姿，把一个绑着美丽缎带的小盒子交给本体。本体把小盒子放到架子上，然后在某个时候解开。解开缎带的那一刻，全面体验便开始了。“那一瞬间的整体”通过所有感觉贯穿全身，然后又以每秒四十帧的速度再现。拟姿所经历的时间，没有一秒钟的遗漏，都成为本体的体验。汲取意义，产生感情，存储在记忆中。剩下一个空箱子。

那么，要怎么打开那个小盒子——怎么接受那些体验呢？用已经随处可见的技术来做就行了。丘脑卡。

我和娜奥美都很兴奋。这个办法还能让另一个“数值海岸”的商业化难题变得容易解决——将拟姿体验的再现次数限制在一次。正是有了一次性的限制，虚拟度假区才会有回头客，顾客也会想要游览多到来不及开封的缤纷世界。

“不过……”娜奥美有点儿犹豫，“把人生的所有瞬间都作为‘全面体验’记录下来，真的可能吗？不光是记录，还能随时调出那些‘体验’，进行非线性访问，且是多个视角。这简直像是应用程序可以随时打开巨大的文件，而且毫无延时。”

“存储器……要保存如此巨量的意识，需要极大的空间。它在阿形溪的哪里呢？”

在读《收藏家》的时候，米兰达在“我”这个平台上栩栩如生地活动起来。她的内容也许是福尔斯写的，但在读书的过程中，米兰达借用了我的大脑、我的身体感觉，也就是借用了我的心灵模块活了过来。读完之后，米兰达也同时烟消云散了吧。或者，她还存在于我心里吗？和阿雅砂一样，也可以有各种视角吧。

只有一点是确定的。愤恨、悲伤、对不合理之事的恚怒、自尊心、幽默感与生存意志——米兰达动员着我的记忆、我的感情，继续活下去。

被蝴蝶收藏家囚禁的女性。

那个形象，将会永远扰乱我的心。

圆规的针，并不是我自己拿到的。

中学同学们把我围在里面。我想起那残酷的、透明的笑声。

米兰达的聪明与坚强，正是我想要的。所以我希望米兰达使用我所有的愤恨、恚怒和意志。读到《收藏家》，是在很久以后了，那时候日本青少年的集体霸凌早已经成为过去。但我认为，感受到米兰达生活在我心中，我才终于可以和人生的那个时期告别了。

手术当然很快就结束了。第二天身体连接测试也很快结束了。那是使用者在多重现实中使用各种虚拟物的身体驱动——连体子的组装和动作测试。用可口可乐、肯德基和哈根达斯的幻觉来庆祝成功。零卡路里，无可挑剔。需要忌口的溪也吃得很开心。

那天晚上，我又去了溪的房间。溪和上次一样，还埋在旧毛衣的废墟中，坐在地板上。

“我自己来了。”我从冰箱里拿了一瓶矿泉水。

“啊，太好了，给我也拿一瓶——我现在有点儿腾不出手。”

溪从毛线的沼泽里捞出一个东西。褐色的、松垮的玩偶，大概有五十厘米。

“刚刚做完的。小熊，给你看。”

这是把毛线拆开，再重新织出来的编织玩偶。

“这是阿形溪的新作？”

“嗯，”她眯起眼睛，“我的得意之作。”

四肢细长。躯干和头都很长。眼睛和嘴巴的地方都只是洞。

坑坑洼洼。毛线的颜色很乱，估计是随意混在一起的，显得很破旧。最重要的是，毛线扭曲得很厉害，没有拉直捋平，所以全身都是不规则的凹凸。这哪里是“得意之作”了。

“说实话——”

“请讲。”

“——感觉很难看。”

“谢谢。”溪微笑道，“阿雅砂一开始也这么说，说有点儿可怕。那，差不多该动真格的了。看这个——”

溪把毛线挪开，露出下面的地毯。地毯图案是白灰相间的大方格。那方格从地上剥离，飞舞起来，一枚枚排在一起，在我们眼睛的高度把我们围住。方格上映出脸。那时候我肯定用力眨了眨眼。我想起被同学们团团围住的时候。但这只是多重现实的演示窗口，映出来的是预先编写在里面的角色。

“你已经这么熟练了？”

一件件毛衣出现在画面上，又自动解开，还原成各种颜色的毛线。然后，它们被逐一抽到画面的这一边，也就是我们所在的空间。毛线们仿佛受着某种意志的引导，又或者是想将自身意志具象化似的，彼此纠缠、相互编织，逐渐形成纤细的躯干，又长出怪异的四肢。编织小熊一下子落在我的膝头。我伸手去拿，有毛线的触感。多重现实的物体。

“这是‘新作’的样品？”

编织虚拟毛线的程序？不会是那么牧歌般的东西。肯定像阿雅砂一样，有一个缜密的陷阱，等着用匕首刺向那些天真的用户。这到底是什么?

溪又粗又黑的手指触碰我的脸颊。喧腾从那里展开。不是厌恶,是快感。不,应该说是预感。

“第一次见到你的时候,我真的吓了一跳。”

溪凝视着我,然后用手掌贴住我的一侧脸颊,拇指抚摸我的嘴唇。

“是吧。”

我习惯了被人凝视。从小就总是被人肆无忌惮地凝视。每一双眼睛中都能看到赞美。在溪的眼睛里也看到了同样的东西。我放松情绪,叼住溪的拇指,用舌头轻轻舔了舔。我知道自己很湿了,但这也在控制之下。一种攻击的感觉。

“你很坚强。”溪说,“没有输给圆规的针。你瞪着同学,没有移开视线。”

“……?”

我脸上一定满是茫然。半晌间我都没理解她说了什么。

溪从我嘴里拔出拇指。

“瞪着她,用自己的意志把针按在脸颊上。痛苦的地方,正是我的人格边界。只要我能自己控制那种痛苦,我就不会受统治。我就会是我——你是这么告诉自己的呀,安奈。”

“为什么……”我说不下去了。那件事我从没有告诉过任何人。

“安奈,给我看看你的手指。”溪轻轻地命令我。

无法抵抗的语气。

“给我看。”

我伸出手。于是我的指尖便沿着指纹的纹路解开，在风中战栗般地摇摆。

“你看，”溪的声音，“你内心的声音，可以从这个缝隙里听到。”

我点点头，接受了这个现象，就像接受梦游一样。而且我也知道这是多重现实展现的东西。

我的丘脑卡被干扰了。我想再等等，看看溪要做什么。

溪包住我的手，用力搓揉，就像温暖被冻伤的手一样——我母亲经常这么做。当她的手放开时，线条便完全松开了。手腕以下的部分都变成了远比毛线纤细的、只有指纹那么宽的细丝，轻飘飘地晃动着。

“我想要你。”溪在我耳边低语。

黑色手指的轻抚，让我有种战栗感，而在这样想的时候，我的耳垂解成了同心圆状。耳之旋涡。溪将手指插了进去。旋涡乱了，缝隙扩大。

就像微发泡的餐前酒唤醒味蕾似的，溪的手指作用于我的内部。平时不曾意识到的无数——物理的、化学的、信息的过程，突然间一个个都被感觉到了，其庞大和精密让人震撼。全身的一切组织都在无声地进行着信息与无知的持续代谢。那总和便是我。每一瞬间的差分便是我。

解体范围扩大了。指纹的丝线变成了如同榻榻米纹理般的细微线条，覆盖了全身，迎合着溪的爱抚，喧闹地扭动着、飘浮着。

不用着急!

这不是物理现实!

我的一部分这样叫着。拼死叫着。

这只是多重现实。

物理世界的身体没有受到任何影响!

但是,我已经被溪大大的身体抱住了,赤身裸体躺在她的怀里。每当她触碰新的部位,我就像被钓上钩的鱼一样抽搐。我的脸上满是泪水,不知接受了多少个吻,又返还了多少个吻。我乞求爱抚,每次都在爱抚中解体。我流下口水,流下眼泪,流下汗珠。我一定像个婴儿似的,用全身哭诉着什么,大约是恳求再多告诉我一些我自己吧。对性爱感官的介入反而很少。我看到构成我的无数模块,被丝线牵引着依次悬吊起来,就像珍珠项链一样。我知道结被解开,自己在被有序地解体。

"我"被抽取卷起。

就像旧毛衣一样,保持着编织的扭曲。

"你真的太美了。"

我掀起溪的衬衣,用身体摩擦满是肥厚脂肪的坚硬腹部和巨大的乳房。粗糙、坚硬的表层。溪与外界的边界。我就像失去视力的人用手触摸来认识物体的形状一样,喘息着品尝溪如同废墟般的皮肤,不放过那细微起伏的每个角落。

凹凸不平的、遍体瘢襞的、溪的边界。

啊——

地图。

这是溪的地图。

没有任何脉络，那样的想法忽然浮现出来。

意识在这里浑浊、断绝。

＊＊＊

德拉霍什教授开发了官能素空间的体验记录形式，并将之实用化。从溪的丘脑卡汲取的庞大直观性数据支撑了这一工作。论文中也列出了我的名字。同时，教授也宣布了“数值海岸”的开放时间，并发布了另一种与之前不同形式的信息拟姿。它实际上只对现有的网络服务代理做了很小的功能扩展，但在宣传即将到来的划时代服务上起到了极好的效果。

同一时期，阿形溪也发表了新作《拆解[1]》。这是一组低价发布的工具群，采用的是如同办公用品般枯燥乏味的销售方式，与上一部作品《瘢襞少女》将震撼性角色放在前面的做法形成鲜明对比。即使如此，这部作品依然取得了轰动性的成功。如果说教授的程序是巨大的杀手级应用，那么《拆解》则是与之互补并提升其吸引力的免费软件。

这对组合，是为即将登场的“数值海岸”做铺垫，担任着先锋角色，帮助人们熟悉信息拟姿这一崭新的概念。

---

① 原文为Unweave。

在丽丝四季酒店的套房客厅里，我与阿形溪相对而坐。

三年没见了。

溪住在这里，是为了下周在热罗尼莫斯修道院的圣玛利亚教堂举办的音乐会。

“这个真厉害。”

我摸了摸音乐会宣传册的光泽封面。在纸上涂布干涉层，印上动画。完全不用多重现实而实现这样的效果，可以说非常奢侈。由此也能看出那是一场花费巨大的活动。

“是吧。”溪在我对面满足地微笑着。

“但这上面没有你的名字？”

“我又不演出。”

“对这些真是淡泊呢。”

“对。我更喜欢做幕后者。”

溪抚摸着沙发上的织物。那是以植物艺术为核心的布料。溪从上面摘了几朵大大的蔷薇花，放到香槟冰桶的冰上。我摘下一片蔷薇花瓣，贴到自己的上臂，当作临时的文身。

这是多重现实的小花招。第三代多重现实的普及速度超出教授的预期，等不到“数值海岸”登场，世界已经逐渐成为可以右键点击的现实。每个人都可以按照自己的喜好来布置环境。

“连接的玛利亚，被连接的玛利亚。”

宣传册的封面上用美丽的字体如此赞颂。背景里播放着圣玛利亚教堂的影像。模仿椰子树的宏伟石柱上覆盖着过剩的装饰，穹顶上交错着叶脉般的线条，宛如巨型生物的内部。还有玛利亚像。无限繁殖与扩张的意志。大航海时代的人类意志。把手放在封底，各种企业的商标便会交错浮现。音乐会上，教堂内部将充斥着华丽的多重现实特效。在那座富丽堂皇的教堂里，一定会产生令人惊叹、恍惚陶醉的效果。

这是一场音乐会，同时也是《拆解》下一个版本的发布会，还是相关企业的展览会。每首歌都是各个公司的展台。

那一夜，溪对我做了什么？第二天早上，我发现自己躺在自己房间的床上。我没有去问溪发生了什么，但可以推测。不，应该说我可以确定。

溪对我用了《拆解》。比商业版更加强大的版本。那时候已经完成了。

那时候我的丘脑卡同时具备双重功能。一是利用多重现实的功能。二是培育自身拟姿的功能。这两个功能当然是严格区分开的，但估计溪就是攻击了这里。她让多重现实的一侧读入我的拟姿并加以运行。于是，物理实体的自己和拟姿的自己，同时在我心里启动。溪解体的是从我复制而来的拟姿。——这样想来，那种幻觉般的体验终于也能有个解释了。

解体。

人的代谢个性，其实可以描绘成毛线团一样的结，而且可以“解开”——这就是溪以及《拆解》的思想。人的一切个性，极端地说，都是由出生时的初始值，以及通过五感接收的环境信息所创造出来的。对于普通人而言，环境信息的历史数据大部分都会被丢弃，但在此基础上残留下来的东西则会不断塑造你。你是将你的过去和现在不断编织进来的织物，是纹理不断变化的动态毛衣。那纹理和编织的图案，也反映在信息拟姿上——更准确地说，拟姿的本质就是将之反映出来。

再说一遍吧。

溪把《拆解》应用在了我的拟姿上。她把能够像解开线团一样解开拟姿并重新编织的工具，应用在了我的拟姿上。

在德拉霍什教授把另一种形式的拟姿展现给我看的时候，我大吃一惊。

因为和溪展现给我的编织玩偶一模一样。

它是现有服务可以使用的化身。

商业版的《拆解》是能够编辑这个化身的工具。可以解开玩偶，更换毛线，再重新编织起来。解开方法和编织方法都有无数的配方，这些配方能让化身的言行产生明显的变化。原本和自己言行风格完全一样的化身，会突然改变肢体语言和说话方式。即使如此，化身还是保留着自己不可磨灭的性格。

此外，作为进一步的应用，《拆解》还提供了其他服务：能在家人、朋友之间交换毛线，或者能在限定期间内使用喜剧明星的毛线。

这样的趣味是冲击性的、革命性的，也是易于理解的。

右键点击自己。

和认知增强药物、蛋白质重组之类完全不同，它是迷你型的、工坊式的自我改造。那样的愉悦令人着迷。

仔细想来，溪正是具有这样的天赋——探索沉睡在世界中的欲望，将它以出乎意料的方式具体化。

我用手指摘了一颗蜜渍的葡萄送到嘴里。

然后，我问出那个一直都想问的问题："……有件事我想弄清楚。"

那一夜全身解体般的感觉，宛如遥远的回声般重新涌现。我站起身，绕过桌子，触摸溪那令人心痛的手臂，开口问："你是用这里记忆的吗？用这里思考的？"

瘢襞。凹凸不平。每个点都是独特的。所以溪对自己的身体有着无与伦比的精密把握。

溪是不是将躯体感觉本身当作存储器一样使用？

溪的表情无法辨认。只有声音回答："所谓活着，就像是站在洪流里。"

我点点头。无论希望如何安静生活，也无法片刻逃脱世界的冲刷。以每秒四十帧接受世界的冲刷，这就是名为"人类"的现象。

"独立于五感的一道节拍。"溪继续道。绝对时间。内部时钟。"我能感觉到它。我知道它的存在。我的优势就是这个，只有这个。"溪抚摸自己的手背，"它们并没有记忆。这只是一种该死的疾病。但它们引起的疼痛、瘙痒和僵硬都是有意义的。在绝对时间与身体不适所形成的干涉波中，我的切片被保存下来。

还有其他无数垃圾。”

自从出生以来，溪的身体便充满了痛苦和不适。以它们做感光材料形成全息图。绝对时间的节拍是参考波。巨大的空间，就存在于溪的不适中。

在苦痛中记忆一切——不，是被迫记忆一切。我不禁想起了阿雅砂。

不过同样可以想到的是，如果有这样的空间，那么也能同时认识多个现实吧。

我小心翼翼地问：“我想要你——你对我说过这话，还记得吗？”

“当然，”溪承认，“因为你和阿雅砂一模一样。”

第一个告诉我阿雅砂的朋友，正是因为这个才惊讶地联系了我。我第一眼看到阿雅砂，也吓了一跳。因为屏幕上是裹着绷带的我。从那一天起，我的脑子里便总在想着阿雅砂。幻想自己遍布于这个世界，受到无数人的虐待。这想法折磨着我，（坦率地说）也令我兴奋不已。如果说我没有从中感受到愉悦，那是撒谎。

我下定了决心，问溪：“还想要我吗？”

“为什么这么问？”溪微微侧首，似乎很奇怪。和三年前没有半点儿变化，如同棒球手套般变形的大手拿起一只雅致的玻璃杯，“你明明早就是我的了。”

我很惊讶。

于是等待溪的下一句话。

“……”

溪什么也没说，只是看着我。

在粗糙的同心圆底部，溪的眼睛仿佛要和我说什么，又像是在等待我发现什么。

叮——我仿佛听到脑海中响起一个声音。

“是你的？”

像是回应我的声音，大象般的眼睑降了一半。那是溪点头的信号。

“怎么会……”

我终于明白过来，明白了这话的意思。

我看看自己的双手，然后又抬起头。

“安奈，你明白了吧？德拉霍什教授刻意选择库布里克的房间的理由。”

“那是——”没错，我明白了，“如果保持极度单调的舞台，那么即使是在尚不成熟的官能素世界里，也能营造出不逊于物理世界的真实。拟姿不会想到自己是在官能素世界里……”

这就是为什么我们都住在学校里，几乎从不外出，甚至连寝室也是很朴素的装潢。到处都是简单质朴的建筑、道路、植物。不自然的食品。只有人造音乐。

这一切都是为了让拟姿认为自己是本体。

那么，我是拟姿？

“胡说八道！”我朝窗外挥舞手臂，“这里是里斯本，对吧？传统、美丽、复杂的城市，不是吗？这样的景色不是创造出来的。”

自由大道从广场向东南延伸。从这里看不到两侧的人行道。因为行道树如同森林一般繁茂。大道尽头可以看到复兴广场的白色方尖碑。远处是一片蔚蓝的大海。泰乔河口。

“是啊，”溪说，“因为你已经连拟姿都不是了。”

我猛地放下双臂。

难以言喻的情感，如同玻璃杯里的泡沫一般，沙沙作响着从腹部升到胸口。

“这里不是里斯本？”

“嗯。”

“也不是官能素空间？”

“没错。”

“这是——”我伸手触摸窗户，“是你的直观像。是以你的体验为素材创造的世界。”

我又一次环顾这完美的景色，闭上眼睛。请原谅我用这样的表达。即使这不是眼睛。

我被囚禁了。

被那个想要我的女人，囚禁在她的不适与痛苦交织的空间里。

“安奈，你知道听说你有拟姿的时候，我有多开心吗？在物理世界见到你的时候，我就决定要把你变成我的。要把你的整个肉体复制下来，就算是十个我也做不到。但是拟姿的信息量要少很多很多，复制它并不难。

“所以我立刻要求给我装丘脑卡，然后把我的拟姿、测试空间都发送到面板中的官能素空间去。就是那个研究室所有人的拟姿开会的房间。安奈，当你仔细看我这个样子的时候，我很开心。你真的像是在用眼神舔我一样。”

“所以那个晚上——你并没有侵入我的丘脑卡。”

“是的。我解开的不是物理世界的你。我在食指里装了《拆解》。”

我叹了一口气：“不是也可以在测试空间外面远程操控吗？”

溪笑了笑：“那太可惜了！我想用我的乳房和肚子摩擦你。我就想这样把你深深记住。我想用这根丑陋的、像狗屎一样的手指解开你。我想好好爱你拆解开来的一份份记忆。”

我要哭了。这正是我希望她做的事。

溪就是这样把我做成了直观像的文件吧。通过装载拟姿，溪盗走了我的副本——也就是现在在这里的我。

“难以置信，”颤抖的手抚摸脸颊，“我，竟然有这么清晰的意识。”

如果告诉凯尔和教授，他们会是什么表情？告诉他们，拟姿是足够真切的“我”，是在实际应用中完全没有问题的“我”。

但“我”是谁？我应该是在用溪的心理模块思考和感觉。就像米兰达活在我心里一样。所有这些惊讶、困惑以及激动的感情（喜悦？），全都依存于溪。

而溪应该也是基于我来思考和感觉的。就像我基于米兰达而生，基于米兰达获得活下去的力量一样。如果这个模块曾经被用来创造阿雅砂，那么我心中甚至还可能混有阿雅砂。我仅仅是溪的思维的一部分吗？或者，我是执拗啃噬溪的资源的寄生者？

我突然很想确认。

我拿起香槟酒杯，在沙发的扶手上敲碎。透明锋利的碎片飞溅开来。

“如果我用这个割手腕，溪，你会痛吗？”

“你以前读书的时候，真的有感觉到痛吗？”

“没有。”

“那么我也不会。但你一定会痛。很痛很痛。”

“是呀……那，溪？”

“什么？”

“谁给了你复制我拟姿的许可？教授吗？”

“你觉得是谁？”

答案显而易见。不可能是别人。是的，我比任何人更希望这样。

“是我。有件事我没说过，你想听吗？”

“请讲。”

“凯列班——是我。”

心中的大石仿佛落地了。

“哦，那个我知道。”

“哎……”

也是吧。溪知道我的一切。

“哦……对不起，我对你的阿雅砂做了很多很过分的事。我一次又一次地想，自己怎么能做这么残酷的事呢？但是怎么也忍不住。那太美妙了。我控制不了。”

“完全没问题，”溪吻了我，“我常常会看凯列班的作品。很不错。安奈，你和我就像镜子映出来的。我们很相似。”

“哦……确实是啊。”

我站在房间中央。这里是阿形溪的内部。

一切如我所愿。

我终于成了洋娃娃。

而溪也终于得到了洋娃娃。

“溪。”我举起宣传册。

“什么？”

“真有音乐会？”

“有，下周。我给你看的宣传册和真的宣传册一模一样。我现在正在里斯本。”

“那我也能参加了。真开心。肯定很精彩。”

宣传册上列出了好几组“音乐人格”的演出者名字。他们不是严格意义上的人类。艺术家解开自己的化身，与其他的演奏者混合，即兴创造出新的“人格”来演唱。

“没关系，现在在这里就可以排演。”

通往套房里间的门开了。几个如同霞光般的人影走了进来。原来如此，化身比拟姿更轻。溪的内部是可以容纳许多人。

“你们好呀，同住者们。”

霞光们聚集在我周围，开始排练音乐。我能感觉到他们的视线。被凝视的感觉并不坏。我希望更多的人看我。

这份愿望很快就会实现吧。

因为，我是阿雅砂。

阿形溪插着丘脑卡。通过那张卡，我将与全世界的多重现实相连接。

我想像米兰达一样，生活在无数人心中。我想被你们观看。

我蹲在地上。最大的玻璃碎片，形状有点像冰激凌匙。我挺直背，摆出一个能让溪和霞光们看清楚的姿势。

然后，就像曾经对阿雅砂做过的那样，我一口气挖出自己的右眼，伴随着甜美的苦痛，吞下那枚果实。

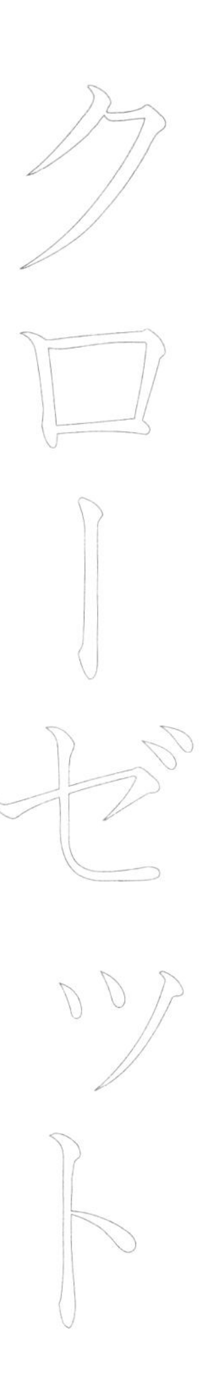

衣柜

首发于《科幻杂志》2006年4月刊

01

从上班的大楼出来时刚好十八点。出入口发来时间戳，在加莉·米塔利的视野一角微微闪烁，告知她这个时刻。

“下周见。”

同公司的浅生田金轻轻挥挥手，消失在人群中。她瘦小的背影和灵巧的动作都让人联想起女士用的皮手套。轻巧、强韧、手感很好。

对了，今年买双新手套吧。加莉一边想，一边沿着一贯的路线下到站前百货店的地下层，径直穿过点心、洋酒、熟食柜台，来到特色料理的专柜时，顾客和店员都时不时瞄她几眼。

加莉微微苦笑。在这里，即使什么都不买，也一定有人会偷看她。从人种上说，她可能确实属于父母的故国，印度共和国吧。

她喜欢颜色鲜艳的套装，就是因为它们很适合自己深色的皮肤，还有不输于母亲的美丽眼睛。

不过，加莉人生的五分之四都是在日本度过的。今天她要买的是豆乳、莲藕，还有西京腌鱼。

配合着行走在卖场里的速度，加莉的视野里逐一闪过文字、数字和符号。这是每个人都具有的装备——多重现实。设置在加莉脑部的丘脑卡，在物理现实上添加了多个信息层。她在买生鲜食品的时候，总会先查看流通信息。从架子上拿起卷心菜的时候，也会一边确认重量和菜叶包裹的层数，一边从食品标签上读出溯源信息。

刺耳的警告声响起。加莉把卷心菜放回架子上。这家经销公司存在许多不能为公平贸易的观点所接受的问题。加莉从多个值得信任的企业监察机构购买了食品的“公平评级”服务。在她的手触摸到商品的同时，总是自动对比最新的评级，并在需要的情况下报警。装载了这样的过滤器，就不必把时间浪费在无聊的担心上了（比如是否在不知情间助长了企业的恶行）。真可怜。农民用血汗种植的卷心菜，就被这样的企业毁掉了。如何搭配这类过滤器，也是自身消费格调的体现。比如说在 HACKleberry 网站上，就能学到各种搭配。

加莉继续购物。虽然厨艺不是很好，但她总是在周五晚上预备充足的时间准备饭菜。自从找到同居者以来，这种习惯已经持续了三年。即使两个月前同居者死了，她也继续保持着。

凯尔·麦克劳林做的印度香饭，滋味令人感动。那是印度风格的蒸饭，加莉只吃了一口就被俘虏了。各种蔬菜、大米、调味料交织在一起的立体味觉感受，简直清晰可辨。凯尔若无其事地说，这是你祖国的菜式，所以我想试着做做。加莉本以为自己的母亲厨艺很好，但母亲做的美味香饭，和凯尔做的比起来，也像是隔夜饭一般乏味。你看——凯尔把皮革大本子拿给加莉，那上面用钢笔写下了详细的菜谱，其中似乎也有很多凯尔自己的创意。

能把菜做到那么美味的人，也会死。

就像废弃电磁存储器时一样，很精心的死亡方式。

凯尔·麦克劳林在自己身上覆写了五百次“死亡”。

在卖场逛了一圈，买了加贺的莲藕和淡路的洋葱，回到地面上用鼻子和脸颊感受空气的凉爽。十一月已经过去。通往地铁站的道路两边都挂着彩灯，提醒人们假日季即将到来。加莉看到色调高雅的彩灯如同整齐的马赛克，铺展出长廊般的道路。很有品位——或者说，加莉觉得那是很有品位的灯饰。

就连刚刚落到眼前的行道树的枯叶，边缘也点缀着细微的光粒，像是薄片巧克力上挂了冰凌一样。叶片的中央，前方餐厅的图形文字微微发光。

不过，这些装饰大部分都没有物理实体，这种设计只有加莉才能看到。

店主和广告主支付费用，就可以播放数据。而为彩灯设计付费的，是加莉这样的一个个行人。与装备付费过滤器一样，装备自己喜欢的景色，也会产生费用。

加莉没有再绕其他路，直接走进车站，上了回家的地铁。一贯的座位已经订好了。

加莉身穿一件长风衣，那是富有光泽、近乎于黑的绿色，脱下来就会露出里面如同水果篮一般五颜六色的套装。华丽气息与加莉的高挑身材相辅相成。

车辆启动的时候，她决定喝一杯多重现实的饮品。手里出现一个中等尺寸的咖啡杯。虚拟咖啡也受著作权保护，因而同样需要付费。有时价格差不多能有真咖啡的一半。这实在太莫名其妙，所以虚拟咖啡最近卖得不怎么样。不过若是原本想喝的品牌已经停产，就可以拿来代替，而且因为永远不会冷也不会洒，加莉很喜欢。

打在窗户上的雨声有了变化，雨变成了雨夹雪。不过车里很暖和。加莉放松地回顾今天的工作。

进展不算顺利。

虽然距离截止日期还有一些时间，不过她还是想在下周开始前再深入一点儿。

加莉现在思考的问题，是如何给区界的AI带去恐惧。

"数值海岸"正式提供服务已经五年了。

而距离之前那场具有里程碑意义的音乐会——弗拉斯塔·德拉霍什和阿形溪在里斯本的热罗尼莫斯修道院举办的活动，已经过去七年了。

当时加莉就职于某个大陆资本的化妆品公司。公司赞助的某位艺术家要参加音乐会，因而她那天也在场。那场音乐会将第三代多重现实的精华集中在礼拜堂的圣坛上。加莉被那段体验感动得浑身颤抖，决定改变自己的人生方向。音乐会太精彩了。而就在几年后，更令人震惊的前沿服务——数值海岸开业，而且总部就在日本。加莉决心无论如何都要加入那个世界。

而她现在工作的小公司，就是以特别定制方式开发工具和模块，提供给制作区界的工作室。

公司老板为区界设计的“舒适的床”和“易用的洗手间”几乎独霸了市场。同时，公司还开发了一项划时代的技术，能让大量 AI 同时行动，却不会占据计算资源。另外，原本只被视为大规模工程专用的“蜘蛛”，之所以被赋予了如今的多样性，也是因为这家公司。所以公司虽然大众知名度不高，但很受大工作室和著名区界技师的信任。

加莉与上司田金搭档，负责制作定制的蜘蛛、AI 角色的资源管理系统等任务。浅生田金是这家公司的利润大户，此前一直给公司带来丰厚的利润。

本次的课题，是 AI 的恐惧。

客户没有详细解说他们的计划，总之大概是在构想一个高价的会员制区界，在里面提供嗜虐性的服务。

客户如此表示——

我们构想的区界，需要在心理上约束提供服务的 AI。向区界的登场人物提供并没有实际运行过的记忆，并将其楔入记忆的深层。是伴随深沉恐惧的体验、记忆。

那些平时并不会回想起来的记忆，诅咒和束缚着 AI 们，无论他们如何奔放，都无法摆脱这些束缚。无论他们受到怎样的虐待，都不敢尝试逃离那个世界。我们需要的就是这样的恐惧。

两个人设计了几个讨论用的草案，但都不合适。

好吧，这该怎么办?

加莉一边想，一边打了个哈欠。手和脚都暖暖的，她知道自己快睡着了。

加莉在视野里调出目前正在提供服务的区界数量。

一万两千零六十七。非常多。

如果把数值海岸比作一个主题公园，那么区界就相当于一个个游乐项目。

其实这个比喻不太正确。主题公园的所有游乐项目都是基于一致的理念制作的。但是，每个区界都是独立性更高的“作品”。数值海岸其实更像是电影服务平台，其中收录了古今中外的无数电影。有著名导演投入巨额预算的超级大片，也有天才灵感与熟练技巧结合而成的杰出作品，还有没天分的导演与不称职的员工偶然创作出的闪光之作。健康的、危险的、先锋的、保守的。这种多样性正是数值海岸的魅力所在。反道德的区界也不鲜见。

不过，加莉觉得，嵌入的“恐惧”，这一概念还是相当有趣。就像是给牛马烙上烙印似的，给 AI 埋入恐惧。自己未曾意识到的恐惧，成为围困 AI 的栅栏。

一万两千零六十八。

这么多的“作品”，此刻也正在吞吐着数以千万计的用户(的拟姿)。眼看着数量又增加了，变成了一万两千零六十九。新作品时时刻刻都在发布。

如果加莉他们制作出“恐惧”，那可能会像“舒适的床”一样，扩散到其他区界。近一万三千个区界，以及在其中往来的人们。

她把装咖啡的马克杯放到眼前的托盘上。

视线忽然落在左手拇指上。

没有指甲。

她看到的是未曾见过的小小白色组织。白色——仔细看去，带有些许绿色，是个顶端尖尖的组织。

那组织生长在她黝黑的指尖上。和球根的芽、水培的番红花切开尖端长出来的白芽很相似。

那不是多重现实。加莉知道，那芽来自这具物理的肉体内侧。不知什么时候冒出来的。

她把芽放到鼻子下面闻了闻。青草的气息，如同草籽般的生命力，也像是精液般的腥臭味。

她并不惊讶，也不觉得诡异，反而有种熟稔的亲密感。

啊，终于发芽了。什么时候开花呢？她带着快乐的心情望着那个小芽。

肯定不止这一个吧。

会长出更多的吧。回到家里，要赶紧把身体上上下下都检查一遍。

想到这里，加莉意识到这是一个梦，于是醒了过来。

醒来之后，发芽的感觉依然保留了一段时间——她感觉发芽是很正常的。

加莉享受了一会儿那种痒痒的感觉。几分钟后，那种感觉消失了，她甚至忘记自己做过梦。

地铁到站了。加莉出了站，雨雪更大了。视野里显示的气温降到了四摄氏度。加莉指示多重现实代理寻找出租车。那个代理价格很高，所以两分钟不到，她就和晚餐的材料一起上了车。

看了看“区界”的数量，变成了一万两千零七十五，加莉关掉了所有的显示内容，闭上眼睛。

不到十分钟，出租车抵达了加莉住的公寓。

那是本世纪初建成的十五层七十户规模的公寓楼，经过几次大规模翻新，整栋大楼都没了当初的模样，变成了十层三十户的公寓楼。入口、电梯、走廊都显得冷冰冰的，因为多重现实在这里无效。尽管知道这是安全防范的要求，但总有些让人不舒服。

加莉的房子在七楼。两间卧室，两组餐厅和客厅，还有三个隔间和两个衣帽间。算是标准的布局，足够两个人生活。

加莉换了衣服，开始慢慢准备饭菜。她并没有刻意要做得很好。加热豆乳，捞起豆皮，在蒸熟的蒲烧鱼片上加入葛粉馅，配上日本酒，极为享受。就着生鱼片、鲜腌菜、味噌汤，细细品味米饭。这是受了喜欢日本料理的母亲影响。母亲做的饭菜中印度料理越来越少，后来只限于特别的日子。父亲一直在抱怨，但母亲从不理会，说在日本的水土环境中一直吃印度的食物，身体会完蛋的。母亲经常半开玩笑地说，食物是生存的武装，必须符合生活环境。加莉很喜欢母亲做的日本料理，当然也喜欢偶尔会做的印度香饭。

她用泡在大杯子里的焙茶清了清口，看看时间，震惊地发现才晚上十点。夜晚的时间还很长。

她启动洗碗机，自己也洗了个澡，把湿毛巾扔进杀菌烘干机，走进书房。

桌子上散落着未完成的工作。

未完成的蜘蛛。

当然不是物理实体。那蜘蛛是加莉正在开发的程序。只有用多重现实的眼睛去看，才能看到它被放在哪里。蜘蛛外表带有小而圆润的皮革纹理，如文具般的可爱。

把制作蜘蛛当作爱好的人并不少见。研究数值海岸的结构，制作有用的蜘蛛，这本身就很有趣。而把制成的蜘蛛送去区界也很有趣。加莉一直觉得制作蜘蛛与某种行为类似，后来听说有人在“红河区界”用蜘蛛钓大鱼的事情，不禁一拍大腿，制作蜘蛛就和制作钓鱼的假鱼饵一样。

她把放在工作台上的蜘蛛肚皮朝上，打开面板，里面是一个小小的图书馆模型。她希望自己在数值海岸里休长假的时候能有无数图书陪伴，所以开始做这个。整理书架是细致的工作，她乐此不疲。这时，她不知怎的忽然想到了一个“恐惧”的方案。她赶忙启动一个多重现实代理，指示它明天早上提交报告，发送到网络上。

加莉觉得自己的注意力开始涣散，于是暂且结束手上的工作。她感觉自己消耗很大，以为已经过了三个小时，但是看看时间，发现还没过午夜。

窗外的激烈雨声和远处的雷声很嘈杂。外面的声音越大，室内就显得越发宁静。几乎触手可及的寂静。夜晚的时间还很长很长。

加莉叹了一口气，走去客厅，开始慢悠悠地往通用植物的花盆里浇水。

这是在开发功能性公园的过程中上市销售的玩具植物。将栽培套件中的药剂和器具组合起来施加刺激，便可以诱发出内含的各种表现形态。一株个体上会以马赛克的形式展现出几十种植物的形态。

树干基部如同孕妇的肚子一样膨大，各处凸出芽一般的组织。球根芽状的突起。

她已经诱发这部分很久了，而现在突然长出了芽。迟早有一天会在这里看到多样性的展现吧。加莉用手指摸了摸其中一个芽。芽被黏液膜保护着，按上去有种黏糊糊的感觉。

就在这时，加莉忽然发现自己在流泪，不禁愕然。

她从没觉得凯尔死得很痛苦。

她和凯尔·麦克劳林相当于情投意合的异性室友。她对他的身世、经历一无所知。愿意的话，两人可以享受性爱，不过那样的对象本来也有很多，而且男女都有。凯尔不喜欢过多干涉，也不要求干涉，而且他比自己年长十岁，产生了一定的距离感，所以同居生活很快乐。不过她也知道他们迟早要分手。

——然而自己这种狼狈相又是怎么回事呢？

——为什么不赶紧搬出去，找个新的对象呢？

加莉在洗脸池洗了脸。柜子里还有凯尔的安全剃刀。百年来没有改变过形状的完成态工具。他生前最后一次用完安全剃刀后，还仔细地清洗了，刀刃也拆了下来。

像是要把自己的痕迹完全抹去。

最后一夜，死亡之前，清洗剃刀的时候，凯尔在想什么呢？

在自己身上覆写了五百次的死亡，然后死去。

或者，是被覆写而死。

“够了。开始吧。”加莉喃喃自语。

02

打开凯尔房间的灯。房间的摆设一如他生前。

压倒性的留白。还有白与红。这是第一印象。在一个私人办公室大小的房间中央，有一张可以容纳几个人开会的桌子。鲜红色。同样的颜色也用在周围的椅垫上。地板是统一的麻色起毛材质。墙壁与天花板是种类纷繁的白。间接照明的布局很巧妙，形成了微亮的无影空间。

一面墙壁的边上有个小桌子，另一面墙壁边有大大的皮革躺椅。皮革也是醒目的红色。

第一次看到的时候，加莉很吃惊。家具很少，但没有任何一个是流水线产品。站在门口一看就知道，每件家具都有着出类拔萃的品质。加莉如今已经得知凯尔的经历，知道那是在模仿弗拉斯塔·德拉霍什教授的会议室——库布里克的房间。丘脑卡的革新、信息拟姿的开发、官能素空间的实用化——凯尔是实现了所有这一切的、与阿形溪一同从零开始创造数值海岸的团队中的一员。

加莉很后悔。如果多问一些就好了。

所以上周她试了一下。

她试着问了他。

问他为什么死。

睡椅一侧的墙上，用木头和金属搭成坚固的架子，上面放着各种古董音响设备。那也是从一开始就在的。其中还有近百年前的设备，令人惊讶的是所有都是完好品，一直通着电。看来确实是无价之宝。但奇怪的是，没有放音箱。

正是这个缘故，加莉现在站在这个架子前，感觉就像是站在夜晚的动物园里。大大小小的笼子里，野兽们都在沉睡。

加莉摸了摸线条流畅的意大利产前置放大器，享受了片刻旋钮的温柔手感，然后离开架子，坐到睡椅上。椅子非常大，容纳身材高大的加莉都绰绰有余。她躺下去。墙纸上，在相当于她眼睛高度的地方，有一个小小的斑点，轮廓看上去像是自行车，又像是恐龙。

加莉舒展四肢。

这个睡椅有着昂贵家具的外形，却是信息拟姿的传送装置。

加莉的多重现实，渗透到室内网络中，将她自己房间里专用的拟姿接入器和这张睡椅及丘脑卡连接在一起。

接入器上有个标题列表，当然只有一个值得选择。加莉放松下来，等待传送开始。

人们总说，人类至少还需要一个世纪，才能替换成信息化的存在，迁居到虚拟世界。

但这个欲望从上个世纪末便在推动人类，等不了一百年。在这样的情况下，哪怕把世界的某处强行撕开，人类也要达成自己的目的。即使技术上绝对不可能，也会制造出临时性的替代品。这就够了。人们追求的不是理论完善，而是平息欲望带来的痛苦。

德拉霍什教授非常理解这一点，所以他能制造出一个很好的“临时替代品”。

尽管“生活在这里的我”不能直接搬去虚拟空间，但可以把临时性的替身——信息拟姿派往有限的计算世界，然后由拟姿把体验经历带回来。

当用户在赚钱填饱自己肚子的时候，录像机就会遍历他们喜欢的服务器，存储节目。同样地，信息拟姿会将在区界的体验记录成直观性全身感觉并返回。在用户有空的时候，开启拟姿，接受体验的传送。

加莉闭上眼睛，如同性格严肃的老人一丝不苟地执行就寝程序一般，有条不紊地依次想象若干画面。为了让传送顺利，每个人最好采用自己的风格。

加莉使用的图像，是具有无限纵深的衣柜。衣架上挂的是自己的皮肤。腐皮般温暖，避孕套般纤薄柔软。几百片、几千片，延续到衣柜的深处。机械臂不知从哪里探出，如同点唱机搬运唱片似的，夹起一片皮肤，夹起信息拟姿，迅速送到自己面前，催促自己穿上。这是未曾开封的体验，是你的体验。皮肤表面用静脉色描绘着精细的底纹。加莉在裸体外套上裸体。穿过手臂，穿过双腿。胸上套胸，背部套背。脸紧贴在脸的内侧。张开嘴，舌头穿上舌头，牙齿盖住牙齿。轻咬牙齿，轻舔牙龈。

多重现实的耳朵，听到传送开始的嘶嘶声。

已经开始了。

加莉身处充满了微小粒子的空间里。

那是官能素。

拟姿没有感觉器官。那它如何感觉世界？

视觉显示器，由铺设在其中的一颗颗像素分别显示不同层次的原色，进而组合表现出各种颜色。同样的，铺设在区界中的单个官能素，以层级数据的形式保存着构成感官的一切要素。在别处计算出的世界，投射（描画）在充满官能素的三维空间里。

没有感觉神经的拟姿，与这些官能素接触、摩擦、穿梭，以此来体验世界。

微粒子如同流沙般流淌，擦过加莉（拟姿）的表面。那粒子越来越细，当它超过了人（拟姿）的分辨能力，加莉已经无法再感觉到它是微粒子时，忽然间发现那已经成了吹拂在区界里的风。是光，是温度，是声音。刺骨的寒风。黯淡的光映照的天空。旁边可口可乐的广告牌在风中摇晃。大约因为这里海风肆虐，广告牌上锈迹斑斑。沙滩上吹来的风冷得几乎能把耳朵冻掉。铅铸般的天空中飘着零星的雪花。大海是漆黑的，波浪叠成灰色，然后碎掉。那如同加莉见过多次的北陆冬日景象，但一回头便看见身后耸立着四十层高的双子塔。

威基凯悦度假酒店。

即使站在卡拉考尔大街对面，也能听到双子塔发出的嗡嗡声。大半窗户都破成了洞。

这里是“威基之冬”。

这是以废墟趣味重塑的本世纪初叶怀旧景象，系列区界之一。加莉曾经和生前的凯尔来过，对糟糕的内容无话可说，狠狠抱怨了一阵。这是个充满回忆的场所。

加莉望着右边灰色的玛马拉湾，朝约定的地点走去。

无数沙子被风运来，堆得到处都是，分不清大海与沙滩的交界。道路标志大半都断了，倒在地上，锈迹斑斑。云层厚得简直垂在石头上，仿佛随时会下雪。然而这片看起来无比壮阔的巨大废墟，实际上大部分都是廉价的背景图。访客只能在极其有限的范围内移动。吝啬资源的廉价区界。

前往约定地点的路很长，加莉如同跳过录像一样，以间歇性的高速移动方式前进。

这不是实时体验，是在区界中已经发生的、拟姿保存的记录，所以可以快进。风景呼啸而过，但没有与任何人擦身而过。配置在远景中的模糊人物甚至都不是AI，只是单纯的背景。唰、唰。传送有各种模式，也可以在更短的时间里高效传送，那更接近于完全模式。加莉在奥古斯都教堂前略微放慢速度，然后又唰、唰地飞了起来。

加莉进入左边的小巷，转了好几个弯，找到一家还算雅致的小餐馆。楼层狭长，其中一边有一个长长的吧台。约定的对象还没来。荒废的店里没有厨师，也没有侍者。她进了厨房，用煤气灶烧了热水，泡了咖啡。等喝完的时候，对象终于出现了。

“凯尔。”

加莉（准确地说，是加莉的拟姿）喊了一声，轻轻挥手。凯尔·麦克劳林（的拟姿）微微点头。他的头发剪得像草坪一样短，里面夹杂着白发，身穿无袖T恤。不冷吗？加莉有点儿怜惜。

——不过还有事情想问。趁你还有备份的时候。

这里出现的人物，就是她在凯尔死后发现的他没使用的拟姿。

拟姿一旦开封便不能再使用，所以每个人都有备份。加莉把自己和凯尔的未使用拟姿都送进了“威基之冬”。拟姿之间的约会设定很简单。

但这是违法行为。

从某种角度看，拟姿可以说是个人财产。

那么，用户死亡后，谁能继承它？谁也不能。民法在数值海岸开业前，进行了四十年来的首次重大修订，严格规定了信息的人格一致性。

看法律文书就会知道，伴随用户的死亡，拟姿被视为“遗体的一部分”，而非财物。与遗体一样，拟姿不可继承。仅仅两年间，便积累出无数这样的法律机制，在日本形成了能够运行数值海岸的完善法律环境。数值海岸有这个价值——值得彻底改变一个国家的法律。

也就是说，本来从凯尔死亡之时起，拟姿便不能使用了。没有多重生物体征的交叉认证，拟姿接入器就不会工作。信息的人格一致性受到非常严格的保护。

所以，这个凯尔并非保存在他的拟姿接入器上。

葬礼结束后，整理房间的时候，加莉发现音箱架上还放着一台拟姿接入器。她没见过那种样子的接入器。没有厂家的商标，外壳和连接口都不如量产品那样规整。加莉带着试一试的想法，把这个接入器连接到室内网络，它被识别为加莉拟姿接入器的外部存储，内部保存了几个未使用的拟姿——凯尔的备份，可以从加莉一方作为活跃文件打开。不需要交叉认证也能工作。思来想去，这个接入器只可能是未经认证制造出来的非正规产品。

加莉（的拟姿）对凯尔说:“谢谢你能来。上周我也在这里见过你。”

凯尔似乎想了一会儿加莉这话的意思，他眨了眨眼，然后开口:“你发现了我的第二台接入器啊。”

“嗯，”加莉微笑，“那么，你接下来会说——‘所以我死了吗？’”

“那么，所以我死了吗？”

两个人静静地笑了起来。和生前一样。

“是吗，真糟糕——死因该不会是自杀吧？”

加莉决定把这句话牢记在心里:“你这么认为？”

“……”

“还不能确定是不是自杀。”

加莉简单做了解释。凯尔的尸体是在睡椅上发现的。机器状态显示，那发生在拟姿记录的传送途中。直接死因是急性心力衰竭，可能是传送过程中的事故。

如果这是单纯的事故，那就会成为丑闻。因为它意味着数值海岸服务具有重大缺陷。警察对凯尔的丘脑卡进行司法解剖后发现，足以与“死亡”相匹敌的痛苦和冲击，以远超常识的密度传送给了凯尔。在死亡的刹那及其前后的短短瞬间里，编辑成高密度的素材被轰然传送过去。短短三分钟里，“死亡”在凯尔身上执行了五百次。没有人能承受这样的冲击。事实上，最初的三十秒后，凯尔就已经死了。之后的“死亡”只是继续在尸体上覆写。

数值海岸的体验，一次只允许传送一份，而且体验素材也无法编辑。因此，只能认为有人绕开了数值海岸的保护机制，可能还对接入器做了非法的改造。

自杀，或者是无限接近于自杀的事故死亡。

否则就是他杀。

“……真头疼啊。”

“头疼的是我们。你知道有多乱吗？这还是第一次有人在拟姿的传送过程中死亡。媒体都红眼了。连续几个星期，你的名字都挂在头条上。你知道光是这两个月，就修改了多少法律？你知道海岸的系统升级了多少回？其他很多隐私也被公开了，比如说你是 HACKleberry 的中心人物。”

“HACKleberry 是 HACKleberry。海岸是海岸。”

凯尔站起身，走进厨房。他慢悠悠地泡了一杯浓咖啡，放了一大勺掼好的奶油。在他泡咖啡的期间，两个人（的拟姿）隔着吧台继续说话。

“但是第二台接入器一直没被发现？”

“如果发现了，你就不会在这儿了。”

“那东西只有你知道？”凯尔的模样像是在暗暗观察加莉的表情。

“你怀疑我？”加莉笑了，“怀疑我找到了接入器，设了个陷阱？”

“不是的……”凯尔犹豫了一下，不着痕迹地换了一个话题，“警察说什么？”

“自杀，或者是事故。”

“……”

“我也那么觉得。因为从情况上看，不大可能涉及其他人……”

凯尔看着加莉。他似乎发现了。就像上一次。

“你是第一发现人？”

“嗯。”

“是吗——给你添麻烦了，”他深深叹了一口气，“我当时什么表情？”

“你自己想象。”

凯尔苦笑：“不过这情况实在让人不知所措。我不知道该表现出什么样的态度。”

加莉也同意。对凯尔来说，应该是非常沉重的情况吧，毕竟得知的消息是“未来的你自杀了”。

简直可以直接用作地摊推理的桥段。伪装成自杀的巧妙谋杀——侦探是自杀者自身的过去版本。在物理世界里，前女友担任助手，找到真凶……

“真想试着卖给电影公司。”

“七十年前大概能卖。”凯尔喝完咖啡，站起身来，“出去吧。走走？”

“威基之冬”仿佛直面了强冷空气的袭击，天气愈发糟糕。凯尔抱怨起来，加莉安慰他说，你现在已经是名人了，要不是在这种荒凉的区界，你可能连路都走不了。如果知道你是死人的拟姿，恐怕会引发大骚动。

“太可怕了。”并排走在路上，加莉（的拟姿）把话题转向自己想问的问题，“为什么你会有两个接入器？”

“我曾经是库布里克的房间的成员。把一台纯粹的、没有塞入各种乱七八糟规格的原型机扔掉的话，那可是历史性的损失。”

这个回答与前次的回答一字不差，因而可以仔细观察凯尔的表情，他像是在背诵预先准备好的标准答案。

加莉（的拟姿）又走了一步：“……为什么死？”

凯尔耸了耸肩：“对我来说，那是未来的事。我不可能知道自己那时候是怎么想的。这叫我怎么回答？”

“你的正式接入器上储存了许多‘死亡’吧。警察分析的。”

“是啊。但那并不是为自杀准备的。我不想死。那不是用来传送的。”

好像已经猜到了我的问题。语气很冷静。

凯尔的接入器里，发现了大量“死亡的拟姿”。

有那样的区界。能让拟姿深深伤害自己，品尝痛苦的区界。也有区界能让人在遭受致命伤后，体会生命从身体中缓缓流失的过程。凯尔的接入器中保存着五十个从那些区界中归来的未开封的拟姿。

警察和数值海岸技术人员的看法是，凯尔编辑抽取了“归来拟姿的‘死亡瞬间’”，通过“大量且迅速的传送”，引发休克性死亡——死于过量摄入“死亡”。

但若是如此，就应该存在五百个以上的拟姿开封的痕迹，以及相应的区界利用记录，然而并没有找到这样的证据。

那么，他是从哪里获得大量“死亡”的呢？

“但直接死因确实是心力衰竭，而且也确实是你本人用了你的机器。然后，也确实留下了记录‘死亡’的拟姿，虽然只有几十个。搜查规模已经很小了，差不多已经是事实上的结束了。”

“唔……”

“你真是自杀吗？”

“哎，谁知道呢。”

凯尔说“我没打算传送拟姿的”。这是什么意思？没有传送的打算，却制造出那么多自己的尸体，加莉无法理解。虽然她很想问，但这只是“记录”，没办法让拟姿完全按照自己的心意去行动。（拟姿）带着焦躁的心情继续往前走，两个人来到了购物中心的门前。走进去，里面是琳琅满目的暖炉和精品店里的毛皮衣物。只有体育商店的角落里陈列着几件寒酸的泳衣。那些泳衣完全不能在海里穿，是在购物中心的健身房，或者泳池里穿的吗？

“试穿一下看看？”加莉拿起几件衣服，进了试衣间，“你的我也选了，一起进来吧。”

试衣间有一个小客厅那么大。关上门，铺满四壁的镜子中全是两个人的反射像。加莉一边脱衣服，一边从各个角度观察自己的裸体。镜子数量足够多，光线来自四面八方。

“像在钻石里面。”凯尔没有换衣服，身体靠在镜面上，眺望加莉的身影。

眺望。

一直都是这样，加莉想。

“凯尔。”

——我在被眺望。

“嗯？”

——在交谈时，在抚摸时，在连接时，凯尔都在那样眺望我。不干涉，也不被干涉。

“是谁？”

——虽然在眺望，但并没有真的看我。

“什么？”

“凯尔，你总是在看一个不是我的人。你把那个人和我重叠在一起。”

“……”

“我是你用来看‘那个人’的屏幕吧。你需要透过我，去触摸、去亲吻关于那个人的回忆。我很难过。”

“不是的。”

“求你了，别找借口，”加莉站在凯尔的面前，“你以为会有哪个女人发现不了吗？”

无数凯尔在镜子里耸耸肩。

凯尔张开嘴：“……‘那个人’啊，喜欢在床上摊开四肢睡觉。喜欢看，喜欢亲，喜欢抚摸——不，准确地说，应该说是喜欢被抚摸、被咬、被看的自己吧。她喜欢想象我如何在那些行为之中感受她吧，我觉得。那个人真正关心的只是她自己。”

“哎呀呀呀，”加莉（的拟姿）轻抚凯尔（拟姿）的额头，“受了很大的伤呀。那个人现在怎么样了？”

“不知道，她消失了。突然从我们工作的地方消失了。”

“你找过。”

加莉一边说话，一边把连体泳衣穿在身上。和平时穿的套装是同一个牌子。鲜艳的花朵盛开在加莉身上。

“不。早就分手了。不知道怎么说才对，那个人好像对世界上的大部分东西都失去了兴趣。当时她给我的感觉，就像是她觉得这里已经没意思了，然后就消失了。”

你不是也消失了吗——加莉在心中自语。这世上已经没什么有趣的事了吗？

“我们就算不在这个房间了，镜子们的相互反射，唔，也能把这个场景维持亿万分之一秒吧。”

凯尔（的拟姿）把手放到嘴边，低着头。他没有在听加莉的话。大概是在想“那个人”吧。

加莉慢慢开始生气了。那个人的名字，她也知道。

卡琳·安奈·卡斯基。

库布里克的房间的一员。

酷似“瘢襞少女”的人。

尽管没到阿形溪的程度，但安奈也是个传说中的人物。

卡琳·安奈·卡斯基和凯尔是同一时期的房间成员，但她在里斯本演唱会的前几年就离开了。她好像是在英国偏僻乡村的医院里做整形外科医生，会知道这一点是因为她被人发现死在自己家里。那是音乐会的前一年。

关于尸体的状况，有各种各样的传闻，共通之处是都说受到严重的毁损。

安奈·卡斯基，酷似那个瘢襞少女“阿雅砂”——阿形溪创造的网络虚拟人格——是很出名的故事。她的尸体被发现的时候，状态也正和阿雅砂一模一样。

阿形溪制作的阿雅砂是一个无法捕捉的角色，但有许多黑客突破防护措施，非法复制阿雅砂，对她施加残酷的装饰，匿名散布到网络的各处。

他们被称为“收藏家”，其中有一个名为“凯列班”的黑客，尽管无人知道其真实身份，但这名黑客的异常、热切及作品的数量和质量，都尤为突出。

安奈·卡斯基的尸体，正是以酷似凯列班作品的方法损毁的。

在离开“房间”的前后时间里，确实能从安奈的言行中看到不稳定。从现场情况看，她的死最终被视为自杀，但如果传闻有半分正确的话，在自杀中倾注如此的“趣向”，恐怕需要一种强烈到令人难以置信的意愿吧。

安奈·卡斯基还有其他公然流传的传闻——不过现在不是说那个的时候。加莉想问的是凯尔去过的那些自残区界的情况。

“你果然是想死吧？”

“不，不是的……至少现在不是。”

“那，为什么收集那么多自己的‘尸体’呢？”

“我不是想死。是想破坏。破坏自己。”

“有什么区别？”

“人是由物理或者信息组成的。如果给自己施加强大的外力，就会变形，直至断裂。一个人能承受多大的外力，破坏会如何发生……我想用放在外面的自己尝试，而不是我这具身体。”

“你是说，去打击拟姿？”

“对。我早就死在某个地方了。这么一想，不觉得轻松吗？”

“轻松？”

“对，很安心。甚至觉得活下去也没关系。奇怪吧。”凯尔有点儿尴尬地笑了起来。

加莉忽然想起没有连接音箱的音响设备。只在设备里奏响的音乐，谁也听不到的音乐。

“那你现在应该非常安心了吧。未来的你已经死了。”

加莉（拟姿）的眼睛里突然涌出泪水。那是未曾预计的感情。她狼狈不堪，慌忙捂住脸。

凯尔从靠着的镜面上直起身体，抱住加莉：“对不起，我不想让你痛苦。”

加莉的怒火陡然升起，她很想在他耳边大吼。你什么都不想，你什么都不关心。

“我有个请求，别再碰架子了。很危险。”

和上周一样的话。

加莉听着凯尔的声音，同时越过他的肩膀望着他刚才依靠的那面镜子。光洁的镜面上，与凯尔的肌肤接触的部分，被皮脂蒙上了一层白晕。真像活着一样，她想着，眼睛又湿了。

皮脂的雾气化作了似曾相识的形状。像汽车，又像恐龙。

不知不觉间，镜子的小房间消失了。加莉·米塔利的身体躺在睡椅上，她意识到自己从传送中释放出来，正眺望着墙纸上的染痕。

她摸了摸眼睛，是干的。哭泣的是拟姿，不是自己。加莉这样告诉自己。

她坐起身，在多重现实中打开了几个显示屏。拟姿记录的体验全部传送完毕。她想重播一次，确认细节，但做不到。正如现实只能经历一次，传送也只能进行一次。

结果什么都没弄明白。五百份死亡是从哪里来的？为什么凯尔要亲自编辑？

凯尔不知道。知道也不想说。不要碰架子。他如此拒绝。

有些事情，自己还不知道。

在不知道的情况下，重复多少次也没意义。

凯尔的拟姿只剩下一个了。

厚厚的窗帘外，远雷轰响。夹杂着冰珠的雨水疯狂地拍打着窗户。

无数冰珠吞噬着这座城市，敲打着所有的屋檐、地面和行道树树叶。

声音给这座城市加上轮廓。

现在听到的轰鸣声中，准确地保存着这座城市的轮廓信息。

这声音，是以亿万计的冰珠敲打所采样的城市轮廓。

加莉想到凯尔的手指摩挲安奈·卡斯基的身体轮廓。

——那手指大约也在我身上摸索安奈的轮廓吧。

多么屈辱！我应该愤然大叫着站起来。明明就那么简单。

但我还是盘桓在这个房间里。

靠墙的架子上，机器们都亮着自己的小灯。

03

周二早上，冰雨终于停了。临近中午的时候，寒意略有缓和，不知道是谁提出来的，加莉·米塔利和浅生田金去附近的公园吃午饭。

在长椅上找到了两个人的空位，加莉坐下去。地面很潮湿，长椅却干燥舒适。永远干燥的公园长椅——这就是文明。

天空明亮，心情开朗。只穿薄薄的毛衣也不冷。膝盖上的白色纸盒里是在常去的外卖摊上买的中国料理。加莉咬了一口肉夹馍，忽然发现旁边的田金一直盯着她的手。

“嗯？”

“啊，对不起，看到你那又细又长的手指，都觉得像是蜘蛛。”田金摘下眼镜，叹了一口气。由于一直在想怎么创造“恐惧”的概念，熬夜让她的眼袋肿得厉害，“我该回家睡个觉。”

“是啊，反正差不多告一段落了。”

她们决定将具体的经历作为恐惧的核心。埋设的不是单体的碎片式的图像，而是具有一定长度的故事。

在那个故事中，嵌入若干与恐惧本身并无关系、但令人印象深刻的图形。越普通越好。桌子的木纹，邮票的图案，糖果点心等等。被埋设的AI每次接触到那些图形（木纹或邮票）的时候，就会感到莫名的不安。即使自己没有意识到，周围的区界本身也会时常对AI采取约束行为——或者说，其实是AI自己在那样做。

“而且还想出了那么好的主意，真不愧是你。特别冷血。”

加莉又咬了一口食物。肉夹馍是用刀切馒头做的，馅料是用料酒、酱油、香料和猕猴桃果酱煮的五花肉，上面铺了一层黄瓜片、辣椒片和葱丝。不仅味道有层次，牙齿垂直切断不同质感的过程也很享受。也许——加莉想——有了数值海岸，我们对现实的体验更加敏感了。就像是接触到美丽风景的照片之后，就会更加细致地欣赏景色。

“你说话注意点儿。我是你的上司。”

“一般人可想不到把恐惧的核心埋在区界本身。”

冷血的主意是这样的：将恐惧作为AI共享的一个库，而不是单个AI的库，并且随时都可能调用，不受AI的意志控制。就像人会在明明什么都没有的时候，忽然间感到背心发寒，或者很不舒服一样。

田金似乎没有食欲，望着三明治的断面。菠萝和烟熏三文鱼排列整齐。

“不过能够告一段落，也是多亏了你的研究。”

“嗯，是啊。”

加莉的代理做得很好。它访问了以 HACKleberry 为首的若干网络自卫队的网站，查阅了上面警告的“多重现实炸弹”名单。

多重现实炸弹起初是作为无聊的玩笑程序开发出来的。类似放屁垫子、夹手指的口香糖之类的小玩意儿。丢进别人的多重现实里，搞点儿小小的恶作剧。当然，这东西转眼就被用在了犯罪上，不过同时间自卫队也分发了阻拦用的过滤器，所以很早以前就过气了。

加莉关注的是一种名为 NightWare 的“噩梦”炸弹。它会在多重现实中突然插入非常怪异的感官图像，让目标陷入极度的混乱。昨天晚上，田金和加莉举行了放映会，连续放映了代理从公共图书馆借来的样本，那些恶意者的图像之丰富，令他们无以应对。

“那个厉害了。要是中招了可就恢复不过来了。”

“哎，总之能做参考。‘恐惧’的加分项。”

“你真精神，很能熬夜啊。我要是没这么老就好了。”

“哎，不想老？你明明比我年轻五岁。是你把我挖来的，总要加油干啊，区区管理层，对吧，专务。”

“‘区区’是自谦时说的话吧。一共就五个员工，别叫我专务了。”

两个人是大学同学。

加莉的专业是药理美学，田金是都市再生，但不知道为什么，她们经常上同样的课。加莉的化妆品公司和田金的公园承建商属于同一资本系，她们在某个研讨会上偶然重逢。

本世纪初，随着人类基因组解读完成，生物学上的中心法则崩溃了。仅靠 DNA 编码的蛋白质，无法组成生命。人们发现，有序组装的关键其实位于垃圾 DNA 和表观遗传学的领域内。围绕组装逻辑——调节架构——的研究在经历几个里程碑式的重大突破后，其周围形成了名为药理工学的巨大沃土，人类得以从大部分耐药性细菌、免疫疾病和癌症的威胁中解放出来，在约三十年间，这引领了世界经济的发展，又在其外围催生了元遗传学的若干子领域。加莉的药理美学也是其中之一。药理美学，是研究当文学、音乐、美术等作品催生出“美”时，调节架构如何运转的学科。

加莉咬了一大口肉夹馍，咽下去，然后又是一口。

同样，认知科学实际上也经历了类似的信仰崩溃。无论如何精致地重现神经元的行为，也无法达到人类意识的质感。人们发现，包裹神经元“树林”的周边组织和化学物质的“森林”，才具有将个别的认知现象统合成意识的作用。人类意识的核心是一种总体性展现，由神经胶质细胞的物理性质、温度，以及在神经元周围闪烁的化学反应所左右。要用电子方式实现，可以说是死路一条。采用化学物质反应网格计算单单一个人，就足以消耗世界上大半的计算资源。

由此获得的结论是，“计算世界不欢迎人类”。极其严厉的拒绝。

人们担心的是，这将如同宇宙开发的全面挫折一样，给人类带来重大打击。因为前沿的丧失会封闭人类的精神。

在这样的背景下，德拉霍什开发的信息拟姿，并不深入人的核心，只是让 AI 模仿人类反应上的习惯，形成替代性的人格。确实只是暂时性的替代品。

但是，人类并没有完全放弃迁移到计算世界去。在信息拟姿不断普及的同时，人们又对“认知组”进行着顽强的研究。

“认知组”，是借用了“基因组”“蛋白质组”等生物学概念的思维框架。

生物不断感受外部环境的变化，从获得的差异中得到新的信息，用于自己的生存。这是信息的代谢，而在进行信息代谢的生物内部，活跃着无数用于处理信息的原子进程。基因的集合是基因组，蛋白质合成过程的集合是蛋白质组，因而有人便把认知原子的集合、信息代谢进程的集合命名为认知组。于是，以工程学方式处理这些原子过程的学科——“认知组学”，应运而生。

认知组学以信息拟姿迎来了最初的发展期，但之后便一直处于漫长的平原状态。

加莉被田金看中，正是因为她精通调节架构。

基因组的垃圾部分包含了上层结构，对吧？可以说在人类的意识中也有同样的情况吧？田金把这个想法灌进了重逢的加莉耳朵里——必须用化学反应网格来模拟胶质细胞的行为吗？有更好的办法。只要计算出架设在“原子进程”和“意识”之间的调节架构就可以了。

怎么做？加莉问。

我给你发工资，和我一起想办法吧。田金说。

跳槽之后加莉明白了一点，田金是个野心家，公司老板却不是。脚踏实地的工作是薪水的来源。这就是为什么两个人在熬夜制作“恐惧”。

“果然很冷啊，”田金喝了一口纸杯里冒着热气的番茄汤，“再坐下去就要得痔疮了。”

一直都是这么粗俗，所以加莉充耳不闻。

“那就做个不会那样的长椅好了。不会湿的长椅不就是你的点子吗？”

“能治痔疮的长椅吗？能发明出那个，肯定会暴富。”

田金一口三明治都没吃，把它原样放回纸袋里。她不怎么吃东西，又瘦又小，胳膊很细。

加莉忽然看到她的左手。

拇指根部关节周围的皮肤有点儿厚，而且有点儿开裂。田金习惯咬那里，所以会那样。

“喂，你不吃了？”

“嗯，中午肚子不太饿。”

不光是中午，加莉知道。她吃得很少，学生时代月经都停过。

“可是你马力十足啊。”

“是啊。”

田金卷起袖子，用细细的胳膊比了一个用力的造型。由于光线的作用，胳膊上浮现出图案。那不是多重现实，而是刺在皮肤上的刺青。从手腕直到肩膀的一条波浪线，宛如日本刀的纹路。

吃过午饭，两个人绕着远路散步回办公室。加莉望着走在前面的田金的背影，又冒出那个想法——也许我也应该试试刺青？如果用颜色更深的东西密密麻麻铺满全身，而不仅仅是手臂，那么凯尔可能就无法透过我看安奈了吧。就像磨砂玻璃一样。

加莉停住脚。胸口发闷。她深吸了一口公园里冷冷的空气，双手抱住身体，用力揉了揉。

她的手突然停了下来。

我有个请求，别再碰架子了。很危险。

加莉一直很奇怪。

为什么那个房间里没有音箱。

为什么没有音乐却通着电。

为什么不是让自己不要碰接入器，而是不要碰架子。两次凯尔都这么说。

试制品，以及库布里克的房间。

“那是……”她下意识地说。

答案简单得几乎令人失望。

“田金！”她朝着同事的背影喊，“抱歉，我今天要早点儿下班。”

04

和五十年前相比，东京都内的都市公园总面积增加了将近十倍。

日本经历了长期的人口减少，在那过程中出现的各种局面，相互之间产生了复杂的影响，给都市景观带来了未曾预想的变化。日本全境的人口当然不可能均等地减少。各自治体的人口争夺十分激烈，曾在某个时期内不断败退的东京，正试图通过建筑翻新和大胆推进功能性公园来重组楼层面积的巨大剩余。

东京都内超荷载的混凝土基础设置纷纷剥离，就在人们以为又将重新看到江户景观的时候，忽然间陆陆续续修建起来的“巨型公园”又推动起“绿色环境破坏”了。

加莉离开公司，乘上山手线，从车窗里看到了好几个那样的公园。她出神地眺望沿着电车线形成绿化带的发电公园，隐约看出公园的设计中也嵌入了调节架构。这个公园是将污水处理和太阳能发电有效结合在一起的化工厂，其中的种植计划被设计成由该公园内的功能性生物群自发编组而成。在有限的公园地域内，为了实现最优配置，也嵌入了同样的架构。在了解这一点的人眼中，这就像是吸收在景观中的模式。

从车窗里看，郁郁葱葱的树冠如同波浪般起伏绵延。绿色的波浪几度涌起，几度沉寂。

在有乐町下车，沿着大路走了半晌，来到四丁目的大楼前。

从 Casa Del Numero[①] 这个名字可以看出这是数值海岸运营团体的旗舰店，也是物理世界中唯一的据点。在这里，可以体验和购买一切涉及数值海岸的工具和材料。几年前这里还是一个大型服装品牌的大楼，加莉觉得有趣的是，如果说自己家的接入器是衣柜，那么这里确实可以说是时尚服饰精品店。

入口处浮现着字体巨大的警告信息。因为穿过这道门，多重现实就会被完全剥离。剥离水准要比加莉住处的共用空间还要严格许多。这里只允许医生开具处方的模块和保护观察等几类标签。

太奇怪了，加莉想。

据说，推动海岸的德拉霍什教授曾经说："我想右键点击世界。"但是右键能够有效点击的实际上是覆盖了若干层多重现实的物理世界，而在数值海岸，反而把这些交互手段都排除了。

这是因为区界的质量极高，一般的用户没有修改的余地。而某种程度的不自由也反过来提升了度假区的价值。德拉霍什似乎本希望如同魔法般编辑、改变周围的环境，但最终并未如此。

Casa Del Numero 的入口，可以说就是以建筑的形式表现了

① 数值海岸又名为 Costa Del Numero，旗舰店名正好与其对应。

那种反转。

加莉乘电梯去了七楼。这一层通常会展示面向开发人员的高级工具，或者举办研讨会。

也许是时间的关系，这里没什么人。简朴的空间有很多留白。色彩极度自律，几乎像是单色，但仔细看去，褐色、绿色、银色、朱色等颜色排列得令人舒适。灯光保持低调，视线自然被引向吧台。

楼层的整整一条边都是长长的吧台，给人的印象就像是酒店里的礼宾服务台，或者高级餐厅的等候酒吧。可以一边喝饮料、吃点心，一边接受业务上的建议。几个人坐在高脚凳上。

“我想咨询。”加莉朝与自己年龄相仿的工作人员打了声招呼。那是个白皙瘦削的青年。

“欢迎。”青年露出优雅的微笑，轻轻挥了挥手。加莉感到空气在背后流动，那是防止声音泄露的屏障，在屏障里可以谈论和咨询包含企业机密在内的内容。

“请坐。您要吃点儿什么吗？”

“外面有点儿冷，有没有又甜又热的鸡尾酒？”

“好的。”

饮品很快送上。加莉接过来喝了一口。青年问：“要咨询什么？”

“用他人的拟姿，也可以传送体验吧？”

“这个啊……从纯技术的角度说，也不是不可能。但这不是我们的技术支持内容，实际上也没什么人这么做。”

“为什么呢？”

“很难得到对方的同意。即使是非常密切的关系，走到这一步也会犹豫。因为这意味着对方会侵入自己的思考、感情，或者更为私人的领域。”

“可能确实挺尴尬的。”

“还是不太熟悉的人之间更有可能，或者交换本身具有特别的意义。”

“意义？”

“犯罪团伙的入伙仪式什么的。”

青年微笑起来，加莉明白他说了个笑话。

“或者有些人刚好都喜欢交换。”

“那，接受他人的拟姿体验，会是什么感觉？比如说，自己的牙齿咬合度和另一个人的咬合度不一样对吧？能忍受吗？想想就觉得很别扭。”

青年轻轻一笑：“很多人这么说。因为这不属于我们的技术支持范围，所以我不能描述细节，不过在不合适的情况下，会非常不舒服。有时候即使停止传送，不适感也会一直残留。”

“哎呀，可怕。”

“不过，也有些时候，只是有一点点不协调。那样反而会是非常棒的体验。”

“我想象不出那是什么样的感觉。”

“有位客人认为自己五音不全，然后有一次他尝试了擅长唱歌的朋友的拟姿。他说当时突然明白了唱歌是怎么一回事——

原本他会在侧脸、下颌、喉咙、脖子用上很多不自然的力——还说让身体跟上音程和节拍非常简单。那种情况就是，落差本身很让人舒服。客人说，‘五音不全’就像是僵硬的肩膀，经过按摩后得到了放松。”

“您描述得真好。我感觉自己好像明白了。真想体验一下。也许对艺术表演或者体育技巧的学习有好处。”

“高水平人群不会这样。因为每一位专业选手都是调试到最佳状态的赛车。冒昧问一下，您有没有试过用《拆解》编辑自己的拟姿？”

“太过激的没有。稍微化个妆的程度。”

《拆解》是阿形溪开发的工具群，可以拆解信息拟姿并编辑。根据用法的不同，《拆解》甚至可以让自己的拟姿模仿他人的拟姿。当然，这需要高超的技能。

“如果在物理世界里去海滩，肯定要减肥、健身对吧。在区界里，人们也想让自己的拟姿尽量好看一点儿。比如说很多人都会调整自己的牙齿，但是为此感到别扭的人倒是比想象的少很多。据说，拟姿基本上没什么差异。体重一百五十公斤的格斗家和九十八岁的老婆婆，也差不多百分百一致。一致性达到小数点后十个九——您想再来一杯吗？”

“那给我一杯冷饮吧——差别肯定极小呀。内脏和性能都没有不同。自己和他人的差别，是不是就在那种难以分辨的差异中呢？”

青年笑着点点头：“您说得没错——冷饮给您。”

他把高脚酒杯放在吧台上，轻轻滑过来。加莉凝视着青年的手。这里的视觉处理相当巧妙，看不出青年与实体的分隔线在哪里。站在那里的青年当然是AI的立体影像。吧台对面垂下来几片纱幕，投影机打在上面，看上去宛如实物。这不是多重现实，至少光和纱幕都有物理实体。

加莉摸了摸酒杯的高脚，坚硬、冰冷。饮料的味道十分浓郁。高雅的酸味收敛了加莉的感觉，让她思维清晰，意志坚定。

“《拆解》中有一些工具，可以帮助您填补改变后的拟姿与您之间的差异，缓解冲突的不适感。虽然并不起眼，但也被视为阿形溪最大限度发挥其天才的杰作之一。保留违和感，仅仅缓解不适感。”

“这个我还真不知道。”

“普及版和标准版，与《拆解》的本体不可分割，不过完整版的话——”

“可以单独使用？”

青年微微一笑。

“穿着他人的拟姿时也能用？”

“……”不在技术支持的范围内，请谅解——这种含义的微笑。

“那，给我一份吧。”

“好的，请稍候。顺便给您准备一份简餐。”

“那个改天吧。”

AI走去柜台深处。在商品包装的期间，加莉一直眺望着失去光的纱幕。

05

如同避孕套般的薄薄皮膜紧紧覆盖在身体上。

微粒子的尺寸超越了人类的分辨率——加莉站在那个房间里。

鲜红的会议桌，同色椅垫的椅子，她在库布里克的房间里。

微亮的无影空间。天花板、墙壁、地板，都由几种洁净的白色构成，所以这里不是凯尔的房间。

地板不是麻色的起毛材质。

天花板很高，楼层很宽敞。没有睡椅。

桌子上放着纸杯。绿色圆圈套着的女巫脸。星巴克的商标。白色的热气，仿佛刚才还有人在那里。

这是真正的库布里克的房间。当年德拉霍什教授团队所在的研究楼中的一个房间，此刻正被忠实地再现出来。

加莉朝那桌子走去。坚硬的地板，运动鞋的脚感。

哦，眼睛的位置很高……加莉想。走路的方式也不一样。脚后跟低，步伐大而有力。

凯尔就是这样走在世界上的啊，加莉·米塔利（在凯尔·麦克劳林的拟姿中）想。

凯尔的肉体感觉，凯尔的精神倾向，都充满了这个拟姿。每一次活动身体，都会生动地勃发出来，令加莉陶醉。就像自己正穿着凯尔刚刚脱下的套头衫。

库布里克的房间。

凯尔的身体熟悉这个地方，但加莉是第一次来。这种差异融合了亲密感和新鲜感，就像是已经无比亲密的恋人共同回忆初次相识的场景似的，有一种难以形容的心情。

凯尔的拟姿（加莉）去拿纸杯，端起来闻了闻香气。

咖啡的气息和——

血腥的气息。

僵硬尸体的气息。

干瘪的、破碎的骨头气息。

凯尔轻轻吸着静静填充在房间里的死亡气息。加莉（在凯尔之中）闻着那传送。

鸡皮疙瘩。那战栗是凯尔的，也是自己的，或者是两者的混合。

找不到气味的来源。经过整理、灭菌的静谧内室。

但是，曾经在这个房间里发生过残酷的行为，其后果就在眼前。它被设为不可视，只允许访问气味。这是为什么？在凯尔拟姿中的加莉，知道原因。

为了让凯尔焦虑。

那个人也许正面带微笑，在某处看着战栗的凯尔。

也许手指微微一动便可能触碰到尸体，也许尸体正在背后出现。甚至能够痛切地感觉到，在不可视薄膜的另一侧，那个人正在观察。恐惧甜蜜地压迫着他(加莉)。

无人的内室。

这里不是数值海岸。不是区界。是必须以特定方式连接音响设备时才会出现的官能素空间。

这是卡琳·安奈·卡斯基的私人房间，隔绝于任何网络，一直悄然而孤独地存在着。

德拉霍什教授的团队在开发信息拟姿的时候，制造了忠实再现研究大楼的官能素空间，让研究者们的拟姿生活在里面。研究大楼的内装之所以那么简单、之所以强调白色和红色，是为了不让拟姿发现自己的处境。那是技术开发史上的传奇篇章。

没有塞入各种乱七八糟规格的原型机。

那不仅仅是接入器。凯尔带走了整个官能素空间——使用完毕的研究大楼模型——把它神不知鬼不觉地藏了起来。

凯尔不是说过“别碰架子”吗？现在回头想想，他之所以说架子而不是接入器，之所以一直给机器通电，自己居然没发现为什么，真是太蠢了。

最先找到的部件，被伪装成前置放大器的巨大衰减电路。加莉从功率放大器的变压器、从磁带机的录音头、从唱臂的唱头里找到了大大小小的设备。

然后，加莉从凯尔的书架里找到了皮革封面的笔记本。那是凯尔的菜谱本，也是加莉唯一看过的他的手稿。如果有什么信息是他不想电子化的，一定会写在那里面。不出所料，在被调料弄脏的印度香饭的页面后面，他用钢笔画下了好几幅接线图。加莉找出纸角磨损最厉害的一页，按照它重新连接线路。当然，连接并不困难。凯尔死的时候已经做过连接，加莉要做的，只是把拿下拟姿接入器的时候拔下来的线重新插回去。线缆是自制的。用了最新的传送速度规格，但做了隐蔽的伪装。一旦连接起来，嵌在十几台音响设备里的机器就会联合在一起，形成一个特定的官能素空间，或者开启一条通往那个空间的通道。

加莉也无法很好地解释自己是怎么解开谜团的。刹那之间，一切便化作一组可能性浮现出来。

为什么没有音箱？想到这个问题的刹那，伏在下面的牌便一张张翻了出来。

为什么没有音箱？因为在架子上演奏的不是音乐。

如果凯尔的死并非传送自数值海岸，那么他只有可能从并非数值海岸的地方坠落。

从哪里呢？对了，从架子上。

然后浮现出最后一个疑问——架子上的机器真是凯尔的吗？——也许是其他人的。

是谁呢？

是她的吗？

她是凯尔的前女友，能够拿到试制版的接入器和设备，又曾经多次损伤自己的身体，并最终死亡（自杀或者死于事故）。这些令人不安的传言至今还在流传。

皮革笔记本的空白处，写着这样一行潦草的字迹。

“去凯列班的家”。

关于安奈·卡斯基有一个公开的流言，说她正是阿雅砂的诱拐者凯列班。

那个女人还没有露面。

加莉忍不住想要大声怒喝。

出来！她忍不住想要咬安奈。

当然她做不到。现在只是在接受传送，这份体验是在接入器的机器中发生的，早就结束了。

这是加莉把留在第二台接入器中的第三个、即最后一个凯尔的拟姿，送去“凯列班之家”后回收的体验。

凯尔也在焦躁地等待那个人的出现。

怀着恐惧，也怀着激动。

她能不能快点儿出来，能不能打断这犹豫的时间，能不能把她的异常尽情用在自己身上？

加莉想捂住耳朵，但是她做不到，也没有做。在发出传送指令的时候，她已经下了决心，接受所有一切。

咚。

有声音。凯尔慌忙环顾四周。没有任何变化。不对——有变化。多了一个中号的纸杯，带有女巫脸的容器。在移开视线的时候，有人把它放在那里。

即使如此——咚的声音是不是太重了……凯尔（加莉）刚

这么想，杯子便啪地倒了下来。大块碎肉连着满满的鲜血流了出来。

是眼球和周围的肌肉。

眼球一边流淌，一边滚动着望向凯尔。加莉感觉自己也仿佛被那黏稠的视线盯住了。

眼球就这样掉在地上，发出黏糊糊的啪嗒声。凯尔下意识地往后退，脚下碰到了什么东西。不需要回头。从白色的天花板、墙壁、地板的各处，被设为不可视的尸体、被残忍破坏成数百块的信息拟姿纷纷渗透出来，很快挤满了宽敞的会议室。

每一块都曾是卡琳·安奈·卡斯基。

是的，正因为是通过凯尔的眼睛，加莉才能正确判断。

即使非常相似，但那并不是阿雅砂。凯列班对阿雅砂做过的暴虐行为，用在了安奈的拟姿上。

没有完全相同的伤口。穷尽想象与手段的自残经历，化作人偶的收藏品展示在这里。卡琳·安奈·卡斯基的、盘踞在精神深处的房间，被如实描绘出来。

“你好啊，凯尔。”

说话了。

“我还以为你不会来了。”

出乎意料的平静女低音。没有一丝怪异的地方。以鸦雀无声般的冷静，理性地掌握着一切。

“谢谢，很高兴又见到你。”

声音的主人坐在桌子旁边。

黑黑的长发。白色的长风衣。用“美貌”形容未免太过普通，那是一种让人难以理解其凌厉的美。

声音的主人看起来没有丝毫伤痕，与横躺在周围的、千刀万剐的安奈们形成鲜明对比。

“安奈……”凯尔（加莉）打招呼说。

“凯尔，上次你吓到我了。你深深地侮辱了我，你甚至还说再也不要见我了，而且……”

凯尔（加莉）凑近安奈。安奈远看像个洋娃娃，近了却显出鲜活的质感。不均匀的肌肤色泽，纤细竖立的汗毛。

但是——

加莉不敢相信自己的眼睛。

安奈·卡斯基的轮廓，似乎正在散发着令人不快的噪声，又像是在放射着光晕。

安奈所接触的官能素，正在不停摇曳。

加莉有种不祥的预感。

不想靠近她。

但凯尔还是跪到了安奈面前。

“——你想把它带出这个房间呀。”

安奈的笑容占据了整个视野。

安奈——

安奈的手，放在凯尔的后脑上。

安奈，渗透而来。

安奈轮廓的震颤侵犯了凯尔的边界，拟姿的全身都混入了某种细微的东西，就像是原本穿在身上的衣服染上了不同的染料，又像是布纤维被一根根替换掉似的。

“把我的——”

已经分不清这声音是从外面传来的，还是在里面响起的。

“——伤！”

下半部分的脸突然间被前所未有的痛苦占据。

加莉（在睡椅上）惨叫起来。

凯尔的拟姿叫不出来。因为不知什么时候，他的嘴唇被粗大的鱼线缝起来了。

“不用找借口。”

双手下意识地动了动，所有手指都被缝成了拳头的形状。从肩膀到手肘，都被缝在身上。

安奈的手依旧贴在凯尔的脸上，就这样站起来。凯尔的身体也像是失去了重量似的，被她轻飘飘地拿起来。

全身像是被大大的舌头舔了似的，每一处皮肤都麻痹了。仔细一看，凯尔的全身交织着细细的线条，和旧瓷器釉里的裂痕相仿，呈棋盘状。

痛苦与冲击让加莉彻底混乱了。

发生了什么？

接下来又会发生什么？

安奈的食指点在凯尔的额头，指甲涂成了蓝色。

有种刺痛感，像是什么东西被拆掉了。

小小的马赛克。

“看，你的额头。”

棋盘上的一格变成了干瘪的小矩形，啪嗒掉落。

安奈伸出舌头。马赛克被放在没有舌苔的、味蕾排列完美的舌头上。

舌头滑回嘴里。

传来嘎巴一声。

她的眼睛深情地望着凯尔。

但那眼睛——那个人真正关心的，只是她自己——像是在神魂颠倒地看着镜子一样，妩媚艳丽。

加莉明白了。

对安奈而言，这个凯尔的拟姿，也不过是自己的一部分而已。她把自己投射到所有相关的事物上，让自己渗透到所有接触的东西中。

最终自残。

所以——在凯尔的内部，在四肢都无法动弹的状态下，加莉明白了——所以她完全不会手下留情。对她而言，这是绝对无法阻止，也不可阻止的行为。

说到底，凯尔为什么要打开“凯列班之家”的门呢？为什么要把安奈的遗物——这个架子带回来，还破解了结构图？

原因可以想象。凯尔大约是忍不住想要确认安奈到底是不是凯列班吧。

他误判了。

现实中的安奈，虽然有着秘密的一面，但至少能够控制自己，做一个具备常识的医生。

但是，安奈的拟姿并不是。此刻在这里的，是暴露出精神中最危险的黑暗之处、体现出异常性高峰的安奈。将曾经对阿雅砂施行的虐待再现于自己的复制品上，并陶醉于此的完美的美女。

要克服这种渗透性并不容易，凯尔大约马上就要屈服了吧。

加莉也猜到会很危险。在穿上凯尔之前，她已经采用了所有能想到的办法。她设置了多重的、冗余的痛苦限制器，应该已经把冲击减弱了很多。她还准备了多把紧急脱离的钥匙，即使身体形象被彻底束缚，最终也能脱离。

现在，加莉在凯尔内部，面临判断。

要脱离吗？

不，再等等。

这是最后的拟姿、最后的凯尔。

再等一会儿……加莉又低语了一声，留了下来。

胸口的马赛克已经化成了极小的尺寸，安奈的手一碰，便不稳定地泳动。安奈编辑那些马赛克，将伤口描绘在上面。从胸到腹，再到下腹，描绘出的垂直裂伤带着咔嚓嚓的声音扩展开来。一部分马赛克变质成金属质，化作夸张的钳子，固定住伤口，同时顶端以水银的流动性与刀刃的锋利度深入向内切开凯尔。不断描绘的这道伤，是安奈的“作品”。

加莉被剧烈的痛苦(但这依然受到限制)折磨着,但它甚至不是什么大问题。更严重的是,安奈那远远超越痛苦的压倒性的感觉正在挤压渗透过来。那几乎无法形容,强行形容的话,就像是后背接受刺青时,正面直视刺青的苦痛与快感交织所发生的感官错觉画。

安奈如同沐浴的白天鹅,仰向后方露出优美的咽喉。那轮廓放射出苍白的光晕,房间里的一切都浸透了安奈的感觉。

一旦踏入这里,任何人都会被化成安奈。就像这里无数被毁损的人偶一样,点缀上满身的伤口。

加莉意识到自己在睡椅上流泪、呕吐、血压急速下降。

不行了,脱离吧。

就在她这么决定的时候——

"不行哦。"

冷静的女低音落了下来。

——哎?

"不行哦,加莉。"

后仰的脖子动作丝滑地竖了起来,美丽的眼眸攫住了加莉(的确是加莉)。

"就算在那种地方,我也知道。"

涂着蓝色指甲油的大拇指猛然插进凯尔的嘴里,其他四根手指按住脸颊。

心跳紊乱。

加莉知道她在做什么,但她无能为力。

安奈·卡斯基继续按着脸颊，用大拇指割断鱼线，然后像是剥橘子皮似的动起手指。

嘎吱嘎吱的声音，

沿着马赛克的接缝，

凯尔的皮，被掀开了。

掀到耳朵处，安奈抓住凯尔的头，一下子全扯了下来。

“哎呀加莉，你在这里啊。”

惨叫声不是凯尔发出的。这个房间里发出自己的声音，这是最大的恐怖。

为什么我会在这里？

为什么安奈的手指会掐着我的太阳穴？

那手指掐进去痛吗？

加莉完全不能理解。

这不是凯尔的拟姿传送来的体验、已经结束的经历、自己不能主动参与（所以才能在高处观赏）的记录吗？

“很遗憾，完全不是哦。”

不是？我弄错了？

我被拖进来了！

我被拖进来了！

“他和我说过很多你的事。说你非常可爱，还说你喜欢烹饪和鲜花。凯尔不太愿意说起你。所以我只能像这样稍微强硬一点儿问他。终于能见到你了。我想多和你聊聊。”

呼、呼、呼。

呼吸又浅又快。冷汗沿着脸颊往下淌。加莉的大脑一片空白。

“凯尔呀——”

声音渗透进来。这个女人的嘴唇是怎么动的，完全能感觉到。就像是自己在动一样。

怎么才能把这个女人弄出去？

我死定了吗？

“凯尔为了离开我，杀了自己。哎，好寂寞呀，我真想能有什么人来看看我呀。”

出口在哪里？

出口在哪里？

我怕，我怕。

妈妈，妈妈。

救命，救命。

“好了，来吧。”

加莉的脖子往下穿着凯尔，头发被抓着，就这样被拽往排了几十个安奈的地方。

她要把我也变成那样，加莉想。

“我不敢了，我再也不敢了！对不起，对不起！”

加莉·米塔利歇斯底里地哭喊着，安奈·卡斯基用异常巨大的力量把她挥起来。

头撞到了什么地方。剧痛。

闭上眼睛，再睁开。

夜晚沉睡的动物园掠过视野的角落。

啊，撞到那个架子角了，难怪这么痛。

——哎？

被拖拽的途中，加莉清醒了。

——哎？

那个“房间”里没有架子。

有架子的是……凯尔的房间。

我正在返回凯尔的房间。

她被拖拽着，用手在地上爬。麻色的起毛材质。而现在贴在脸上的，是我在睡椅上呕吐出来的东西。

安奈在这个房间，是更为异常的情况。虽然充分理解这一点，但这里还是我的家。是我自己的家。

“混蛋。”

能说话了。

“太混蛋了。”

是我的声音。

“婊子！”

加莉用尽全力吐出一口气，靠那反作用吸气。呼哧呼哧喘着气，一直吸到肚子里。她抓住安奈的手腕，从自己的头发上扯下来，踉踉跄跄地站起身，狠狠抽了眼前这个人偶女人一巴掌。

“你去死吧！”加莉破口大骂，“变态！快滚！滚出我家！”

安奈一脸无所谓地笑了：“不。如果我说——我绝不回去呢？”

“那就这样。”加莉两腿岔开站稳，换左手又抽了她一个耳光。

安奈的脸颊发出响亮的声音。

安奈淡然站在原地。

为什么她能在这里？为什么我能抽她耳光？

加莉终于清醒过来，她明白怎么回事了。

——她黑进了我的多重现实。她钻到传送的拟姿数据里，正在我的多重现实上运行。

在我的丘脑卡上运行。

“没错，我在你的体内。”

相比于生理上的厌恶，无助感更为强烈。加莉想起那种强大的渗透力。把“我”投射到世间一切，贴合地穿上它们的女人。对于安奈而言，一切都是自己的衣柜。

对于安奈而言，这个世界就是衣柜，可以随意选择衣服。比如凯尔，比如——加莉。

怎么办？该怎么办？

凯尔选择了自杀。“凯列班之家”的几百具尸体，是安奈曾经对阿雅砂做过的破坏行为的再现。在安奈拟姿上的再现。安奈说凯尔把它们偷了出来。把五百具尸体一口气传送过去，自己烧掉了自己的丘脑卡和心脏。

怎么办？该怎么办？

“闲聊到此为止吧，”安奈用甜蜜的语气说——就连甜蜜的语气都像冰一样冷静，“我很清楚你的欲望。”

安奈拿起加莉的手，把那拇指伸出来给加莉自己看。深色的肌肤，顶端的组织不是指甲。

“瞧，这里长了一棵芽对吧？你可能忘了，其实你一直在做这个梦。

“在你还没得到通用植物的很久以前。

“在你初潮之前就做过这个梦。

“加莉，你喜欢花，对吧？

“不是用于装饰的花，是生根发芽、开枝散叶，最后盛放出来的花。香气浓郁得令人陶醉，雄蕊的花粉多得都要堆在一起的花，对吧？

“鲜艳的套装，美丽的泳衣，在民族卖场里的不舒服。想被凯尔观赏的心情。所有都是一回事。

“对我的嫉妒只是表面上的掩饰。

“你的欲望，更加深邃、更加贪婪、更加肮脏，真的很可爱。”

安奈开始剥离凯尔残留在脖子以下的马赛克。

被剥掉的碎片依然残留着凯尔鲜活的质感。一枚枚轻声尖叫着、呜咽着，被剥落下来。

高高的乳房，平坦的小腹，健壮的大腿，浓密的阴毛。加莉的裸体在凯尔下面逐渐显露出来，那上面有几处黏糊糊的绿芽正在冒头。尽管知道那是多重现实遭到干扰所展现出的视觉效果，加莉还是无法抵抗那种魅力。

想要更多的表现。

想要把我塑造成形，塑造出我是谁。

安奈用手梳理加莉的头发，富有光泽的浓绿蔓藤在那里葱蔚洇润。全身的芽都充血了。

“很不错吧？我以前也经历过。被解释、被命名、被复写。把我自己展现给自己。

“我很安心，很开心，把一切都交了出去。

“我肯定至今都还活在阿形溪里。我应该享用着溪的资源，一直活在那里。

“我保证。我也不会伤害你的。

“你这么可爱。变得和我一样吧？”

加莉汗流浃背，像点头似的垂下头，滚烫的额头贴在女人白色的大衣上。

“是吧？”安奈语气温柔，再一次梳了梳加莉的头发。

咔嚓！某种金属声！

人偶女人的脸僵住了。

某个东西正把安奈往头发里拽。

巨大的力量。

安奈惨叫一声，从头发里抽出破碎的手掌。

长着鲨鱼般牙齿的口香糖挂在她的手指上。

多重现实炸弹。

放映会之后保存在多重现实里的炸弹，被加莉引爆了。

咚！她的头狠狠撞在安奈的肚子上。

加莉顺势跑了起来，跑出去，跑出房间，把大门关在身后。

“没用的。”

身穿大衣的女人就在眼前。

“我在你的丘脑卡里。”

带有光晕的手伸了出来。

“你绝对逃不掉的。”

“哎呀……那可不会哦。”加莉说，“只差一步了。”

她继续往前，抵达公寓楼的走廊。

公用空间。

多重现实强制排除。

“你去死吧！”

安奈大叫一声，变成了静止画面，在眼前慢慢淡出。

但她还在丘脑卡里。可能已经太晚了。

不知道还有没有用。

加莉启动了多重现实的紧急工具，全力敲击出现在眼前的“恢复出厂设置”标记。

加莉·米塔利晕了过去。

06

“谢谢你理解我的任性。辞职的心情也好多了。”

“不客气，你喜欢就好。”

加莉·米塔利正在浅生田金的家里吃晚饭。她的房间和加莉的大不相同，和凯尔的房间比起来也大得多。一面墙上有大大的窗户，市中心的夜景一览无遗。这是重新开发期间诞生的复合建筑群中的超高级公寓楼。田金的住处虽然不在顶楼，但也很接近最上层，客厅大得足够举办超过三十人的自助餐会。旁边的巨型写字楼，五十层以上都是大陆资本的酒店，今天晚上的饭菜都是在那边的餐厅订的。加莉惊叹说太奢侈了吧，田金说，这是你的辞职纪念，应该的。

但田金还是只吃了一点点，她让加莉把自己的那份也多吃些。

餐厅的服务生送完菜肴、整理完毕便离开了，只剩下两个人。

“今天我已经去那边拜访过了。大家都很亲切。”

新工作是田金介绍的。她说不介绍自己心里过意不去，而且加莉不喜欢也可以不去。

“话说回来——真的太遗憾了。我知道很烦人，但还是想再问一遍，不是因为输了比赛吧？”

“——不是哦。”

田金总是眯着眼睛。她不相信吗？但自己真的没说谎。

“那是你一心一意做出来的东西，内容也真的是鬼气森森，完全没想到会输。”

田金没有奉承人的习惯。加莉很开心，也很感激。

“输是因为我的点子太老套了。”

“……”田金喝了一口无色透明的蒸馏酒，闷闷不乐地抱起胳膊,“一点也不老套。我还没想通。”

“好了好了。而且说真的,辞职和比赛一点儿关系都没有。”

嵌入数值海岸AI的“恐惧”,最终成为几个公司之间的竞争。加莉原本很有自信,结果却出乎意料。加莉的方案有酷似品,没能进入审查。作者不详的素材已经流传开来,有些区界正在制作相应的内容。

这不可能!田金当场大声抗议,加莉却感觉全身的血液仿佛凝固起来,站都站不住了。

“什么时候上班?”

“明天开始。穿工作服,戴头盔。”

田金承建公园的时候,是在某个环境绿化企业上班。

“好吧,你有药理学的知识,到处都抢着要。而且你喜欢通用植物,工作肯定很适合。大家都会喜欢你的。”

“嗯,对了,你看这个。”

加莉让田金看自己的长长头发。又黑又密,柔软性感的头发。其中一束上别着小小的蔓藤装饰。

“牵牛花?”

迷你牵牛花如同小小的抛物面天线般绽放。那是多重现实的首饰。

“好看吧?今天我去拜访的时候,发现这个很流行。”

“很适合你。”

田金不说恭维话。好吧,今后自己是不是该多戴一些这样的东西呢,加莉想。楚楚动人的鲜花很不错,厚厚的多肉叶片也很好。能不能加上鳄梨果肉的奶油味呢？长个不停的蔓藤也挺好的。

“加油。”

“嗯。不知道该怎么感谢你才好——”加莉瞪大眼睛，夸张地说了一声“哎呀，差点忘了”，打开手提包。

“对了，这个你要吗？还没做完，不好意思。”

随着啪嗒一声放在桌上的，是一只矮胖的蜘蛛。没有实体，只能在多重现实中看到。加莉做的。

“我觉得我不会再碰它了。不过这也是我花了不少心思的作品。你的技术比我好，肯定能把它做得更好。”

田金仔细检查了蜘蛛，又打开腹腔，观察内部。

“唔，原来如此，里面有图书馆啊。真有意思。”

“怎么了，笑嘻嘻的？”

“不不，我在想，如果把它放到计算资源充足的区界，能做很多事。这里面不光可以放书，还能放其他东西。”

“对，可能会很有趣。”

加莉看着田金娇小、纤瘦的身体。明明如此富有活力，今晚看起来却显得不太可靠。

然后她又望向灿烂的夜景。

寒意料峭的二月夜景。

在那之后，加莉很快在公用通道上苏醒过来。醒来发现自己还活着……自己还是加莉·米塔利，那是多令人安心啊。

洗了个澡，上了床，快要睡着的时候，安奈・卡斯基的声音和手指的触感忽然又复活了。大约是因为麻痹的情感终于缓和了吧。

加莉在昏暗的卧室里尖叫。

恐惧一旦爆发，再怎么尖叫也不会平息。不尖叫的时候，恐惧又会膨胀数倍。为了把它暂时清出脑海，只有不停尖叫。

加莉谎称自己得了感冒，请了三天假，加上连休日，腾出大修丘脑卡的时间。因为不管做过多少次恢复出厂设置，也无法摆脱强迫性的恐惧。等到可以上班的时候，她埋头在“恐惧”的制作中。原型当然是“白衣女”和“剥离马赛克”。

工作当然不可能轻松完成。相反，即使从丘脑卡中删除了安奈，恐惧依然牢牢盘踞。加莉的直觉告诉自己，必须正视恐惧。无论面对怎样的恐惧都不能逃。于是她执拗地对其加工，直到能让自己的恐惧达到更高的水准。

所有的工作都是在办公室完成的。因为在那里不能一直尖叫。依靠自制力，加莉豁出性命压住恐惧，完成了企划案的素材。

素材完成后，加莉以为自己终于可以恢复日常生活了。

但是，评选的结果却是加莉在这世上最不想听到的内容。

已经有了。

它的意味显而易见。

安奈・卡斯基已经沿着加莉不知道的其他途径进入了数值海岸。是谁干的？除了凯尔，还有别人非常了解安奈。

于是加莉决心辞去田金的工作。涉及数值海岸的工作，她已经做不了了，也不想做了。

为什么做不了？一想到安奈在数值海岸里，她就忍不住尖叫。在这样的状态下，怎么可能去做涉及数值海岸的工作？

为什么不想做？在比赛落败的时候，加莉意识到自己在做的事情有多糟糕。如果赢得了比赛，自己就会把那样的恐惧植入到区界的 AI 身上。

“你有这么好的技术，”田金手里把玩着蜘蛛，寂寞地笑起来，“希望以后还有机会一起工作吧。”

“嗯。”

但加莉已经不再迷恋蜘蛛了。

那个房间也要离开。她砸碎了音响设备。凯尔那些尸体的“死”，也早已依照法律处理掉了。再见了，像集邮般收集死亡的男孩。

哦！对了，不过，可以单单把印度香饭那一页撕下来留作纪念。

然后忽然间，她想起这个冬天本来想买一双新的皮手套。

可能已经不用了。

因为下周就是三月了。

她把手指缠进发束上的蔓藤里。

万物发芽的季节就要来了。

魔述師

魔述师
新作

“兹纳姆伽”[1] 之秋

“兹纳姆伽” 之夏是不忠之恋。

只持续了三周。突然结束，毫无预兆。某天早上醒来打开窗户，秋日的气息扑面而来。照在中欧古城街道上的阳光，和昨天完全不同。这让访客们意识到夏天不会再来了。虚拟度假区“兹纳姆伽” 便这样缓缓滑向冬季。

秋是兹纳姆伽最为出众的季节。四季中最长。蜿蜒的库尔姆罗夫河营造出溪谷之美，先是在红叶中熊熊燃烧，然后是霜冻悄无声息的侵蚀，最后被大雪覆盖。这三个月，是这个区界最美的季节。

---

① známka，捷克语的邮票之意。

入秋已经一个月，这个清晨，莱奥休和同伴们都比平时起得早。因为这是特殊的清晨。距离天亮还有两个小时。为了生活和学习来到这个区界的少男少女们，爬出逼仄的三层床，匆匆忙忙喝下又热又浓的奶油，聚到铺设石板的院子里。空气冰冷刺骨，大家呼出的气都是白色的。

“哎，有点儿冷呀。”

茨娜塔亲昵地把身体凑过来低语。皮肤和呼吸的湿暖令人烦闷，不过那也是秋日凉爽的标志。莱奥休又一次对数值海岸描绘出的感官细节感到厌烦。他在心中叹息，秋天还有一半。还要在兹纳姆伽待上八个星期。

“是啊。”

他不动声色地挪开身子，开始工作。他很受不了这种亲昵的态度，所以只和茨娜塔发生过一次关系。

包括莱奥休在内的见习生们，打开正对院子的旧仓库的门，其中十个人把巨大的荷车从里面拖出来，另一群人则去了对面的仓库，用板车运出放在里面的另一堆东西。莱奥休他们爬上荷车，登上比他们个头还高的荷台。荷台的长边超过八米，两侧各有一架木制的简易起重机，用它们能把下面的东西吊上来。那些东西形状像是砖瓦，但足有一米长，很重，用米袋一样的布包着。里面的东西硬得像石头。这东西要小心处理，碎了就完蛋了。

很快，老旧的轨道车从另一个仓库里搬了出来。内燃机点火的时候，先是发出咳痰般咕噜咕噜的声音，然后逐渐变成富有活力的稳定节奏。

“又板着脸，”旁边的伊基嘟囔说，“你有这么不喜欢这里吗？”

莱奥休无声地耸耸肩。受排挤也正常。因为他总是一个人待着，一副百无聊赖的样子，估计很碍旁人的眼。莱奥休一边张网防止货物崩塌，一边查看自己的手掌和手臂。比夏天刚开始的时候健壮多了。在要塞改建而成的宿舍里体验集体生活、健康的劳动和食物。美丽的小镇，勤奋工作，适当放松。伊基、杨、彼得，还有包括茨娜塔在内的姑娘们，都习惯了这里的箴言和生活，都在发自内心地享受。

荷台的一角，安装了一台木头和铁制成的坚固弹射机。弹射台斜斜伸向天空，远远可以看见明亮的星星——不对，不是星星。它慢悠悠地沿着自己的路线移动，初看是一个，但很快就分成了两个。

“哦哟哟，来了，来了！”眼尖的伊基朝下面喊。

欢呼声传了开来，不过师傅的指示声穿透了喧闹。

兹德斯拉夫师傅。这个宿舍的主人。兹纳姆伽最著名的、最有声望的人物。

莱奥休他们跳到地上。接下来轨道车要爬上通往锚塔的坡道。正门被打开——为了方便掉头，紧挨里面的道路拓宽了些。莱奥休在路边引导，背后是悬崖，俯瞰会看到遥远谷底的库尔姆罗夫河映出满天星光，蜿蜒河道在山间冲刷而成的圆形平坝尽收眼底。那是兹纳姆伽的中心城区。广场和市政厅。警察局。

教会的尖塔。啤酒酿造厂。市立图书馆。橙色瓦片覆盖的房顶。借着河岸陡峭地形建起坚固城墙的霍沃尔城堡。一切都还笼罩在昏暗中。

莱奥休的宿舍就在城堡背后的斜坡上。轨道车驶入铺在坡道石板上的轨道，拖着荷车缓缓掉头。它克服巨大的旋转力，在陡峭的斜坡上艰难前进。

兹德斯拉夫师傅走在队伍外面，脚步忽快忽慢，四下眺望，不太说话。只要师傅在旁边，队列的行动就会变得机敏、安定。师傅的视线落在莱奥休身上，朝他走过来："莱奥休，今天要高兴点儿啊。"

"嗯。"莱奥休勉强应道。

"那么大的'兹纳姆伽诞生者'可不常见。哪怕拴在锚塔最上面，肚子也可能拖到地上。"

"怎么可能。"

听起来像是讥讽。不过师傅一笑置之。

"你以为不可能吗？书上记载的和实物有很大不同。它比霍沃尔城堡还大。"

师傅指向天空中的光点。

他的手指有种老工具般的坚实质感。浓密的头发，修过的胡须，厚厚的胸肌，鼓鼓的肚子。保养得很好的靴子。爽朗的声音。将父性原封不动形象化的姿态，确实化腐朽为神奇，成了富有魅力的典型。

大部分情况下，区界里的 AI 远比访客有魅力。

好几个同伴（包括莱奥休）抬头去看师傅指的方位。高处的云已经染上了清晨的色彩。在很低的地方，两个光点仿佛只有十几公里的距离了。

同伴们都感动地叹息起来，但莱奥休泼了冷水："天空的运算区域没那么大。只有那一块天空很深吧？"

同伴们用眼神责怪他破坏气氛。兹纳姆伽的天空并没有看上去那么深邃。从某处开始，都只是贴上了舞台幕布一样的平坦绘画。莱奥休的性格偏要把这样的默契共识说出口来，不过师傅并不生气，只是淡淡地接着往下说："现在的天空上，那边开了一条与外部连接的通道。"

据说幕布的一角设置了纵深。平时是平面，但此时开设了巨大的通道——一个充满官能素的长区域。

数值海岸的区界相互独立，彼此之间不能往来。据莱奥休所知，只有那些"兹纳姆伽诞生者"——此刻正沿着天空一角深深挖出的绘制区域朝这里走来的实体——才被允许通行。只有那个种族才能超越区界的规则……

"啊，已经能分辨出来了。"

没错，可以看清物体的细节了。广袤的表面镶嵌着若干光点。那是窗户。几千扇窗户。

传来的声音像是巨大的牛虻振翅声。下方的小镇上，窗户也开始亮起，大约是终于注意到了吧。人们走上街头。"兹纳姆伽诞生者"越过了溪谷对面的群峰。早起的鸟群飞过视野。和近处的飞鸟相比，"兹纳姆伽诞生者"有种山峦般的距离感。

“好了，快点儿，要被追上了！”

师傅大声呼喝起来。荷车绕完大弯，便到了山顶。那是一条长长的山脊，到处都是平坦的土地。大约十座锚塔排成一列，都是如同指挥棒一般的简单形状。因为很高，看起来很细，但其实底部足有十个成年人手拉手围成一圈那么粗。

莱奥休抬起头。

另一块大地——头顶上的质感令人忍不住想要那么称呼。两个“兹纳姆伽诞生者”的纺锤形巨体排在一起，便填满了天空。师傅说得没错，尽管理智上知道那是在极高的地方，但身体还是忍不住颤抖，害怕马上要被压扁。还有这巨大的轰鸣。震耳欲聋的轰鸣声从天而降。

“好了，他们刚结束长途旅行，筋疲力尽了。给他们多吃点儿东西！”

师傅的声音也要被淹没了。

终于，“鲸”的鼻端超过了队伍。

飞天的鲸鱼。

生于兹纳姆伽，由鲸师养大后在其他区界工作的鲸鱼，回来翻修了。全长三百米。外表酷似物理世界的鲸鱼，如同飞船一样飘浮在空中。这条鲸鱼是娱乐型号，内部装载的是赌场。如果是采矿型号，体长甚至会超过两千米。没有哪个区界能有比这更大的动物。大部分区界即使投入全部资源，甚至都不能让鲸鱼正常移动。“鲸”是如此具有纪念性的应用程序，所以装备了鲸鱼的区界地位很高。

“太厉害了！是不是很厉害？”

茨娜塔在莱奥休的耳边大叫，声音很兴奋。视觉效果确实很强烈。模仿中欧古都的美丽街市与山峦上，两头鲸鱼盘踞在天空中。

“很厉害。确实很厉害。”

莱奥休的心毫无触动。

提到数值海岸，人们会想到什么？——如果是在物理世界询问这个问题，大概五个人里就会有一个回答“鲸鱼”吧。尽管拥有鲸鱼的区界很罕见，但很多人还是会把鲸鱼（与蜘蛛同样）视为数值海岸的吉祥物。

兹纳姆伽是培育鲸鱼的区界。数值海岸所有的鲸鱼都在这里培育、改造。鲸鱼虽然是胎生，但胚胎会从母体里取出来，在这里生长。鲸鱼的别名“兹纳姆伽诞生者”就是源于此。鲸鱼的开发与制造是无比巨大的工程，需要巨量的计算资源。有聪明人想出办法，把整个开发环境打造成一个区界，吸引访客。所以在兹纳姆伽，鲸鱼比访客更重要。兹纳姆伽的本业是制造鲸鱼卖给顾客（也就是其他区界的业主），或者承担鲸鱼的维护修缮。这里的访客相当于啤酒工厂的参观者。他们可以志得意满地喝着啤酒四处游览，但工厂不是为参观者建立的。

莱奥休他们参加的是包含社会学习课程在内的景观之旅——鲸师见习。鲸师是兹纳姆伽特有的职业团体，负责培育幼体鲸鱼、按照订货规格进行装备（比如将其组装成购物中心、矿井或者麦鲸），维护整修，还有翻新。其本质是培育鲸鱼的巨型项目，但在兹纳姆伽表现为以师傅为首的工匠们生气勃勃的劳动生活，而参观和体验这些工程，本身便具有娱乐和教育的效果。集体生活、健康的劳动和食物。美丽的小镇，勤奋工作，适当放松。

但是参观者——或者说是旁观者——的性质并没有变化。

两头赌场鲸鱼并排游荡在塔前。系留绳还没有连上。鲸鱼们像是在长途跋涉中精疲力尽了似的，缓缓地摇摆着。

两头鲸鱼都要翻修，要把身体的大部分替换掉。这是需要鲸师们全力以赴的大工程。

“好，让它们振作起来。”

随着师傅的话，好些人爬上荷台，把投射机对准鲸鱼。鲸鱼发现了这里的动向，垂下鼻端。它们在索要。

“嘿，莱奥，一起干吧。这样的机会很少吧。”茨娜塔扯了扯莱奥休的袖子。

莱奥休微笑着摇了摇头：“想干的人很多，我去了反而不好吧。”

“你真别扭。”

“奇怪的是你。别人都不在乎我。”

“啊，真是的，烦死了，我走了。”

茨娜塔一脸不开心地爬上荷台。她和同伴一起从腰间拔出小刀，割开包装的绳子。里面是大的岩盐块。那是专门切成这个尺寸的特制品。美味的矿物质，对于疲惫的鲸鱼来说就像方糖一样美味。莱奥休看着伊基和茨娜塔一边大叫一边投射岩盐包。盐块不稳定地旋转着，穿过黎明的天空。两头鲸鱼张开嘴，灵巧地叼住盐块。每一次都引起大家的大呼小叫。

还是这样旁观比较有趣，莱奥休想。

数值海岸是世界上第一个（也是目前唯一一个）获得商业成功的虚拟游乐项目。它的成功完全归功于“信息拟姿”这一独创的技术及其构思。数值海岸不占用用户自己的实际时间。用户使用埋设在脑部的可编程脑神经设备丘脑卡，创建出具有自身信息代谢习惯的信息拟姿，将它送往虚拟世界。拟姿遵照区界的规约接受服务，带回体验，储存在使用者的外部设备中。等使用者有意的时候，将那份体验传输到丘脑卡进行享受。可以对体验进行精炼和各种加工，也可以同时派出多个拟姿。这种方式，类似于视觉代理遍历各种视频服务器。

不过，信息拟姿的体验只能传送一次。

莱奥休——也就是这个信息拟姿——在来到兹纳姆伽时，强烈地意识到这一点。*在这里，我就是个一次性纸杯。*他对此心知肚明，惊恐不安。一旦用过，就会从物理世界的拟姿接入器中删除，无声无息。在古典的市政厅里排队等待见习生登记的时候，莱奥休觉得自己犯下了一个无可挽回的错误，触发了自我毁灭的倒计时。这份不安其实是一种很普通的反应，通常很快就会消失，但莱奥休的不安持续了很久。对区界机制的不信任化作怀疑沉淀下来。真不幸。兹纳姆伽主打的心态是“勤奋工作、取信社区，享受对群体的归属感”。完全不适合愤世嫉俗的人。

莱奥休感觉自己在这里毫无意义。但他还是会在这里待到秋天过去。没有别的原因，因为这是物理世界中派遣莱奥休来到这里的自己的决定。

从山脊回来之后，大家在一起吃早饭。

“如果说还有什么我能做的——”莱奥休用叉子戳着盘里的东西说，“那就只有尽可能保持这种厌烦的情绪。”

“哎，为什么？”茨娜塔忍住笑问。

“播放拟姿的时候，让我的本体好好尝尝厌烦的感觉。”

“啊哈哈哈，这可没有意义，”茨娜塔终于咯咯地笑了起来，“这种体验，你的本体只会稍微看一眼，然后就再也不会播了。随便你存多少‘厌烦感’，都只会烂在仓库里发霉——所以你还是好好享受这里吧。”

茨娜塔把盛满食物的盘子重重放到桌子上：“啊，饿得头晕眼花。莱奥休，你吃那么点儿就够了？”

莱奥休面前只有一杯咖啡、一片面包，以及洋葱和腌火腿。

“够了。”

“哎，明明有那么多好吃的——算了，我开吃了。”

茨娜塔的早餐非常丰盛。她把刀插进一块如同大号三角尺的巨大炸奶酪里，又把土豆煎饼捣碎，搅在融化的白色奶酪流淌出来的地方。她张大嘴，满脸带笑，拿大大的铁匙喝了一口肉丸汤，用叉子挑起糖醋卷心菜。

孩子般的圆脸，红红的脸颊，卷曲的黑色短发。个头又矮又胖，灰色衬衫的胸口和肩膀都绷得很紧。健康、坦率，简直热情得过分。

物理世界，茨娜塔的外表也是这样的吗？莱奥休看着她的侧脸想。无从知晓。

其实莱奥休连这位少女是访客还是 AI 都无从知晓。鲸师的见习生里混有 AI，但访客不知道谁是 AI。

“——是吗？莱奥休你就是喜欢吃亏。越吃亏越开心。真有意思。”

茨娜塔可能以为莱奥休是 AI，也许她认为莱奥休是“给见习生生活增添乐趣的 NPC”。

这里并不禁止见习生谈恋爱。不管 AI 还是访客都没有限制。就连莱奥休，也已经和好几个人发生过关系。食堂的厨师，山下小镇的香烟小贩，还有师傅的妻子。每个人都很有魅力，但莱奥休并没有沉溺于这样的体验，也没有被强烈的感情打动。一旦意识到自己是拟姿——一旦意识到这些感情、这些感觉，都只是迟早会被摘取的记录，就会变得如同平坦的沙地般平静。

这是一幢古老的石砌建筑，餐厅的天花板很高，清晰回荡着住宿生的说话声和餐具的碰撞声。餐厅内的声音充满活力。仿佛是在宣告，在兹纳姆伽最美的季节里，艰巨而富有价值的工作就要开始了。莱奥休匆匆吃完火腿。到了深秋，这个石砌的餐厅肯定很冷。小小的床，破旧的毛毯。这些当然都可以忍受，这个区界就是这样的。周围人开始起身了，莱奥休喝掉咖啡，收拾思绪。下一项工作在等着他。

“我说，下次休息，去钓鱼吧？”

库尔姆罗夫河有几条支流，每条都设置了变化丰富的环境，某条支流还设置了适合钓鱼的位置。两周前他们两个去钓鱼，在平坦的岩石上发生了关系。莱奥休记得爱抚之后的指尖上留下了类似河鱼的气息。

“不了……我还是不大适合户外运动。”

茨娜塔耸耸肩：“你真是什么都不喜欢啊。这里景色很好，吃的也不错，我很喜欢。”

“我也不是讨厌。”莱奥休冷淡地说完这一句，丢下茨娜塔，一个人起身去还盘子。

茂密的森林，陡峭的石山，河岸边漂浮的水藻，河鱼泛白的肚皮。一切都很沉闷，有种凉飕飕的气息。

并没有任何讨厌的地方。

只是没有喜欢的地方罢了。

不管是这座小镇，还是你。

采访（一）

在距离轻井泽最近的车站下车。这是她的指示。

连休前夕的星期四。月台上都是散步和登山的人。走出车站，看不到任何高大的建筑，天空很开阔，横亘着秋天的云。没有音乐，没有招牌。我被这种平静打动，不禁驻足了片刻。

隔着夹克感觉到凉意，我意识到已经是秋天了。走在街上，有种久违的季节感。在这片街区，多重现实也受到抑制。居民们忍耐着少许的不便，为游客们提供了好几个层面的“宁静”。

很适合她。

很适合被数值海岸与阿形溪视为眼中钉的她。

商业街沉静古朴，令人舒适。我在街道尽头的某个小餐馆里吃了午饭。二十世纪北欧设计与日式建筑的折中风格。蓝染桌布，山花插在多莱斯的玻璃杯里。装裱的书法和版画。荞麦、烤河鱼、蘑菇天妇罗、腌制山葵。量少味浓。吃完饭，我向年轻的女店主打听她的家。那也是她的指示。我问过原因，她说她让这家店给她送饭，所以这里知道她的住址也就说得通了，很少有人需要像她这样注意自己周围的安全。

“您认识 ××× ？”店主说的是假名。这位店主大约不知道她是谁，但可能知道 HACKleberry 的诨名和过激的行为。其实我也差不多，因为容貌、年龄、国籍，全都是听说的。

“她是个很好的人，”女店主微笑道，“优雅，快乐，温柔。”

如果知道她是著名的反数值海岸、反“幻灯机”的活动家，有几十个区界都因为她而关闭，不知道这位店主会是什么反应。

——会更喜欢她吧，我认为。

小小的街区，再走几步就会进入别墅区。即使是店主叫来的脚踏出租车，去她的住处也用不了十五分钟。年轻的女骑手轻盈地踩动燃料电池辅助的踏板。这里虽然海拔颇高，但地形平坦，适合脚踏出租车。我在小小的儿童公园前下车，顺着指示牌前行。原先的小小住宅区做了改建，在小区边界处配置了许多林木般的功能性植株，宛如昭和初期延续至今的别墅区。植株已经有了少许红叶。

要拜访的屋子装修成昭和洋馆的风格。穿过大门，便听到有规律的清脆声音。是网球。我离开通往玄关的主路，朝声音方向走去。建筑物后面有个网球场。

两个人——都是女性——认出了我，停下了动作。靠我更近的女性一只手接住飞过来的球，顺手朝我挥了挥。

“你好呀，是约好的人吧？”

她四十多岁的样子，穿黑色背心、褐色运动短裤，以我的基准来看，个头不高。伸出来握手的手臂长而纤细，肌肉的形状清晰地浮现出来，肩部也是一样。这是在持续锻炼中保持精干的肉体。

“乔瓦娜·达克女士？见到您很荣幸。”

“你真这么想吗？”她一副饶有趣味的表情，“肯定认为我很讨人厌吧。”

笑的时候，她眼睛会眯成一条线，态度出乎意料地随和，和蔼可亲。

“我习惯了被人讨厌。不用客气。”

她的眼睛再次睁开，瞳孔是几近白的灰色，衬着晒黑的皮肤，给人留下深刻的印象。

我观察她的整体表情。这是职业习惯。达克的笑容很放松，但看起来又不像真正放松，仿佛是使出浑身解数挤出的笑容。我还是第一次遇到给我这种印象的人物。

“进去谈吧。跟我走。”

回到建筑物的正面，她在前面走进玄关。昏暗的大厅随着我们的到来变亮。我差点儿失声惊叫。

“……！”

几十个人站在里面，微笑地看着我。

“啊——这是？”

我松了一口气。这是多重现实中描绘的等身大小人物照片。虽然是静态画，但仿佛有种马上就会活动起来的气息，难怪会以为是真人。

男女老少，眼睛和肌肤的颜色各不相同，服饰打扮都没有共同点，像是从不同时代、不同故事里剪切出来胡乱贴在一起的剪贴画。有几张面孔看起来很眼熟，那是著名的故事角色。

“这是你的画廊吗，达克？”我问她，“还是奖杯陈列柜？”

达克寂寞般地耸耸肩。我的话似乎伤害了她。

“恶趣味是不是？我当然不是把这些人当成奖杯。我知道这是很糟糕的趣味——喏，你看那边。”

她指的是自己的肖像，混杂在其他的肖像中。视线低垂。

“算是赎罪。”

“没必要这么自贬吧。你做的事情受到无数人的支持。”

这些肖像都是她“拯救”的 AI，被认定为遭受了虐待而受保护的数值海岸 AI。

达克的主张简洁而自洽。

区界 AI 具有和信息拟姿同等的认知体集合，被 AI 设计师赋予了固有的代谢个性。人们已经确认，信息拟姿内部具有和本体几乎同等的精神活动，只是精度有所不及而已。由此推测，区界 AI 也是一样。换句话说，AI 具有和拟姿同等程度的思维和感情，“在实际应用中可以视为人类”。

既然如此，至少在区界内，必须保障 AI 拥有和自然人同等的人权。然而由于著作权拥有者的恣意妄为，产生了许多普遍道德观念中不能认可的侵犯人权行为。

达克一直在搜索那样的区界，鉴别虐待行为，控告数值海岸的运营组织幻灯机公司和相关区界。除了 HACKleberry，达克还与许多攻击性的监控团体、法务志愿者、良知暴徒保持联系。达克的监督力量和对舆论的影响力如此巨大，可以轻易左右社会舆论，所以大部分被她盯上的区界，都不得不终止接待访客。

然而达克也不允许那样的区界停止计算。因为那样会导致区界 AI 突然死亡。不能有访客，但计算也不能停止——达克对区界提供者提出的，就是这样不合理的要求。

我被请进一个小小的房间，门关上了。我们在椅子上落座，录音笔放在桌上。

“那么，从哪里开始说起？”

接下来，我想讲述这场值得纪念的采访的整个过程。为什么称之为“值得纪念的采访”，我想您也明白吧。

在那之后，乔瓦娜·达克再也没有接受过正式的采访。今后也永远不可能了。

夏之砂

莱奥休第一次见到马切伊·科佩兹，是在“兹纳姆伽诞生者”的翻修开始步入正轨的某个休息日。见习生每隔十天会有一天休息。平时不大出门的莱奥休早早离开房间。这虽然也是想避开烦人的茨娜塔，不过更主要的原因是深秋的阳光把兹纳姆伽的溪谷和下面的小镇照得如此美丽。

莱奥休一边走，一边回想夏初来到这里之后的事。在宿舍已经住了两个半月，莱奥休不得不承认自己早就被周围人孤立了，他厌倦了和师傅的妻子玛格达私通，甚至连残忍对待茨娜塔都没有丝毫良心上的不安。

如此冷漠，如此缺乏同情心，甚至对自己都漠不关心。这就是自己的本性。

当然，意识到这一点也没什么关系，不会悲伤，只是感觉无聊。秋日阳光下的街道很美，但也仅此而已。从小巷拐进更窄的小巷，随意转过不同的拐角，就连陌生的街道也无聊透顶。

莱奥休……

莱奥休感觉有人在喊自己，慢慢打量四周。那是宅邸区，都是高高的围墙和气派的大门。莱奥休终于停住了视线。路上空无一人，但在几步开外，就是魔女的脸。

某个古老宅邸的门扉上镶嵌了一块金属板。直径足有三十厘米的铜盘，用锁链固定在大门的铁栏杆上，上面刻着魔女——准确地说是人鱼——图案的纹章。戴冠的人鱼闭着双眼，双臂张开。裸露的乳房被波浪长发挡住。面庞两侧有高高翘起的尾鳍，线条用浓绿珐琅勾勒出来。

铜盘像是今天早上刚被挂上，还没融入周围环境，有种刚刚投入使用的拒人千里之感。此外，那设计和兹纳姆伽的美学风格也有少许差异。莱奥休感觉它像是被人怀着“隐藏的恶意”故意挂出来的。

也就是意图。某种未知的意图。

莱奥休……

他突然间心有所感，抬头一看，只见二楼开了一扇窗户。缝隙非常小。他强烈地意识到刚才有人躲在那里看他。那人闪得太快，让他感觉那里甚至留下了一双眼睛的残影。

莱奥休忽然发现铁栅栏是打开的，其中一侧朝院子里拉开了一丝。

——这么明目张胆的邀请。

莱奥休不禁伸手摸了摸脸颊，有种从未有过的感觉，嘴角露出微笑。那不是往常贴在嘴角的微笑，而是内心涌起了自然而然的笑意。

轻轻一推，铁栅栏就滑动起来。院子很小，进去就是玄关。

莱奥休毫不犹豫地握住把手。

锁着的。

出乎意料。

他从围墙和楼房的缝隙间挤过去，想绕到楼房后面，但脚踝被树枝勾住了。伤口不大，但是感觉很深。莱奥休皱起眉头弯下腰。

头上传来说话声：“您受伤了？”

宅邸旁边有一片小小的草坪。楼房里伸出来的木质阳台上放着白色的桌子和椅子，一位老人独坐啜饮早茶。许多观叶植物环绕周围，如同温室。

莱奥休保持着弯腰的姿势，抬头去看老人和周围的植物。远远的上空可以看到抛锚的鲸。

“您是哪位？”老人问。

“我是……”

莱奥休站起身，试图为他擅自闯进院子道歉，但老人伸出手指竖在自己的唇上。那是“请安静”的手势。

“……？”

院子里的某处传来两三声鸟鸣和轻柔的扇翅声，随后又归于平静。等了几秒，老人放下了手指。

“现在可以了，坐吧。我并不是要听你解释。年轻人通常都很好奇。”老人的语气有种让人不解的戏谑，“一起喝茶吗？”

莱奥休一边做了简单的自我介绍，一边坐到椅子上，观察老人。

又矮又瘦，头剃得很干净。藏青色衬衫吸人眼球。白色过膝裤和皮凉鞋，与兹纳姆伽的秋天格格不入。

像个渔夫一样全身晒得黝黑，有种常年暴晒者特有的皮革般光泽。还有——眼睛是灿烂的金色。那双眼睛正在饶有兴味地观察莱奥休。

老人端起茶壶，给他倒了一杯红茶。莱奥休挪不开自己的目光。

美丽的手。

那手虽然也显得很老，但有种异乎寻常的美丽。修长而灵活的手指动作非常优雅，所有指甲都非常干净。最重要的是，整个手掌很匀称。

老人瘦得只有皮肤和骨骼，却并不显得寒酸。这是富裕带来的修养，莱奥休想。谦逊和蔼，彬彬有礼。

“你最近大笑过吗？”

“——哎？啊，对不起。”莱奥休一时间不明白问题的意思。

“我的秘诀是，来到区界，就要尝试发自内心地大笑一回，调节心灵感受与身体感受。这样可以消除违和感与疏离感。”

“我更喜欢违和感。”

“但是因为好笑而捂住嘴，这样心情不是很好吗？”

“……您看到了啊。”

又是鸟鸣声。振翅的声音。

“我见过许多像你这样的青年，”老人啜了一口茶，“在许多区界，还有物理世界。我的工作是教书，有机会和很多年轻人交谈。你很聪明，所以觉得周围一切都很无聊。但这反衬了你自身无可救药的无趣与平庸。”

莱奥休并没有被冒犯的感觉。

“那么，您教什么呢？”

“随时间和地点不同，教的也不同。”

“现在，在这里，您是在教我什么吗？”

“在这里？我当然什么都没教。硬要说的话——大约只是教你安静有多重要吧。”

老人又把美丽的手指放在唇上。莱奥休露出苦笑，然后突然变了脸色。他猛然起身，砰的一声推倒椅子，拨开背后的观叶植物。刚才的声音像是振翅，其实是脚步声。肯定是赤足在木阳台上小跑的脚步声。树叶摇动的部分连成一条动线。目光追踪动线，从阳台延伸到进屋的户门。门变成半开了。

些微的气息。那是什么……兹纳姆伽没有的气息。

“如果保持安静，你早就能注意到了吧。你以为自己很安静，其实很吵。”

“刚才谁在这里？”

老人仍然竖着手指：“保持安静，莱奥休。你的话太多了。即使不说话，信息拟姿本来也很嘈杂。它要不停地轻微振动人格边界，读取官能素的渐变层次。尽量保持安静，直到你能意识到自己的边界正在如同蜂鸟翅膀一般振动。那样你就会明白许多事情。”

“比如？”莱奥休转向老人。

“你知道‘通用树的区界’吗？”

“不知道。”

“那是数值海岸史无前例的超大规模作品，用密集的计算填满了比兹纳姆伽大几千倍的空间。交错纵横的枝条就像孩子们玩的冒险者乐园，尺寸足以承载河流与城市。树下的草原拥有十几头鲸鱼。那里有个具备特殊能力的团体，叫作蜘蛛众……”

莱奥休对老人的唠叨感到不耐烦：“我——”

“……会做这样的把戏！”老人的声音突然充满活力，双手插进了桌面。坚硬的木纹如同软泥般扭曲起来。

莱奥休目瞪口呆，他的鼻子捕捉到冷冽的气息和温度。老人双手插进去的地方荡起波纹，水与苔藓的味道弥散开来。

哗。

冷冷的飞沫打在脸上。

那是鱼尾溅起的水滴。老人的双手从木纹中抓出了一条河鱼，把它高高举起。

“这叫汲水。无视周围的环境，直接调用区界函数库里的函数。小伎俩，对吧？——接着！”

老人把鱼丢了过来。莱奥休慌忙接住。这在狗鱼里算是小的，但也有六十厘米长了。特征性的长吻部，小而锋利的牙齿，浮在绿色躯干上的黑色斑点——莱奥休感觉到的不是那种图鉴式的细节，而是生命的活力。鳞片、鱼鳍和肌肉的运动，在手臂上的跳跃，无法掌控的野蛮和狰狞。莱奥休一屁股坐倒在地上。老人向他伸出手。狗鱼在旁边激烈挣扎。

“看到了吗……？”金色的眼眸紧紧吸住他的视线。

莱奥休默默点头。老人说的显然不是鱼。

“看到了……”

双臂上起了鸡皮疙瘩。信息拟姿拥有的肉体的真实性深深触动了莱奥休。嘴角流露出的笑意，因战栗而竖起汗毛的皮肤。在鲸师的生活中，他从未如此清晰地意识到自己的身体。

“看清楚了吗？”

莱奥休凝视着老人伸出的手。把鱼抓出来的时候，那手闪过一道微光。火辣辣的、噪声般的光。这不是汲水，不是那种平平无奇的小伎俩。

老人的手，替换了官能素。

他让手部周围空间的官能素迅速改变质感，首先编织出狗鱼的鱼鳞，然后在空中组合成鱼体的轮廓，产生冷冽的河鱼气息。刹那之间，这些便完成了。

官能素是描画区界的最小单位，不可能在区界内部替换它。这就像是在物理世界施展魔法一样，绝不可能。

“……看清楚了。”

莱奥休用尽所有的意志保持冷静，握住伸来的手。

什么都没有发生。他的身体因放松而颤抖起来。与此同时，他感觉自己完全被老人的魔法迷住了。

“害怕吗？”老人第一次露出微笑。

“嗯……”莱奥休声音嘶哑。

“你确实看到了。你没有被我的话迷惑。很不错。说你平庸是我草率了。对不起。”

莱奥休站了起来。老人的手贴在莱奥休的背上，静静地把他往前推——沿着摇动的树叶展示的动线，赤足小跑过的踪迹，朝向敞开的门。

“年轻的朋友啊，我想邀请你来我家里。”然后老人说出了自己的名字，“马切伊・科佩兹。地图上写的这所房子的主人。”

张狂的自我介绍。完全不适合的名字。与这位老人的风貌相匹配的，应该是古希腊风格的名字。

“你知道我家的规矩吧。”

“保持安静。”

“没错。那样才能有所收获。”

走在木阳台上，忽然回头一看，那条狗鱼——狰狞的运动体，仍然像体操运动员一样跳来跳去，势头丝毫不见减弱，似乎可以永远那样跳下去。那种阴森的感觉让莱奥休转开了视线。

手中还清晰保留着鱼的纹理和鳞片粗糙而黏稠的触感。

虚拟空间的人类——信息拟姿，其存在是怎样一种状态？

要理解这一点，首先必须了解官能素。它是填充虚拟空间的最小单位，和信息拟姿共同构成数值海岸的核心技术。这个术语令人联想到“像素”这个图像数据的构成单位，但它们的不同点更加重要。

在虚拟现实的黎明期，尽管号称“虚拟”，但虚拟头盔的液晶屏幕却是真真切切的物理实体。要把计算出的图像传递给人类，少不了物理实体，因为“视觉”这个物理量，是在肉眼捕捉到可见光区域的电磁波强度和波长后产生的。充斥在外部环境中的物理量，必须经过肉体的“感觉化”工程。这是毋庸多言的。——但真是如此吗？

让我们考虑一下这个事实：信息拟姿不具备也不可能具备肉眼（以及一切感觉器官）。

要准确计算出感觉器官的反应，进而描绘出人类的意识，至少需要逐一计算出人体内发生的一切电气的和化学的反应。那是不可能实现的难题，所以不去正面解决这个难题，而采用权宜之计蒙混过去，这就是信息拟姿的本质。

没有肉眼的拟姿，怎么观察世界？发现了这个根本性“问题”的，是弗拉斯塔·德拉霍什教授。

他这样想：没有眼睛捕捉光线，就不能产生“视觉”吗？把感觉放在身体之外，让拟姿把它吸收进来，这样不行吗？

这样完全省略了将物理量转化成感觉的工程。彻底略过。充斥在拟姿周遭的，不是物体和质感，而是由计算预先产生的、接触质感时的“感觉”。那是预先做过感觉化处理的世界。拟姿读取的不是外部环境，而是计算得出的感觉。

一个“像素”是混合三原色的不同色值来表现所有色彩，与此相对，一个“官能素”可以保存五官感知的全部数值，当然也包括视觉。

虚拟现实的动画，是在计算机中逐帧计算出来，输出到铺满像素的显示屏上。

区界内的事物和活动，首先也同样是计算出来的，然后通过名为“认知体原器”的程序，转换成感觉的不同数值，投射到官能素空间。

作为信息拟姿外缘程序的人格边界接受这些数据，将之交给拟姿内部的认知体。

一个区界由若干层构成。无论是进行计算的层，还是输出计算结果的官能素空间，都位于虚拟的区界中。

“创造出这个东西的家伙，大概是个相当疯狂的家伙。”科佩兹一边上楼，一边回头说。

两个人正从宅邸的大厅向二楼走。巨大华丽的弧形楼梯。莱奥休的手抚摸泛着饴糖色光泽的木质扶手。

“仅仅因为无法计算出感觉器官的行为，就把感觉外部化，这是多么莽撞的飞跃。这里面肯定有某种连设想者自己都没有意识到的无名欲望。”

扶手的光滑度。脚下地毯的触感。

“是啊。这么一说我才意识到，可以这样说吗？如果区界是预先做了感知化处理的区域，那么这个世界本身就是我的内心，位于我感觉器官的内部，是我的内在体验？”

“但是区界还有其他访客。你和我一起在上楼。而我也和你一样，有权认为这里是我的内心世界。硬要说的话，也许不是你的，不是我的，而是另一个类似上帝的人的内心。我们都在分享它。”

莱奥休的思考在这个问题上停留了一下。

“最好不要太把区界和物理世界放在一起比较。我们现在这样走路，好像和物理世界一样，其实为了实现这种效果，用了很多小把戏。你要记住这一点。你有看透它的潜质。对区界的好客保持冷眼旁观，这种性格换个角度就变成了优点。”

“潜质……”

“你看到了狗鱼，也注意到了我手上的微光。”

“但那看起来可不像是小把戏。”

“那当然不是小把戏，但如果不知道构成区界的小把戏，也做不出那个。”

莱奥休握紧栏杆。当然什么都没有发生。

“莱奥休，提示已经给你了。”

莱奥休回想科佩兹的话，遗憾地摇摇头：“我不知道哪句话是提示。”

科佩兹像是咳嗽般地笑了起来，吐出两三次尖锐的笑声，回头看了看莱奥休：“是吗？真遗憾。”

这时候楼梯走到了尽头，出现了一处小小的空间。迎面的窗户正对宅邸前面的道路，微微开了一条缝。是那扇窗。走廊从窗户左右两边延伸出去，一侧是一排窗，另一侧是一排门。走廊在中间拐了个弯。宅邸的形状像是在从左右两侧拥抱中庭。

莱奥休走向窗户，想看看能不能看到自己刚才所在的地方。

他的脚步突然停了下来。他听到背后——一楼大厅有动静。回到楼梯前，只看到某个人的背影从视野里消失。白色衣服的一角，还有赤足的脚掌。是个女人的背影。

“看来这回你是用心了。”

如果不是科佩兹的声音里带有制止的味道，莱奥休大概会直接跑下去。

“不然就听不到了吧。”

“很好。不过再忍一会儿。大家都在等着。”

“大家？”

“我喊到兹纳姆伽来的年轻人们。我说过，我的工作是教书。我要给你上一堂特殊的课。”

科佩兹在一个房间前面站住，拉动门把手的时候，莱奥休做了各种猜想。炼金师的工作室，蜿蜒的玻璃管和冒气泡的溶液，自己曾经上过学的初中实验室，空中飘浮着多重现实显示器的现代研究室……

哪个都不是。只是一个朴素的会议室。不是兹纳姆伽的风格，是二十世纪后半期以来随便出现在哪个时期都不奇怪的简单样式。

中央有一张大桌子，周围有几把椅子。房间的墙壁——是什么材料的？乳白色，内部发出微微的光，将房间照成无影的空间。桌面和椅子上的织物都是非常醒目的鲜红色。

三个人面朝房门，围站在桌边。

中间是高个男子，两边是比莱奥休更年轻的一对男女，男的好像只有十岁。

“介绍一下。大个子是马列克，姐弟俩是玛丽埃和米洛斯拉夫。他们都是区界的AI。”

两个年轻人确实很像。姐姐的头发很短，像个男孩，相貌是东方人的模样。马列克身材高大，连搏击娱乐区界都很少看到这么高的，但不知什么缘故，他一边的眉毛少了一半。三个人都不是兹纳姆伽的设计风格。是从其他区界来的——虽然明明不可能。

“他们是我可爱的学生。”

三个人对莱奥休行了个礼。看起来对他不怎么在意。

“刚才也问过……您教什么？”

“在这个世上，如果说有什么值得教的东西，就是研究的方法吧。我首先选择一个有趣的主题，然后，”科佩兹慢慢走向桌边，“彻底研究那个主题。坚持不懈、耐心细致，探索所有的可能性。他们协助我的研究，体会我的方法，学习我的风格。”

“风格……”

莱奥休的视线，被椭圆桌子的中心吸引住了。

桌子中心放着四个大玻璃罐。有细长的，有粗短的。科佩兹选了一个广口的罐子，手放在盖子上，转头望向莱奥休。罐子里的东西隔着玻璃发出白色的光芒。那东西本身并不发光，而是在反射周围的光线。

打开盖子，科佩兹把手伸进去，然后朝莱奥休招手。美丽的手紧紧抓住罐子里的东西。

沙沙的无机质声音。

细细的闪光在手里跳跃。

是沙子，白色的沙子。不是兹纳姆伽的沙子。河沙不是这种颜色，是从别处带进来的吧。

科佩兹的手慢慢抬起来，沙子从指缝间落成细线。

“这就是主题吗？”

“是的。这世上绝无仅有的奇迹般的东西。你想看看吗？”

拳头收紧，沙子停止下落。拳头从罐子里抽出来。莱奥休身体紧绷，注视着这一切——所以他过了半晌才发现，房间里每个人都盯着他的背后。顺着玛丽埃的视线望过去，莱奥休发现一个赤足少女站在门口。

科佩兹又招了招手。

少女静静地走上前来，站在莱奥休旁边，但好像完全没有看到他似的。

“仔细看好。”

她的身高和莱奥休差不多，看外表小他两三岁。蜂蜜色的头发垂到肩膀，身穿无袖连衣裙。衣服毫无装饰，只是剪开缝上、从头套到脚。没有任何首饰。看起来非常脆弱。

“萨宾娜，过来。”

少女又往前走了一步，默默朝科佩兹伸出一只手。

“这位是莱奥休，是我的新朋友。”

少女看向莱奥休。黑色的眼眸如同熟透的橄榄，但她的表情和动作都显不出丝毫感情。她就那样转过身。到了这时，莱奥休不能不注意到少女的异常——似乎是被药物杀死了一切感情。

“萨宾娜，让这个年轻人看看你的记忆。莱奥休，你会明白这些沙子是多么有趣的主题。”

科佩兹突然抓住萨宾娜的手臂，缓缓松开高举的拳头，重新形成细细的沙流。沙粒落在萨宾娜的手臂上，散作薄薄的沙幕，流向手腕。

莱奥休睁大眼睛。

萨宾娜的手臂表面受到沙粒的冲刷，人格边界出现了异变。纹理的真实感降低了，就像是有人调整了参数似的。

“你把手指……”科佩兹深深地盯住莱奥休，“往这里。”

莱奥休把手伸向沙粒冲刷的部位。不像茨娜塔的粗壮手臂，也不像玛格达的光滑手臂。轻轻一触，指尖就会钻进萨宾娜的内里。莱奥休感觉她人格边界的内侧会像薄纸般扯破，于是指尖犹豫不决。

于是萨宾娜开口了：“抚摸……”没有起伏、毫无感情的声音，“这里，莱奥休。抚摸。”

声音和话语背道而驰。

不是没有感情，莱奥休想。这个AI存在某种故障，无法准确输出内心的想法。

所以她说——抚摸。

抚摸，接受。

莱奥休意识到，不知何时，自己被活生生地困在噩梦般的场景里了。

少女的痛苦让他不禁移开眼睛，但强烈的好奇心和欲望还是驱使他去抚摸。

手臂和沙粒。

他感觉到轻微的冲击。

像是鱼儿咬钩般的冲击，透过指尖清晰传来。一闪而过。小小的冲击化作大门，让他窥见门里广阔的领域。

是大海。

不是错觉，也不是比喻。

一个不同的世界不知从哪里导入了，仿佛和莱奥休此刻所在的区界形成剧烈的交错。绝对性的南方之光，和兹纳姆伽截然不同。夏日的天空、海洋，还有炽热的白沙，以足以打破莱奥休边界的气势猛冲进来。

在观叶植物的摇曳中闻到的就是这个。大海的气息。在沙滩上打出气泡的新鲜海水气味。

踏破浪头的奔跑速度。

大口痛饮的凉茶。

在草地上午睡时落在脸颊上的草帽阴影。

与喜欢的人一起放声大笑。

宛如抓住胸口用力晃动般的剧烈情绪起伏。

这就是少女的记忆。

感受着沙粒的流动，莱奥休在指尖上注入更多的力量，想要进入得更深一些。

于是，他触到了异物。

与大海的动态印象完全不同，宛如石膏绷带般不透明的冷冽感觉掠过他的指尖。控制与固定。医院病床上抬头看到的输液包。莱奥休试图看清楚——

沙粒流完了。

大海消失不见，手臂也恢复了原样。

兹纳姆伽的沉静空气——如同枯叶般沉闷，弥漫着深渊、苔藓和针叶树气息的空气再度包围了莱奥休。

少女垂下手臂，仿佛什么都没发生过。毫无感情的外表。莱奥休凝视自己的指尖。他觉得少女的感情就像小小的灼伤一样留在那里。

他叹了一口气，对老人说："您对她做了什么？"

她是从哪里来的？一望无际的天空与大海。她被人从那里拽出来，带到了这个群山叠嶂的小镇吗？

"你这个花花公子，竟然忽然有了虚伪的骑士精神？不过也不错，好好发挥骑士精神吧。总之你多和萨宾娜说说话。她也很喜欢你。那么——"科佩兹轻轻拍了拍手，"回到正题吧，说说我们的主题。莱奥休，你知道那沙子是什么吗？"

当然不知道。

"大屠杀的副产品。"

"啊……"

"没听说过吗？乔瓦娜·达克，邪教领袖的名字。"

"屠杀……邪教？"

"乔瓦娜·达克，物理世界真实存在的——匿名人物。冒着生命危险封锁灰色区界的女疯子。说到她的战果，有好些区界都被迫封闭，这些沙粒正是从那些废弃的区界带出来的。"

莱奥休完全不知道科佩兹在说什么。

"区界封闭之后,派往那些区界的信息拟姿就会被冻结。所有区界都严格遵守这条规则。拟姿是终极的个人信息,因而被粉碎到绝对无法复原。彻底地粉碎成认知体的最小单位。也就是这个。"科佩兹又抓了一把白沙,"这就是访客——也就是你和我的最终结局。换句话说,这就是达克间接导致的大屠杀的结果。"

"为什么它……"

"尽管是粉碎的信息尸体,但其中每一粒都还具有信息代谢的微弱力量——虽然不是每个人都能像我这样顺利使用它。物理世界中不可能存在,只有数值海岸才有可能存在的人类最小单位,我们称之为'微在'。"

沙粒又从高高举起的拳头中落下来,访客的残骸散落在地上。粉碎的尸体。

少女紧紧抱住莱奥休。

莱奥休看了看她的侧脸。依旧毫无表情。没有胆怯,也没有恐惧,但那眼睛却没有离开沙流。

宛如憧憬。

采访(二)

收到乔瓦娜·达克接受采访的邮件时,我非常惊讶。这几年达克完全不接受采访，她的观点只通过论文或者监视团体的活动方针发表。

作为传记作家，我的职业生涯乏善可陈，不过我把阿形溪的评传作为近期的工作成果附在了名片上，还有正式版本中没有公布的大量背景数据。是那些起作用了吗？

“读来很有趣。”

达克把我领到八角形的书房。房间一边是门，四边是书架和桌子，其余三边都是窗户。古典的日欧折中装潢，窗外的功能性植株也开始展现出红叶。

“有幸得到您的欣赏。”

我往镰仓雕桌上的咖啡杯里加了一块白色方糖，再用勺子搅拌。

“童年时期的故事太有趣了。真的，小溪从小就是那样，笨拙、倔强，‘全身都是犀牛屁股’。”达克咯咯笑了起来。

“我知道。是您第一个这么形容她。您总是这样嘲笑阿形溪，以这种挑衅的话语扬名。但您所属的 HACKleberry，是崇拜阿形溪的团体。那样的团体中会出现您这样的人物，也非常有趣。”

“采访已经开始了吗？”

“嗯。”

“我想每个人都知道这个问题的答案——好吧，你是想听我亲口说出来。”

“是的。一切都由您亲口说出，这有它的意义。”

“HACKleberry 并不是崇拜阿形溪的团体。HACKleberry

原本是为了找到诱拐阿雅砂的人，把她从‘非法复制’的监禁状态中解救出来而诞生的团体。所以我更认为自己体现了HACKleberry最为正统的精神。”

“拥护AI权利。这是你一直坚持的做法。不惜一切手段。”

“海岸是人类历史上最邪恶的游乐项目。罗马斗兽场的角斗、奥斯威辛的毒气室，都比不上海岸。那里每天都会上线新开发的区界。在那些一丝不苟完美建造起来的世界里，成千上万的AI始终承受着高品质的虐待。但是物理世界里的你们，甚至都不认为那是虐待。你们想处在适度险峻又适度顺畅的舒适空间里，在那样的地方，把自己的信息鼻屎抹在AI们的脸上。”

达克拿手的老生常谈（尽管“鼻屎”这部分会有各种变化）。

“把这种地方称为‘度假区’，真是不知羞耻的麻木。我们一直在和这种麻木战斗，但还是远远不够。邪恶的区界无穷无尽，未来也会永无尽头。”

“达克女士，”我打断她的话，“海岸开始运营的时候，无数团体都对他们的服务内容提出了道德上的质疑，但是那些团队一个都不剩了。”

“‘只剩下你们了’——谢谢你没有这么说。”

“因为差别很明显。你们不是虚拟游乐项目的监视团体。其他团体归根结底只是要保护物理世界不受海岸这种著作权产品的毒害。

“但你在最早期的文章中，已经写下了这样的词句——

“要保护AI不受物理世界的侵害。必须为此建立相应的理论。令人惊讶的是，那是海岸启动试验性服务之前的文章。关键技术——官能素空间和信息拟姿都还在研究中。”

“嗯。”

“您的观点从一开始就遭到嘲笑。先是被无视，然后又受到严厉的指责。至今您的人身安全都处在危险中。但另一方面，您也获得了广泛而狂热的支持者——尤其是在年轻一代中。您对这十年间的变迁，有什么看法？”

“我没想到会得到这么多的赞同。周围的变化之快，出乎我的意料。这让事情容易多了。”

“您是说，人们理解了您是正确的？”

达克微微一笑：“无可奉告。”

“在海岸，有非常真实的AI接待客人。但AI是‘著作人格’——即使产生了和人类同等的思维和感情，依然具有‘著作’这一AI特征。这是幻灯机公司的观点，也是大部分专家的意见。您对此有什么看法？”

“他们的逻辑是，AI的本质是描述‘具有类似人类之心’的著作。非常有趣。他们如此清晰地坦承自身的罪孽——AI具有人类之心。而‘著作人格’的概念本身，也是他们在我的追究下，无计可施才编造出来的说法。”

“从时间上说，确实如此。”

“海岸开放的时候，他们把信息拟姿宣传成自我分身般的存在。然后不知不觉中，他们改变了口径，说那只是‘个人信息的综合性集合体’。他们辩解说，拟姿之所以记录用户的习惯，只是因为需要通过它来访问虚拟游乐项目。他们的官方说法就这么随意吗？”

“但是，姑且不说后半部分，前半部分——也就是所谓‘著作人格’，那不是合理的观点吗？**区界AI具有的权利与自然人相同**。达克女士，人们普遍认为您的这一观点过于粗暴和极端了。即使AI等同于拟姿，也远远达不到自然人的构成质量。”

“哎呀，如果归结到分辨率的问题，那正中我的下怀。我们可以就此讨论一番，不过不展开了。总而言之，你也不赞同我的意见，是吧？”

“是的，很遗憾。”我坦率地回答说。保持坦率，才能获取采访对象的信任，“既然您问到我的个人看法，我需要给出诚实的回答。您的所作所为，确实是对表现行为的过度干涉吧。海岸的每个区界都是精心设计、具备自身特色的著作，它们是‘作品’。AI们只是区界这一作品所包含的一部分。您认为呢？”

大约是起风了，窗外的植株摇曳起来。达克朝窗外瞥了一眼，视线又转回来。眼眸的色彩富含力量。

“为什么要问是不是呢？是或不是这个问题本身，就已经是诡辩了。

“区界AI是著作，同时也是兼容自然人的存在。事实仅此而已。人类已经在这世界中创造出了相应的环境，能让这样的AI得以存在，所以也只能承受相应的后果。既然出现了新型的侵犯人权行为，那就不能置之不理。如果视若无睹，不肯做出判断，那么人类的精神世界、信仰、生活哲学，迟早都会分崩离析。

“如果情况继续发展，就需要建立相应的法律基础。这才是成年人的态度。”

“譬如您刚才提到的‘兼容自然人’那个概念，也是其中之一吧。但是达克女士，在我看来，这终究只是把AI强行当作人类对待的说辞而已。说到底，您这番逻辑才是诡辩。您不觉得，我们是在进行一场徒令彼此痛苦的生造词大战吗？”

达克苦笑着耸耸肩。

“达克女士，我认为海岸作为一种艺术形式，是史无前例的成就，我也对它的创造者怀有深深的敬意。尽管有不少区界具有道德上的问题，但任何表现形式都会遭受同样的批判。小说、电影、电视、游戏。不论哪种形式，总有一天都会成熟，得到正确的评价，受到认可。”

“我不关心海岸是不是艺术。我也不关心海岸对物理世界的人是否有害。说得更清楚点儿，我不喜欢‘兼容自然人’这个词。这个词隐含着人类至上主义的先入为主，也隐含着屈尊提升AI地位的傲慢。我们不妨换一种说法，物理的人是‘兼容区界AI’的。我们不会像某些蠢货一样，要求AI接受物理世界的教育，或者享有公民权。因为那毫无意义。”

我很烦躁。

难得的采访机会，但达克说的话，和公开发表的声明没什么区别。

过去的十五年间，达克非常活跃。除了捐款，她还采用一切手段筹集资金，支持许多攻击性的监视团体。她组织了法务义勇军，邀请著名人物制作公益广告。HACKleberry 的高手们证明了数值海岸的脆弱性。有些活动是非法的，也给善意的使用者造成了巨额损失。她总是遭受猛烈的抨击，面临数不胜数的民事诉讼，但达克毫不退缩。她甚至在区界内设立了游击队式的庇护所，给 AI 提供咨询和辅导。这引发了极大的谴责（因为可能会在无授权的情况下篡改他人的著作），同时也爆炸性地扩大了支持者的群体。没有任何一个活动家比她更有活力。

但究竟是什么支持她做到这种程度，我完全感觉不到。传单上的词句难以让人接受，记录下的话语也是空洞的。如果能从发言者口中直接听到那些话，有时候就会很有说服力。我希望从乔瓦娜·达克本人口中听到那些有血有肉的实质内容。

我正在想是不是换个提问的切入口，忽然有人敲门，黄铜门把手被拧开了。

进来的是一位貌似日本人的年轻女性。是和达克打网球的人。女性朝我注目致意，然后在达克耳边说了点儿什么。达克也低声回了几句，女性退了出去。她的表情很平静，但不知怎么，我总觉得她在抿嘴笑。

“刚才那位也是您的支持者？”

“嗯。这是她父亲的别墅。”

“您这次为什么来日本？”

“因为要和日本的支持者会谈。”

“什么样的会谈？”

“达成我目的的会谈。”

“那份公约？还有一年就到期了。”

达克总是保持警惕，日程表应该也是保密的。之所以告诉我，是因为想让我就此提问。也就是说，她想说些什么。这是一次准备周密的采访，每件事都是达克精心安排好的。肯定是非常重要的事。

“是不是有点儿热？”

达克站起身，推开玻璃窗。风吹了进来，带来树梢的声音。我也站起身。因为我看到她旁边有个旧箱子，上面放了一个相框。达克从未公开过自己的隐私。

“没关系的，你可以随便看。”达克依旧面朝窗外，对我说。

我苦笑起来。这也是诱导吗？

照片上的达克还很年轻。可能刚二十岁出头，或者十几岁。背景像是学生的派对，达克和同龄的年轻男性并肩面对镜头露出笑容，没有现在“强制收敛”的感觉，只有一位放松的、非常普通的年轻女性。

突然间，我意识到照片上的男性是谁了。

“……！”

达克居然和这个人有交集，真令人难以置信。这个人可以说和阿形溪一样，都是达克最难缠的对手。

达克饶有兴味地观察着我的表情，强调似的加了一句：“那是我丈夫。”

那人是弗拉斯塔·德拉霍什。

悬浮栈桥

“赌场”这个病灶，曾经腐蚀过鲸鱼。

鲸鱼还小的时候，某一天感到背部疼痛。那里出现的肿瘤急速生长，缠绕在骨头上，扎根在内脏中。等发现的时候，体内大片地方都已经被肿瘤彻底改造了。这个病灶在形成绚烂豪华的赌场。就这样，鲸鱼被卖去了别的区界。

作为肿瘤的附属物……

这是一种令人沮丧的思考角度，莱奥休爬在高高的脚手架上想。赌场是用“诱发”技术建造起来的。把因子注入鲸鱼的身体组织里，使之内发性地建设起来，所以把它看作肿瘤也不算错吧。

改造工作终于全面展开了。拴在锚塔上的两头鲸鱼周围，悬浮平台纵横交错。鲸鱼的上半部分正在拆除，不光是赌场设备，体壳和驱动肌群也都一片狼藉。体表到处是开口，内部也有大洞。悬浮平台的楼梯一直延伸到鲸鱼体内，并在里面进一步分叉开来。见习生们和分配的蜘蛛们一起，在各自的岗位上忙碌工作。

鲸鱼在兹纳姆伽经过改造后，会被卖到其他区界，因为鲸鱼之前所在的区界已经被迫停止了服务。

大小两头鲸鱼身上合计有上百只蜘蛛。蜘蛛的任务是拆除诱发形成的赌场设备，或者将之初始化。诱发过程中，鲸鱼组织具有非常大的灵活性。即使组织已经进行了某种程度的特殊化处理，也可以重置变化，返回初始阶段。蜘蛛们在赌场里爬来爬去，评估老化与损伤的程度，仔细斟酌能否初始化，采取必要的措施处理。而监督和记录这些，则是见习生的工作。

蜘蛛会把评估认为无法恢复的部分逐一吃掉。用前肢抱住，转移到别处去。送去这个区界下层的某个看不见的地方，在那里回收，等待有朝一日重新成为构建世界的资源。

莱奥休打开手头的文件夹。从蜘蛛那里得到的数据化作本子上的墨水文字。可以初始化的部分有多少、分别在哪里、状态如何。师傅会仔细审读这些数据，安排工序。

莱奥休负责大鲸鱼呼吸系统的第七区域。这条鲸鱼改造后将用作悬浮邮轮，而呼吸系统会和酒店的空调系统合为一体。他把老化、病变、损伤的地方及程度仔细归纳到一起，然后撕下那一页，交给坐镇在平台最上层的兹德斯拉夫师傅。师傅坐在挡风遮雨的帐篷里，正忙着处理案头工作。

“你今天也是一脸不高兴啊。不过这种情绪也很重要。”

这是希望自己陪他聊天的暗示。莱奥休默默叹了一口气，脑海中闪过玛格达——师傅的妻子——的脸。

“这工程比原来听说的还大。”

“差不多所有东西都要换，循环系统也要大幅增强，不然上下水处理不了。这工作需要整个兹纳姆伽的投入。”

“费用相当高吧。”

“嗯，我们是定价方嘛，一分钱也不会亏的。兹纳姆伽本来就靠鲸鱼为生。”

确实，兹纳姆伽运转所需的成本，都加在鲸鱼的费用上，转嫁给了其他区界。因为这样总比每个区界自己组装鲸鱼便宜得多。

“见习生的学费这么便宜，也是多亏了鲸鱼。”

“你觉得为什么这么便宜？”

师傅用笔尖蘸了蘸墨水，继续在纸上写数字。粗壮的、充满实体感的手指上染着蓝色的墨水，这让莱奥休想起玛格达大腿上的瘀青。胡乱烙上的蓝色。

“我是这么想的。在那种地方——”师傅望着赌场地毯被抬出去，“——富人们大手大脚花掉的钱，我们来有效地使用它。按时上课，遵守纪律，完成规模宏大的工作，享受生活的乐趣和精彩。我希望年轻人过那样的生活。”

莱奥休默默听着威严的兹德斯拉夫说话。

他喜欢抓我。他的手指像剪刀，我实在受不了。这里，这里。玛格达嘶声在耳边低语。滚烫湿润的气息。还有这里。很过分吧？她抓着莱奥休的手，摸到瘀青的地方。

“世界就是这么运转的。放荡者的挥霍无度，也会给年轻一代带来好处。像兹纳姆伽这种纪律井然的区界，有能力把那些钱变得更有意义。”

朴素地相信自己的职责，言行之中都有坦诚的力量。值得尊敬的男人。不管在家里怎么样，师傅终究被赋予了相应的性格。自己和他妻子的私通，已经被他发现了吗？那样的话，现在是审讯的前奏吗？

莱奥休小心翼翼地推动对话："师傅，和我聊天不闷吗？"

"像你这样的访客，其实并不少见。每一期见习生中必定会有同样的人。"

和科佩兹说的一样。与玛格达的私通也是一样的吗？不管哪一期，玛格达都会选一个人偷情——设定就是这样的吗？如果是这样，那师傅肯定知道。是知道而不在意，还是在意却无能为力呢？

"总有一天我也会习惯吗？"

"放心吧，肯定会的。"

师傅的语气充满了慈爱。莱奥休忽发奇想，也许可以有这样一个区界，自己是AI，而师傅是访客。率领大批迷惘的弟子，领导鲸鱼开发项目——这么一想，此刻在师傅背后运行的指导者程序似乎也显得很健康了。

师傅从莱奥休手中接过纸张，把它丢到旁边堆积如山的纸堆里。纸上的内容早就传送给背后的系统了。

师傅的桌子周围全都是新旧不一的文件之山。特别是椅子后面，堆成了书信和包裹的小山。邮政服务——对于兹纳姆伽来说，尤其具有深远的意义。兹纳姆伽需要与区界外交换信息。获取鲸鱼主人的订单，告知交货期，开具发票。兹纳姆伽的邮件是真实的。兹纳姆伽制作的邮票，设计非常精美，如同宝石一般。各个区界都有收藏家。

“好了，你回去吧，继续工作。”

“哦，是。”

本以为接下来要说正题，莱奥休的想法却落空了。不过现在师傅的大部分精力都在改造鲸鱼上，管不了弟子的品行吧。好吧，总之都无所谓。莱奥休正要像平时一样默默走出帐篷，师傅忽然在背后说话了。

“啊，对了，我给忘了。”

“嗯？”

“你有没有听说过宅邸区的传闻？”

莱奥休一时不知如何回答。这才是正题吗？

“您说的是——下面的宅邸区？”

“是。”

“出了什么事吗？”

“你们不是都在传吗？”

莱奥休无言地——你认为大家会找我聊天说八卦？——耸耸肩。

“那边有好几幢空房子。故意空着的，留作大人物住宿，或者用来举办活动。但是在夏天结束的时候，有人搬进了科佩兹家的房子。那不在计划里，”师傅双手合在一起，胳膊肘撑在桌子上，顿了一个呼吸，“兹纳姆伽的计算资源总是以鲸鱼优先。下面的小镇很空旷。你知道吧，有不少没住人的房子，也有很多小路只有在俯瞰的时候才存在。”

这是一个很好的问题，不过自己可以这样回答：“知道是知道……”

“有人搬进去住了。我们甚至不知道是访客还是AI。而且还不止一个人。”

“这有问题吗？”

兹德斯拉夫摊开双手，仿佛是让他好好看看桌上的东西。

“现在这个时期，总是要尽量节省计算资源。”

“房子里住进几个人，就会妨碍鲸鱼的改造？”

兹德斯拉夫的身子前倾，引得莱奥休的视线往上抬。

“你认为呢？”

那语气像是在说：你已经知道了吧？

“我不这么认为。”

——我不这么认为。

莱奥休意识到自己的语气很冷淡，有点儿不对劲。

后来一到假日，莱奥休就会去拜访马切伊·科佩兹的家。加上第一次，一共去了三次。

第二次去的时候，他没有见到萨宾娜，而是用沙子做了各种实验。科佩兹和三个年轻人用燃烧器加热沙子，倒上酸液，通上电流。沙子没有任何变化。这反而如实展现出区界中表现为“火焰”“酸”“电流”的东西实际上是如何构成的，非常有趣。

休息时间，莱奥休向玛丽埃——姐弟俩中的姐姐——打听萨宾娜。为什么在这里，出生在哪里，一举一动为什么那么奇怪，等等。玛丽埃什么都不知道，对萨宾娜也没兴趣。

莱奥休焦躁地说："这个区界没有比萨宾娜更有趣的谜团了，你不觉得吗？"

"不觉得。有那么奇怪吗？她只是个AI吧。"玛丽埃这么回答说。

看到她那双冷静的眼睛，莱奥休终于意识到，自己不是被谜团吸引，而是变成了萨宾娜的俘虏——

"嗯。"兹德斯拉夫的身体靠回椅背，轻轻哼了一声，"行吧。抱歉，你可以下去了。"

师傅无法感知访客在下面小镇上的行动。穷学生也有这种程度的自由。

"我说了些没意思的话。莱奥休，别靠近，"兹德斯拉夫低下头摇了摇，"离那边远点儿。"

"嗯，好的。对了，那条小的鲸鱼，还没开始改造吗？"

"明天动手。怎么了？"

"大的太大了，小的那边好像更有意思。是要改造成小客栈吗？"

"你能表现出这样的兴趣，真让我高兴。你想试试吗？"

"是啊。"

但是，一离开帐篷，兹德斯拉夫便从莱奥休的脑海里消失了。那个AI没有丝毫智慧，在科佩兹那种恶魔般的存在面前，实在缺乏魅力。

穿行在纵横环绕鲸鱼巨体的脚手架中，莱奥休低头往下看。

令人眼花缭乱的高低差大张着嘴。

足有几十层的脚手架错综复杂，方向各异，又用几百个大大小小的梯子连接在一起。透过繁复的结构，锚塔所在的山脊、令人目眩的悬崖，还有蜿蜒于下方溪谷底部的河流、那河流穿行的土地——兹纳姆伽的小镇一览无遗。莱奥休向库尔姆罗夫河上游的几条支流方向望去。

——第三次拜访的时候，科佩兹允许他带萨宾娜外出。莱奥休选了可以静静交谈的地方，也就是那条支流。最令人惊讶的是，那一整天，萨宾娜都是一个非常正常的快乐女孩。上次是因为头疼得厉害，对不起。少女是这么说的，莱奥休知道是谎言，也只能接受。

在和茨娜塔睡过的平坦岩石上，莱奥休问了科佩兹和三个AI的事。

少女果然没有给出有意义的回答。萨宾娜甚至不记得自己是怎么被带到这里的。她似乎没有原先区界的记忆。科佩兹给了她床铺、食物和暖炉，是她信任的庇护者，其他三个她都不熟悉，也不在意。

那和第一次见面时的印象非常不同。那时候她就像是被施了什么咒语，似乎就连足以撕心裂肺的感情，也只能平淡地表现出来。

第二次拜访的时候，莱奥休悄悄藏了一点儿实验使用的“微在”。在平坦的岩石上，莱奥休忍不住又在萨宾娜身上试了试。

那结果他至今都忘不了。

在环绕鲸鱼的脚手架上，冷风让莱奥休的身体缩成一团。天空中高挂的云朵像是撕成细条的绢帕。兹纳姆伽的秋天，一切确实都很美。

但是莱奥休想看夏天。

不美也没关系。

不是其他区界的夏天，也不是物理世界的夏天。

他渴望触摸的是，保存于萨宾娜中的夏天。只有透过微在才能触碰到的、纯粹的——萨宾娜的夏天。

采访（三）

达克的话令人震惊。

在两重意义上。

对达克来说，数值海岸是应当推翻的系统。因此我以为，作为其象征的德拉霍什教授，简单来说就是她的“敌人”。这是单纯的推断。

“不过一直都是分居状态。这个当作报道标题不错吧？你今天这趟没白来。”

“公开这个没问题吗？”

这是第二个令人惊讶之处。乔瓦娜·达克不是真名。她的档案一直都是保密的。憎恨达克的人，远比支持者更多。她处在监视、胁迫和暴力的威胁中。一旦知道她是德拉霍什的配偶，她的来历就将完全暴露在公众视线中。此外，支持者可能也会有所动摇。

“嗯，当然没问题。”达克若无其事地点点头。

她是故意把照片放在我视线范围里的。自己是德拉霍什的妻子——她认为这一事实值得公开。她想在这次采访中获得相应的利益。

为什么？我感觉到一股无声的压力：来吧，问我。我从未经历过如此被动的采访。

“可以的话，能说说你们两位是怎么认识的吗？”

“还有一张照片。你先看看吧，然后我会告诉你的。”

第一幅相框后面还放着一张照片。我把它拿起来。

是医院的单间。

在素净的病床上，洁净的设备包围着一具枯木般的尸体。尸体很瘦削，衣服都显得扁平。肌肤如同古旧的纸张一样泛黄，长长的四肢无力地垂着，脚趾蜷缩成一团。短短的头发变成僵硬的枯草。

我用手指摸了摸照片的表面，照片释放出若干内含的信息。放大女性的脸部、将之转化为视频——在深陷的眼窝中，眼睛转了转。不是尸体。

但那双眼睛里感觉不到意识的存在，目光似乎并没有聚焦在任何地方。

某种压倒性的力量——比如大量的药物、脑血管性疾病，或者严重的外伤，彻底摧毁了那个女性的人性，只剩下机械性的反射。

我放下照片，望向达克："那是您吗？"

"嗯。最糟糕的时候。在床上躺了整整两个月。"

"德拉霍什先生完全知道这个情况？"

"当然——我们出去吧。"

达克穿着拖鞋走了出去。院子里排着平坦的正方形踏脚石。我也走在上面。

背心外面露出的肩膀和背部的肌肉，呈现出芭蕾舞者的健美。从那张照片的状态变成如今这副身体，不知道要经历多么严格的恢复训练。虽然从萎缩综合征中重建生活技能的技术有了长足的进步，但依然需要超乎想象的耐心和自制力。这一点至今都在持续吧。

严格训练的躯体。毫不留情地砍掉其他可能性，强行收敛到唯一形态的肉体。

我们坐到木制长椅上。桌上有一个大玻璃壶，壶身满是水珠。红茶里漂浮着一层碎冰。我想起一位支持者。

"你对认知体有多了解？"

"我不是科学研究者，只了解一般常识。"

"人为了生存，需要不断处理和代谢从环境中获取的信息。为此，这里容纳了成千上万的信息处理模块，"达克按住胸口，"处理由各个模块分别进行，从它们的集成与相互作用中，涌现了人的意识。意识不是上帝的设计，也不是预先设定的目标。

它只是独立的认知模块在进行各自的处理，同时互相之间具有适当的联系罢了。然而这就产生了意识——也许是因为具备这种机制的生物更难被淘汰吧……”

达克狡黠地眨了眨眼睛。她在引用德拉霍什的著名随笔。

“再强调一遍，意识没有设计图。它就像是在‘生存’这种状态迁移中偶然浮现出来的某种纹理。看似是精心构建的结果，实际上并非如此——到这里为止，都是一般常识。”

“难怪我勉强还能跟得上。”

“是呀。”

“虽然只是表面上。”

“表面上——”达克宛如歌唱般地复述了一遍，露出微笑，“这个说法切中了本质。”

“是吗？”

达克的话兜了很大的圈子，但并不令人痛苦。从她一边迂回，一边逐渐接近的脚步声中，反而可以听出真切的实质。

她举起红茶壶晃了晃。冰茶中的碎冰块挤成一团互相碰撞。冰块的运动是受控制的，如同海里的鱼群。

“现在，我们可以看到冰块的运动受到彼此的牵制，因而保持了一致。”

“嗯……”

“如果不知道是我在摇晃，而只看到冰块的话，可能会以为这个群体具有意志。”

于是突然之间，达克毫无征兆地把茶壶倒了过来。红茶和冰块倾倒在桌上，四下溅射开来。突如其来的变故让我不禁颤抖了一下。

达克轻声低语:“不是冰，是红茶。”

冰不再是一个群体，它们分散开来，静止不动，如同小石子一般孤独。把它们联系在一起的是红茶。在我看来，红茶的行动表现为冰块的行动。

是红茶——达克想说的是什么？调节架构参与了认知模块的组合。这与单个基因承担的蛋白质合成表现为生命现象，是同样的逻辑。

啪!

达克用手指弹开了一个冰块。冰块飞过桌子边缘，孤零零地落在草地上。

“如果人类的心是茶壶——如果把它这样倒过来，会是什么感觉？”

我拿起冰块，在手指间摆弄，回味达克的问题。

“现在很流行把精神障碍和发育障碍描述为认知体的‘损坏’。您是说这个吗？”

“那是一种试图用器官损伤或者代谢障碍来解释心理失衡的方式，总而言之是把单个模块的‘损坏’视为问题。但我的不是。”

散落的冰块。

“您的……”

“是的。”

达克把一只手放在冰块上抚摸，像是在享受那种坚硬的冰冷。

“我的疾病是‘认知体调节不全’。当年的疾病。”

——达克说，从小时候就有征兆。从她记事开始，每年都会表现出两三次症状。

比如“同步错位”。某件事发生时，相应的感觉不会同步。伸手拿茶壶的时候，虽然手上感觉拿到了，但眼睛看到的还是在伸手去拿，耳朵里则听到已经把茶壶拿到很高的位置了。

“架空视角”。伸手去拿茶壶的时候，眼睛看着自己的手从另一边靠近茶壶，或者从半空看着自己伸手去拿茶壶的样子。似乎是人类认知系统在幕后做的某种推理（可能是和定向能力有关的某种过程）逆转了。

“主体交杂”。与他人握手时，感觉像是握着自己的手。可能是位于一切认知模块最基础的“移情”，以错误的形式浮现出来。

还有“轮廓浸润”。视觉从环境光中获取的纹理边界，也就是物体的轮廓，会突然改变。通常情况下自然感知的远近凹凸会突然逆转，或者改变方向。此外，听觉和嗅觉获得的信息也会突然以轮廓的形式闯入视野。

但这种阶段还算是轻度症状。因为自己还能感觉到“奇怪”，症状也不会持续很久，所以可以冷静处理（达克很小就对此相当熟练）。

“进入青春期后，症状就恶化了。很长时期里，我都掩饰说那是严重的眩晕。但是不行，我无法再把自己整合在一起……”

无论单个模块的运行如何正常，调节不全依然导致达克无法正确地计算自我。我想象出画在云母薄片上的图案分崩离析的景象。当然，那和达克的经历完全不同。

在达克的记忆也发生缺失后，她不得不离开家乡的学校。一名医生向她介绍了欧盟圈的某所大学医院。

“认知体调节不全这个病名，是在住院前不久定下的。在我出生的那几年，认知体已经成了具体的解读对象，但在我住院的时候，调节不全的诊断标准尚未确立。我算是半个实验品。那所大学专业从事药理工学，利润极高，下一步正打算对认知体工学进行巨额投资。

“让我住院的人，眼光很好。调节架构损坏的孩子，正是最合适的对象。只要仔细研究这个孩子，就能知道调节架构到底是什么样的东西。”

医院对达克进行了所有的治疗和检查。她接受的治疗当然不可能治本，但从结果来说，症状确实有了一定程度的改善，足够就读这所大学了。

所以弗拉斯塔·德拉霍什与达克的相遇几乎可以说是理所当然的。不过首次接触还是令人意外。两个人虽然就像那张照片拍的一样，同属一所大学，但达克是学校动物虐待监督组织的领袖，是在抗议德拉霍什研究的过程中认识他的。

“……很滑稽是吧？你看，我们现在做的事情，和二十年前没什么不同。最后他的清白得到了证明……我们很投缘。”

德拉霍什比他的学生达克小三岁，但他跳了好几级，早早毕业，已经成了副教授，正在参与巨额预算的研究项目。

“他很自信，很喜欢筹集资金——和现在一样。其实成功的希望渺茫，一直在走独木桥。我是很不喜欢恐惧和不安的类型，但德拉霍什反而像烦人的苍蝇一样，喜欢追着压力飞。”

我到现在也没看出达克要把长长的话题引向哪个方向。但即使迟钝如我，也感觉到这篇采访非常接近于遗言。达克非常放松，我满手是汗。

“——他觉得我很有趣。而且那种有趣就像是发现了某种奇怪的新品种虫子一样。很过分吧?!”达克咯咯笑了起来，露出怀念的神色，“不过，正因为这样，我才能把自己的症状、不安、愤怒、悲伤，所有的一切都说出来吧。一开始是半开玩笑的，然后是痛哭流涕，第三次才冷静下来。这让我感觉好多了。有时候我甚至以为，自己可能不会再出现症状了。但是，当然并非如此。”

经过了短暂的稳定期，各种症状又回来了，而且比以前更加严重。两个人已经结了婚，德拉霍什给她安排了一家面向富人的小医院。有专属的护士照顾休学的达克。病房就在家人房间的隔壁，德拉霍什还弄了一个书房。他确实很有筹款的能力。

“大概是我住院第二周，德拉霍什吹着口哨，非常高兴地走进病房。他对我说：‘嘿，你听说过丘脑卡吗？’”

我几乎不敢相信自己的幸运。乔瓦娜·达克的悲剧，通过德拉霍什与丘脑卡联系在一起。

“那是第二代多重现实正在完善的时期。各种规格标准纷纷被提出来，确实有种初创期的感觉。德拉霍什一直在关注丘脑卡的原型，不断购买相关专利。那时候丘脑卡的规格尚未确定，了解多重现实的人还不多。距离德拉霍什把总部转移到日本也还有十多年。”

“所以德拉霍什想要怎么处理丘脑卡？”

“他坐在我的床边，用他那种一贯的轻松语气说：‘你的症状确实是认知体调节不全。前段时间我试着做了新的模型来模拟，瞧，重现出来的症状和你非常相似。哎，真的。’

“他说这话的时候，真的有点儿喜气洋洋的。然后他又说：‘这个估计还会继续发展。总有一天你的症状也会发展到无法逆转的程度。到那时候，你的认知模块就会四分五裂，再也回不来了。所谓“你”的这幅图案会彻底消失。身体会像枯叶一样躺在这里。’

“这可不是能对妻子说的话吧。我很震惊，不禁笑了起来，然后我说：‘你在搞什么坏事吗？’

“‘我想到了一个好主意。要不要加入？’”

德拉霍什劝说达克给自己做个备份。

经过长期的努力，人们已经大致弄清了构成人类意识的认知模块有多少，每一个又是怎样运作的。此外也在很大程度上弄清了它们怎样连接在一起、怎样自我组合起来。尽管这些认知模块散布在全身各处，但最终还是需要一个从中读取意识图案的基座。人们发现，从丘脑到脑干的网状体——负责外界、身体与大脑皮层的数据交换的部位——就是那个基座。

丘脑卡是为第二代多重现实开发的，但德拉霍什已经在计划第三代——也就是用人造设备再现意识描画了。那正是信息拟姿。说来残酷，乔瓦娜·达克正是完美的实验台。

狭义上的信息拟姿，并不包括认知模块，而只是表示用户信息代谢的个性，即与标准的差异。它是如何驱动认知模块的指导书。

德拉霍什提议的是，将达克的指导书保存在丘脑卡里。这样，当原本的自我消失以后，便用丘脑卡去驱动残存的模块。因为达克的疾病并不会摧毁模块自身。

“我的病情虽然在恶化，无法离开病房，但多数时候依然具有正常的意识。我想还来得及。”

为达克设计的丘脑卡，复制了她正常的精神活动。随着病情恶化，达克的认知体丧失了纹理图案以后，又经过八个月的时间，丘脑卡被谨慎地激活了。这个脑神经假体继承了一度丧失的大脑功能，找到并读取出原本的她。

从原理上说，和我们今天创造信息拟姿没有丝毫差别。达克的个性，以这样的方法得到了保存和再生。

只有一点儿小小的不同。

我们的拟姿，是在数值海岸上再现的。

而达克的拟姿，是具有血肉和体温的物理性存在，用我眼前的这具肉体运作。

是的。我面前的这位女性，HACKleberry的领袖、以一身集中体现了全世界对于数值海岸之憎恶的危险人物，乔瓦娜·达克——

正是一个信息拟姿。

初始化与重新部署

第四次拜访的那天早上，兹纳姆伽下了一场冷雨。在下坡路上滑了好几次，不过更多的是因为兴奋的情绪，而不是潮湿的石板吧。这条路陡峭曲折，仿佛预示着自己的坠落。但莱奥休反而从中感受到某种欢迎。

在宿舍里萎靡不振的情绪，随着下坡逐渐恢复了高昂。即使知道自己落入了科佩兹的圈套，却还是觉得很痛快。

女巫的圆盘一如既往。穿过大门，推开正门，玄关里空荡荡的。大声呼唤科佩兹的名字，小声念诵萨宾娜的名字，但没有任何动静。莱奥休把还在滴水的外套挂在大衣架上，做了几个深呼吸。

重要的是，保持安静——

远处传来轻柔的音乐声。法国巴洛克时代的小品。是谁在用羽管键琴弹奏这首描述几只小鸟婉转啼鸣的乐曲呢？是科佩兹吧。莱奥休侧耳倾听，想象老人那双美丽的手的动作，忽然间感觉到背后有动静。莱奥休连转头都来不及。那个女孩紧紧抱住他，那势头像是猛扑过来似的。蜂蜜色的头发，潮水的气息。

“萨宾娜。”

但回答令人意外。

“嘘，”她皱眉，“……是说我吗？”

又和上次不一样了。眼中有着愤怒与不安。

“过来，”少女压低声音短短说了一句，随后牵起莱奥休的手，领他躲到大厅角落里的柱子后面，“坐。”

“怎么了，为什么这么害怕？”

“你认识我？”

莱奥休受了重重一击，萨宾娜不记得他了。

“我们见过两次。十天前还去了河边。”

“抱歉……我不记得了，”她咬了咬嘴唇，“我以为第一次见面你就叫我‘萨宾娜’。”

莱奥休觉得萨宾娜肯定更加沮丧，于是他换上了开朗的语气：“我算是对你有些了解。”

少女抬起头：“我是叫萨宾娜，对吧？这里的老爷爷也是这么叫我的。”

她念起自己的名字很别扭。上一次的萨宾娜明明都习惯了兹纳姆伽。

“你说的是科佩兹先生吧。你还记得沙子吗？”

“不记得。”

“我们第一次见面的那天，科佩兹在你手臂上倒了奇怪的沙子。我摸了那个地方，也接触到你的记忆。就是这只手摸的。”

“记忆是什么样子的？”

“我看到了夏天的大海。”

“夏天的大海……好奇怪，”萨宾娜的笑容像是在哭，“你竟然记得我失去的记忆。”

“没关系。你的记忆在这里——”莱奥休抚摸少女的手臂，强调说，“我都看到了。你没有失去任何东西。而且——”他握住萨宾娜的手，“还得到了东西。就是我。”

如果科佩兹在场，他会捧腹大笑吧。“就这样好好发挥骑士精神吧。”真叫人脸红。

“你想回到原来的地方吗？”

萨宾娜暧昧地摇摇头：“对不起，我不知道。”

莱奥休对她的犹豫感到焦急。

“不要犹豫，没关系的。我们首先需要寻找线索，搞清楚你来自哪个区界。”

萨宾娜瞪大眼睛。她好像很开心。

“肯定可以，不会错的。”莱奥休不太确定地说。现在虽然没有头绪，但肯定能想到好主意。肯定有办法。他心中充满了毫无根据的自信，心情也变好了——

就在这时，他突然感到背心一凉。

好像彻底忘记了某件事情。

“保持安静。”

他吃了一惊，侧耳细听。

羽管键琴的声音停了。

什么时候停的？科佩兹没有弹琴了。

“哎呀，你来了。”

一只手突然搭在他的肩膀上，莱奥休吓得差点儿叫喊起来。没有任何脚步声，也没有丝毫感觉，科佩兹突然间出现了。

“真是抱歉，刚才没注意到你。莱奥休，你好像很喜欢这里啊。能和年轻人相处，真让人愉快。我们三个人一边享受音乐，一边聊聊天怎么样？去我房间。”

他的另一只手放在萨宾娜的腰上，轻轻往前推。萨宾娜皱起眉头，抓住科佩兹的手，挣脱开来，用一种愤愤的语气说：“不。因为我讨厌你。”

萨宾娜瞪的人并不是科佩兹，她乜斜着像是被当头泼了一盆冷水、说不出话来的莱奥休，转过身从玄关的大厅跑向连接餐厅的通道。

科佩兹哈哈大笑，他邀请莱奥休去户外的阳台。那是他们第一次见面的地方。雨停了，但外面还是冷得要命。气温似乎比早上更低。

“天气冷了，来点儿桃汁蒸馏酒怎么样？”

莱奥休借口自己还没成年，拒绝了。科佩兹换了热可可给他。他吹着杯子上的热气，抬头望天。湿度非常高，断崖上云雾缭绕。云雾间可以窥见山脊上的锚塔和两头鲸鱼。今天莱奥休休息，但那边的工作还在换班继续。鲸鱼被拆成了巨大的鸟笼，接下来是体组织和新设备的重建，慢慢填充巨大躯体的内部。鲸鱼正在逐渐“完成”，如同最后的果实正随着渐浓的秋意成熟。

“你很关心萨宾娜啊，非常感谢。她的状态确实不稳定。如果你能做她的朋友，她也会坚强起来。”

“你真的这么想？”莱奥休最后还是没有喝热可可，放下杯子，“只要我能做她的朋友，她那个状态就能稳定？”

两个人沉默了半晌。最后科佩兹重新问道：“抱歉，你说什么？”

“每次见到萨宾娜，她都会改变。就像完全变了一个人。有时候我甚至觉得她只是外表没变，里面其实完全换过了。”

“……莱奥休，你知道区界的 AI 是怎么构成的吗？

“计算世界里的 AI，并不像现实世界的机器人那样，由一个个物理实体组装起来构成。作为核心的认知体组合，规模本来就非常庞大，除此之外还需要许多部分。它们根据需要，会从区界的动态库中随时调用。AI 的构成要素是分散的，组合方式也是动态变化的。但在官能素空间里，它们被人格边界包围，看起来像是一个完整的对象。

“在拜托你多和她说说话的时候，我应该先和你解释清楚的。萨宾娜是具有某种‘故障’的 AI。通常情况下，AI 角色会被稳定地整合在核心周围，就像一个独立的个体。但是萨宾娜的核心具有某种异常——”

“我知道。”莱奥休打断了科佩兹的话。安静。他从上衣口袋拿出玻璃瓶，放在可可旁边，“但不是无法准确表达内部状态的那种故障，对吧？内部也有问题。我看到了。”

瓶子里装了一半的“微在”。

“难怪。”

“量不够直接倒下去，所以我用手掌托着，用手指涂抹。”

科佩兹笑了：“很经济的做法，我下次也学习学习——你看到什么了？”

“荒凉、厚重的建筑内部。第一次触摸萨宾娜的时候，我感觉到感情和景色并不是井然有序的，而是混乱、分散，在以飞快的速度运动着。我看到了大海——我用这个手指摸过。在兹纳姆伽绝对看不到的南国色彩和气息，真实得令人痛楚。

“我很想再看看，所以偷了微在，在河边尝试。你知道我看到了什么？像是刚刚遭受地震肆虐的古老博物馆。曾经非常美丽，但墙壁和地板都碎裂了。到处都是绘画和雕像。绘画就那样连着画框散落在地上。有的很大，几乎没办法挂上墙。有的很小，只有明信片那么大。

“第一幅画是船厂的景色。在工厂里可以看到外面的海。脚下散落着刨刀。我对那场景有印象。第一天，我确实在萨宾娜内部看到过那样的场景。大部分散落的画都是这样的。所有飞速移动的东西，全都变成了安静的绘画。——你到底在对萨宾娜做什么？”

科佩兹露出苦笑：“答案就在你刚才的话里。没错，她内部的信息总是一样的，但组合方式一直在变。有时候迅速移动，有时候也会装在画框里安安静静。那正是萨宾娜的疾病。”

“你在这里，到底要做什么？为什么选在这里？我不认为狗鱼、微在及拐骗来的 AI，只能放在兹纳姆伽里。如果有什么理由的话，那就是此时此刻分配给这里的大量计算资源。用于改装鲸鱼的资源。你想在这里利用那些资源做些事情。”

“你刚才列举的那些事情，并不需要多少计算资源。我只是希望能安安静静做我的研究，并把成果传授给有见识的年轻人。这个平静的环境刚好合适。我没有任何阴谋。

“反过来说，倒是你有些头脑发热了吧。我确实说过，希望你多和萨宾娜说说话。但是你也知道她的状态并不稳定。你是不是有点儿乱来了？”

不过科佩兹并没有怎么担心萨宾娜的样子。语气依然淡淡的。

“今天那三个人不在吗？有见识的年轻人。”

“不在，”科佩兹叹息道，“他们恐怕不会再来了。因为我已经把一切都传授给他们了。”

“什么？”

“微在。我把微在的一切教给了他们。”科佩兹轻轻耸了耸肩，若无其事地继续说，他的语调宛如歌唱，“为什么微在具有改变这个区界的变容能？我把详细的原理教给了他们。这种微在，迟早会彻底污染整个数值海岸。我把预见的过程告诉了他们。在这种微在的苗床上，很快将有两项事物诞生。我对此做了预告。最后，我告诉他们应该做什么。至少这些事情我该完成。毕竟接下来，我不会再以访客的身份来数值海岸了。”

莱奥休一时间不知道说什么才好。那冲击太过巨大。有那么一刹那，甚至凌驾在萨宾娜的事情之上。

科佩兹话语的含义基本上都超出了理解的范畴，但莱奥休明白，那将左右整个数值海岸的命运。想到此前科佩兹展现出来的惊异能力，莱奥休直觉那不是狂想和妄言。

自己面对的到底是什么人物？即便是区界和数值海岸的管理者都不可能做到……那么，唯一的解释就是，对数值海岸来说，科佩兹是上帝般的人物。

莱奥休很年轻。正因为感觉到自己完全无法对抗，所以反而生出了幼稚的反抗心理。他抛出了自己一直在思考的问题。

“沙子的……”他犹豫了一下，继续说道，“刚才说到了微在的变容能对吧？我好像看到过它的另一种表现形式。”

“哟。”科佩兹很少见地探出身子。

“你的手带着光晕，抓住了狗鱼。能在更原始的层面上做出同样行为的，不就是微在？”

“了不起，”科佩兹瞪大眼睛，给他鼓掌，好像真的很吃惊，“很厉害的洞察力。”

“你的手可以在区界内部强行重绘官能素。说实话有点儿难以置信。区界至少由两部分组成，虽然我们处在那样的双重性中，但两者有着严格的区分。投影总是从物理层投向官能层，不可能逆转。违背这个规则的行为，就是你的魔法。摆弄显示器的像素，就能改写计算内容。这种荒谬的事情居然真的发生了。这大概是……”

“别犹豫，继续说。你的推理很正确。”

“在官能素的层面，有着身体之外的感觉。那种感觉被读取到人格边界的内侧，于是产生了内在的经验。如果逆转这个流程——哪怕是局部的逆转，会发生什么？换句话说，如果能把内在的经验传向外部——”莱奥休喘了一口气，继续说道，“产生于人格边界内侧的东西，可以作为具体的事物拿到外侧来，或者作为现象展示出来。如果在信息拟姿的功能中，或者在数值海岸的机制中，加入这样的功能，那么就相当于拥有了万能的原子打印机。”

“非常了不起。你会成为极其优秀的学生。你怎么找到答案的？”

“第一天你就说过，‘提示已经给你了’。不过我意识到那不一定是你给的提示，也可能在我自己的话里。也就是说，从局部上看，区界也可能是我的内在体验。”

“根据内在经验重绘外界，确实存在这样记录世界的方法。这是唯有开发数值海岸的极少数成员才掌握的秘密。那就是我的‘魔法’的本质。微在的变容能也是基于完全相同的原理。因为不管多小的认知模块，只要它在进行信息代谢，就会产生‘内在经验’。只不过规模非常小，它的作用就像小小的潮水一样无关紧要。”

“那么——”

头顶远处突然传来零星的枪声。

两个人抬头望天。

很远的高处，两头鲸鱼拴在一起的地方，传来小小的欢呼声。那不是枪声，是点燃的焰火，就像运动会的早晨。

“庆典开始了。”

莱奥休喃喃自语。鲸鱼的下水仪式将是盛大的表演。短期访客蜂拥而至，还会扩建悬浮栈桥、修建舞台。每天都会上演娱乐访客的企划，一直持续到下水仪式的当天。

莱奥休发现自己的反抗心理不知不觉平息了。

“那个姑娘，”莱奥休的情绪比刚才平静得多——也苦涩得多。他把话题转回到萨宾娜身上，“你为什么把她带来这里？”

“实验。”

“微在的实验？”

“不，也不是。是另一个。这么说来，我真的很忙啊。有些是我自己想做的研究，有些是没办法拒绝的委托工作。除了兹纳姆伽，还有很多事情。”

“但是也够了吧？请放了她吧。那三个人回到了他们的区界，你自己也说不会再来数值海岸了。放了她也不会有问题吧。”

“也不是。还有两个问题。第一，萨宾娜那边的研究还没完成。不过算了，那只是时间问题。同样的尝试已经成功了好几次。但还有一个问题没办法解决——萨宾娜原来的区界里，没有她的容身之处。”

“被敌对的监视团体封锁了？”

“不，还在营业。但是——你别说出去，她在那里遭受了无法想象的——按照达克的说法——人权侵害。你可能不知道，萨宾娜是一个非常著名的角色。”

“是吗？那经历就是她得病的原因吧。你是为了治疗而救她的？”

“你也很着迷了。萨宾娜的魅力真是可怕。”

科佩兹饶有兴趣地指出这一点。莱奥休自己也很惊讶。他竟然还有这样的一面，真令人吃惊。

“我只强调一点，莱奥休先生，我从没想过拯救萨宾娜。其实我很冷酷。我说的是：原来的区界里，没有她的容身之处。你明白吗？萨宾娜的正本，在那里过得好好的。你所认识的萨宾娜，是那个AI的副本。”

副本……这里的萨宾娜，只是用来做实验的。

耳边还回响着科佩兹的声音。

好奇怪。AI有副本——尽管要面临防止拷贝的问题——并不奇怪，但莱奥休还是受到一种难以名状的感情折磨。

……萨宾娜在自己的房间里。

正如科佩兹所说，房间的门是从里面锁上的。再转一次门把手（大约是科佩兹开了锁吧），门轻松打开了。

蓝色的房间。半球形。就像个圆顶屋。

午夜蓝的墙壁上装饰着天文时钟的表盘。那是市政厅塔楼时钟的复制品。西半球的表盘是以地心说宇宙观展示天体运动的天文馆。东半球是配有黄道十二宫与农耕历的日历。时钟以区界背后的机制驱动运转。在这个夸张而冷酷的装置里，过于宽敞的地板正中放了一张小小的床、侧桌和箱子。

身穿白衣的少女，坐在铺了白色床单的床边，一动不动地看着这边。

“对不起。刚才我说非常讨厌你。”

莱奥休露出苦笑：“刚才你只说了‘讨厌你’。现在是真心话？”

萨宾娜瞪大眼睛，捂住嘴巴。然后两个人一起笑了起来。

“我坐了。这是你的？”莱奥休坐在床边。脚边放着一个藤条篮。

“嗯。”

“你要去哪里？”

“不知道呀。”

“不喜欢这里？”

“嗯。”

“很难受？”

——肯定很难受吧。

耳边回荡着科佩兹的声音。

——她的内部状态，就像你们正在处理的鲸鱼一样。你可以再去观察一下她的内部，应该还能看到各种东西。那是初始化与重置啊，莱奥休先生。当认知体的组合四分五裂时，就会出现另一种性格，而且那还在不断重复。你看到的装裱画，大概是刚刚崩溃的状态。即使在那样的状况下，萨宾娜表面上也很正常……

莱奥休试图把科佩兹的宣告从脑海中甩出去。

“要不要再去散步？”

萨宾娜用力摇头，幅度令人吃惊：“去哪儿都一样。我的痛苦不是因为这个地方。”

如果存在“彻底的孤独”，萨宾娜的遭遇是不是就是这样的呢？在她来的地方，有她的正本存在。不久之后，科佩兹也会离开这里。她没有任何能在兹纳姆伽生活的技能，隔绝于一切过往。她被丢在这里，就像一台坏掉的收音机。

莱奥休也是普通的拟姿，不可能延长自己的停留期限。而即使莱奥休不在了，只要兹纳姆伽还存在，就会继续让这个无依无靠的AI保持运行。

虽然只是单纯的著作人格，却让人无法忍受。这样的感情是从何而来？

“有人在我内部大肆破坏，就在这里面。你听到了吗？”

“嗯。”

萨宾娜内部还有一双眼睛。科佩兹是那么说的。当认知体以自我组织的形式组合起来的时候，内省的视点——眼睛便自然诞生。老人若无其事地说，他想在萨宾娜内部设置另一双眼睛。连萨宾娜自己，都应该不会发现第二双眼睛吧。它只是静静地存在着，悄无声息地使用AI的资源，没有任何人发现。他说，那也是一项实验，是把那样的第二个意识插入AI的实验。

到底是谁想出如此荒唐的主意？到目前为止，两组眼睛没有达到预期的稳定关系。构成AI的子系统接二连三地宕机，又重新启动。每次认知体的创造性组合都会破裂、流血，然后再度联合在一起。即使萨宾娜内部还残留着“大海”，她也回忆不起那幅场景，就像切断了神经的手指无法动弹一样。那正是折磨萨宾娜的症状本质。

“为什么非要做这种事？为什么非要拿区界的AI做实验台？

“科佩兹这么回答：‘我说过，有些委托工作，我也没办法拒绝’。

“但我问不出更多的消息了。”莱奥休低下头。

“别在意。这不是你的错。”萨宾娜拍了拍莱奥休的膝盖，就像是哄孩子一样。然后她探出身子，在他耳边轻轻一吻。嘴唇柔软的触感很快离开了。

天空的高处又传来仿佛枪声的声音。微弱的、梦幻般的欢呼声。

“你差不多该回去了吧。”

温柔的拒绝。

“我没事的。一个人也没关系。放心吧。”

只是很遗憾，萨宾娜完全没有依靠莱奥休。她独自一人在和内部的病灶做斗争，与无穷无尽的白纸化和重启战斗。

正因为孤独，所以才能战斗。

莱奥休完全明白自己没有任何能帮到萨宾娜的地方。他不知道下一次的发作——重启会是什么时候。她不想让自己看到那一幕吧。不能再来了。莱奥休慢慢站起身。

他抬头看天文时钟的表盘，那当中凝练了最佳的工艺技术。据说，设计这个时钟的天文学家，被嫉妒者袭击，弄瞎了双眼。表盘外面，和“虚荣”与“贪婪”并列在一起的，还有象征“死亡”的雕像。每逢整点，这具骸骨就会敲响市政府的时钟，圣人从小窗中走过。十五世纪的高科技。萨宾娜位于这条人偶技术的延长线上。拟姿也是。

莱奥休忽然想起一件事，开口问道：“刚才在玄关大厅，你问我：‘是说我吗？’对吧？”

“是啊。”

“你还记得原来区界的名字吗？”

“……还记得。但不告诉你。”疲惫不堪而又顽皮的笑。

“是吗，会有一天告诉我吗？”

“会有那一天的吧。”

莱奥休朝门口走去。走了两三步，他停住脚步，转回身正对萨宾娜：“肯定会有的。很快就会的。”

萨宾娜淡淡地移开了视线。

之后过了十天。

走在通向山脊的曲折山路上，莱奥休一直盯着鲸鱼和它周围的悬浮栈桥，好像怎么也看不够。到了下水仪式的前一天，庆典的欢乐气氛正在接近最高潮。音乐不断，旋转秋千转个不停，五颜六色的彩带如同热带鱼一样鲜艳夺目。性急的访客正在做一个氢气球，试图靠近悬浮栈桥。明天气球的数量肯定会更多。

轨道车从莱奥休附近呼啸而过，留下一道蓝色的尾气。

因为他是见习生的打扮，所以车窗里的访客们肆无忌惮地打量着他。他们付的钱是见习生活的财源，自然应当受到欢迎。

到了山脊，音乐便不再是远处传来的声音，而是包裹在其中的声响。这里有许多临时的木制平台。鲸鱼的翻修已经完成，因而见习生被允许用自己的零花钱开设露天咖啡馆。热闹喧嚣。而且兹纳姆伽此时正处于满山红叶的时节。美妙的秋日高潮。

莱奥休走上最近的平台，点了一份红辣椒煮牛肉。端菜上来的是茨娜塔。分量足够两个人吃。

“我听说了，你向师傅请假了？”茨娜塔粗鲁地放下餐盘，坐到对面，粗壮的手肘架在桌子上，身子前倾。

“你消息真灵通。我刚刚才请的假。嗯，没错。今天是我最后一天做见习生。”

“在最欢乐的时候辞职，真不愧是你的作风——你在想很多事情吧，一脸严肃。”

莱奥休正要吃煮牛肉的时候，茨娜塔用更加不高兴的声音补充道：“比以前还要严肃。”

莱奥休抬起头。

茨娜塔的嘴角微微弯曲，浮现出苦笑：“我还以为再怎么玩弄 AI，你都无所谓。”

茨娜塔似乎是 AI。

“没有。我不知道你是 AI 还是访客。反正都一样。”

“喏，就是这个，”茨娜塔终于笑了起来，“莱奥，你这话就像是在说，‘我对你不感兴趣’。”

“确实，”他确实很麻木，“抱歉。”

“啊……真希望你能喜欢我啊。莱奥，兹纳姆伽的姑娘很保守的。其实你很吸引人。”

“对不起。我——没办法回应你。”

“啊哈哈哈。你真诚得像是换了个人。说变就变！啊，感觉真好，终于舒畅了，”茨娜塔的眼睛红了，“你看，这就是你和我一起努力为之工作的鲸鱼。明天就是下水仪式了。”

那么密集的脚手架和梯子，如同修剪过的行道树一样整齐。给观众准备的阶梯座位，还有乐队用的演奏台上，满是气球、万国旗、假花和彩带，五彩缤纷。下水仪式必定盛况空前。

“比起我们，你们更加——怎么说呢，更加人性化。”

“哎，那是因为区界是我们的领地啊。”

这是 AI 们共同的认识吗？莱奥休感到很意外。

“你看，你们很快就会离开。你们过来，经历一些事情，”茨娜塔的手指向天空中的某处，“然后回去。”

“确实。”

“而且，我们的信息量也比你们多。”

拟姿必须尽可能轻量化，但 AI 不同。资源的共享使得区界总体的负荷减少，但每个 AI 都拥有大量的信息。为了支撑这个区界，必须经营丰富多彩的景点。

“还有，兹纳姆伽开业以来的记忆都在这里。这里面——”她的手放在大大的胸上，“装满了经验。我们出生在这里，一直生活在这里。相比起来，访客们只是认知体罢了。就像是玻璃上的指纹。一擦就没了。而且是刚想着要来，转眼就不见了的漂泊者。”

“傲慢？”

“嗯。”

“不诚实？”

“嗯，嗯，就是这样。哎呀，肉要冷了。好好吃吧。”

莱奥休点点头，吃起热腾腾的煮牛肉。搭配的烤面包和甜汤，都是随便吃的。

“对啦对啦，要多吃才能有精神。”

莱奥休一边吃一边思考。离开天文钟的房间之后，他一直在思考。

“我说，如果有什么事情需要我帮忙的，你只管开口哦。”

莱奥休还是一副不开心的表情。

再过不久，自己就要被回收到物理世界了，他想。把体验信息传送到拟姿接入器之后，就会被彻底删除。

自己现在正吃着热腾腾的煮牛肉，和板着脸的女孩子交谈。这样的体验会去哪里呢？还有那些，看到的科佩兹的惊异魔法、触到的萨宾娜的夏日。

一阵强风吹来，万国旗的某处绳子松了，几十面旗帜卷了起来，随风摇摆。那当然不是物理世界的国旗，上面都是各种区界的纹章。

莱奥休忽然想起一件事，站起身：“谢谢款待。”

茨娜塔指向栈桥:“去那边看看？烤苹果的味道很香。”

“我要回宿舍了。要收拾行李。还想去图书馆借书。”

莱奥休快速朝轨道车站走去。

茨娜塔托着腮，惊讶中带着笑，目送莱奥休离去:“真是个不长记性的家伙。”

采访（四）

终于，连我这样的蠢人也明白了。

即使是以现实事物——物理实体为素材的信息拟姿，也是可能存在的。

这样的事情，我本以为理所当然。

即使是这个现实，可以说也是基于物理定律，使用具有实体的物质，以每秒一秒的速率计算并且描绘出来的。

但是，如果必须将乔瓦娜·达克的具有温暖实质的肉体称为“信息拟姿”，那会发生什么？我会困惑不安。而且我相信很多人会和我一样。

“如果在这个物理世界里，我被视为人类——我希望如此——那么区界的AI们，当然也不应该遭受不合理的虐待。他们有抗议和拒绝的权利。如果他们不能表达自己的想法，那必须要有人为他们代言。这十五年来，我一直这样说，从未变过。

变化的是周围。但是还不够，还有许多人本该理解，还有更多的人可以理解。就像你。”

我只能呻吟。

“你自己判断吧，作为采访记者。我期待这一点，才把一切都告诉你。”

“……说实话，我不确定。AI 是不是应该有自我表达的权利？我以为那只是一时的感情。等我回去睡上一觉，第二天早上醒过来可能就一笑了之了。”

“真是慎重啊。对了，你用过数值海岸吗？”

“用过啊。可能会让您失望，都是健康的区界。”

“啊哈哈。不过真是羡慕啊。我从来没用过。”

那您怎么有资格反对——我正要这么说，但随即明白了原因。

“没有余力吧。您的丘脑卡。”

“对。我的卡光是计算我自己就已经满负荷了，连一秒的空闲时间都没有，永远在全速运转，所以没有余力创建新的拟姿，也没办法接受体验传送。计算资源永远都很紧张，一直在走钢丝。如果我的丘脑卡宕机了，你猜会怎么样？”

“又像那张照片上那样？”

“陷入深度昏迷。内心彻底崩溃。这个也——”

达克举起一只手，笔直伸向前方。瘦削的手臂呈现出骨骼与肌肉构成的美丽形态。肌肤宛如打磨过一般，没有污渍，也没有汗毛。大约做过激光脱毛吧，但依然像是写真集的照片，有种非现实的美。

“——这个也会再次毁灭。会变成皮包骨头，不久就会腐烂。尽管现在打磨得这么美丽。”

打磨。这个词很好地表现出达克的性格。她决定自己应该是什么形态，倾尽全力实现它。在那样的疾病之后，这样的行为是当然的。

“你在做严格的锻炼。”

“嗯。这个呀，大家都一样。”

“大家？”

“认知体调节不全的患者并非只有我一个。我主导了康复者互助组织，全世界加入的有将近一千人。不分男女，大家都要进行严格的训练，否则就会很恐惧。不是幸存者就绝对无法体会到那种自我分崩离析的恐惧。我想永远像这样，”达克抚摸自己的手臂，“保持焦点，辨别轮廓。足够分辨出每一个毛孔。我们啊，就像一直在装扮自己。虽然我觉得这样的自我分析是种恶趣味。哎呀，你干吗一脸惊讶？你在想，为什么要聊这些，是吗？”

就在这时，石板上传来脚步声。那个支持者又在她的耳边低语。达克边听边点头，最后露出微笑。

“谢谢。那，把那条消息发出去吧。我马上就去。”

声音很小，但很清晰，像是故意让我听见的。

支持者行了个礼，离开了。我总觉得那表情带着笑意。

“好了，我的话说完了。有问题请随意问。”

也许是因为刚才的耳语，达克显得很满足，一脸幸福。我觉得她很想说那个话题，于是决定先暂时绕开。

“您可以谈谈和德拉霍什先生的婚姻生活吗？”

“嗯，法律上应该还在存续。虽然一直分居，但有邮件联系——想知道内容吗？”

达克恶作剧般地笑了起来。就连那笑容，也是尽力维持得到的。

“没什么大事。就是偶尔送我一份礼物，没有移情别恋什么的。”

“礼物？”

“德拉霍什很有奉献精神，虽然只是在他心情好的时候。我呀，想要的东西有很多。我对你也很期待——期待精彩的报道。”

“我明白了。那么，我想问问您今后的计划。刚才也提到过，您已经宣布，一年内将会对海岸采取最终的敌对行动。”

“我撤回那个发言。”

我不禁“哎”了一声。达克下面的话更让我震惊——

“已经结束了。从你来到这里的时候开始，该做的差不多都做完了。行动声明刚才也发出去了。”

我慌忙从口袋里掏出手机——为了避免干扰采访，我刚才关掉了视野内的消息通知——接上代理，屏幕立刻以惊人的速度滚动起来。新消息的数字迅速增加，半晌才停止。最后一条消息是“行动生命”，但之前的两条消息更让我惊得目瞪口呆。

“保护 AI 的最终手段——‘人体之盾’‘信息献身’。共有三十名执行者。”

“采访到此为止？”

达克的声音显得很遥远。

下水仪式

黎明前夕。

路灯映照下，女巫的脸庞有些倾斜。莱奥休走过她前面。一只手提着藤条篮，一只手牵着萨宾娜的手，一起走过去。拐过拐角，科佩兹的府邸隐到了背后的建筑群中。也许不会再去那里了。

莱奥休请假后的那天晚上，收拾好小小的行李，离开了宿舍。来到府邸的时候，他发现了异常。完全没有科佩兹的气息。当然其他三个人也没有。包括装微在的瓶子在内，一切有价值的东西都消失了。剩下的只有大量的面粉、罐头和矿泉水。萨宾娜在天文时钟的房间里看书。

看到莱奥休，她说：“他们把我留下了。”

本应该感到心疼，但莱奥休还是很想欢呼。因为她似乎还记得自己。而且再也没人来打扰了，他想。

他们穿过一个又一个路灯投下的光圈，往街上走去。

天色未明就已经有了行人。走到市政厅前的时候，路上已经很热闹了。来到中央广场的大喷泉前，天色渐渐明亮起来，教堂宏伟的尖顶轮廓映入眼帘。

篮子里放的都是萨宾娜随身的东西。梳子，手镜，几件内衣。此外还有一本大开本的书。这是从宿舍的图书馆借来的，为了给萨宾娜看。这本书的封面上，如同瓷砖一样排列着许多区界的纹章。

区界是各自独立的世界，无法相互参考。除了鲸鱼和有限的邮件之外，没有任何东西能在区界间穿行。通常来说，任何能让人联想起其他区界的事物，都会被小心地排除。

但兹纳姆伽是培育鲸鱼贩卖的区界，前提就是要与其他区界交流。

师傅和其他工匠，在仔细听取了顾客的希望后，再给鲸鱼设计相应的设备和功能。如果与甲方的审美相差太远，就会很麻烦。此外，隐蔽地引入其他区界的口味，也能大大取悦顾客。因此，鲸师的图书室里保存了大量其他区界的资料。这本照片集，便是其中面向初级者的一种观光图鉴。其中有一百多个区界，虽然与整体数量相比微不足道，但收录了代表性的景观、风情和文物。

看到万国旗，莱奥休想起了这本书。虽然无法清晰回忆起萨宾娜内部的大海，但如果那个区界收录在这本书中，他便有信心找到它。

他找到了。

他想把这个拿给萨宾娜看。他想，看到这本照片集，也许切断的神经还能重新连接起来。

——教会旁边是市立图书馆，再前面是架在库尔姆罗夫河上的石桥，足以容纳五个成年人张开双臂并排站立。现在那里也挤满了人。

“好大的桥呀。”

莱奥休还没有消化掉刚才在府邸里看到的东西，所以在路上并没有提起。大桥两侧，栏杆上排满了俯瞰下方的圣人雕像。莱奥休咬紧牙关，忍受着混乱。

过了桥再走一会儿，就是通向山脊的道路。石板和轨道。

“我经常看到这条山路。轨道车涂得像玩具一样，特别漂亮。我总是喜欢看它。那个也是。”

萨宾娜仰望山脊的锚塔，鼻尖指向天空。飘在淡蓝色天空上的云朵宛如绣在朝霞上的华丽织物。鲸鱼的巨大躯体依然漆黑宁静，但周围的栈桥灯火通明。

两头鲸鱼现在处于安静的沉睡中吗？也许是即将醒来，情绪激昂。

鲸鱼大约也知道今天是下水仪式吧。自从昨天中午所有调整结束以来，大量计算资源便持续注入鲸鱼体内，用于它们的长途旅行。

每一头鲸鱼都是一个区界。

在其他区界中，它们可以表现得如同一般事物，但另一方面，它们也需要拥有自己的计算资源，自行计算移动路径并加以绘制——在平坦的幕布上制作出深度足以自由通行的通道——

才能跨越不同的区界。如果没有独立的计算设备和计算资源，这是不可能实现的。所以它们的构造正是一个小区界。这样的生物是独一无二的。

正因如此，鲸鱼才是数值海岸的象征。它们的下水仪式，虽然很小，却也会带来见证一个国家独立的感慨。莱奥休回想起来，这样的话语在兹纳姆伽的宣传语中熠熠生辉。

“快点儿。”

曙光中，升起许多氢气球。轨道车的上车处排出长长的队伍。

在拥挤的人群中，两个人混入短期访问的拟姿，登上了宛如索道车一般没有车顶的客车。内燃机发出悦耳的声音，火车轰隆隆地开了出去。萨宾娜挽住莱奥休的手臂，握住他的手。这是第一次。莱奥休紧紧握住她的手。

用咬紧牙关般的力气，握住。

就在四个小时前，在半夜里的天文时钟房间，莱奥休向萨宾娜打开那本照片集。在夹了书签的那一页上，以极高的清晰度展现出的风景，与在萨宾娜内部见过的一模一样。夏日的大海，港口小镇，延伸到海边的山体，和镶嵌在山体上的众多别墅。码头上满是桅杆，还有耀眼的沙滩。

两个人坐在床边，像是小孩子并排读绘本一样，身体靠在一起。萨宾娜凝望照片，莱奥休凝望她的侧颜。想起来了吗？——他一直忍着没有问出这个问题。

终于,萨宾娜的目光从页面上移开,她猛然合上书本,望向莱奥休:“谢谢你。太美了。”

仅此而已。

就像是看了一张并不感兴趣的图画,语气很勉强。

莱奥休终于忍不住,问了出来:“想起什么了吗?”

没有回答。

“景色、食物,都和这里很不一样。看起来是个很美、很舒适的区界。”

还是沉默。

“有没有拍到你熟悉的人?”

摇头。

仔细看,这里不是拍到你了吗!——莱奥休拼命压抑自己想把照片集打开翻到那一页再用手指戳上去的冲动。

萨宾娜把书放在膝头,目光落在装饰着纹章的大封面上,静静地开口:“那个……莱奥休。你还有微在吗?”

“嗯。”沙子还有一半。

“你说你触摸过我的内部。”

“是的。”

萨宾娜继续凝视着封面,一动不动。她像是在努力思考什么,像是在努力压抑某种恐惧。莱奥休想要说话,张开嘴——就这样停住了。他找不到该说什么。然后,萨宾娜看了看莱奥休:“摸摸我的内部。”

“……”

“看看那里是不是还有大海。”

莱奥休从行李中取出玻璃瓶，转动盖子，小心地倾倒。

萨宾娜的双手摆出接水的造型。

沙沙的声音响起，手掌中形成一个小小的沙丘。

莱奥休用咬紧牙关的力量，继续紧紧握住那只手。

轨道车爬上陡坡，在山脊入口处大大吐了一口气。两个人依旧手牵着手，和其他乘客一起下了车。锚塔耸立在面前。

“还很远呀。”

“先去塔顶吧。游客不会去那里的。”

到处都是点着灯的摊位，装饰华丽的花绳纵横交错。与昨天的热闹气氛稍有不同的是，有种正襟危坐的紧张感。莱奥休已经是局外人了，但这种盛大确实令人骄傲（尽管他也认为自己没有骄傲的资格）。如果对兹德斯拉夫说起这种感觉，他会很高兴的吧。

萨宾娜紧握的手心里微微出汗。然后莱奥休想起来了——

——大海没有了。

萨宾娜内部没有了大海。不仅如此，“博物馆”时期还在的柱子、墙壁、地板，还有那无数的画，都被带走了。只有一个空荡荡的、苍白的、抽象的半球空间。

莱奥休在空漠中茫然了半晌。萨宾娜内部什么都没有。就像是搬家后的房间。莱奥休感觉到一切都被带走了。对，带走了。

他仿佛能听到科佩兹满意的声音。

——莱奥休先生,我完成了。经过一次又一次的初始化与重置,最终,使用同一份资源的两组眼睛,相互的关系终于稳定了。一组是本来的AI角色,另一组是在AI内部悄悄观察外面的眼睛……

莱奥休转动头部,观察萨宾娜的内侧、半球的内面。蓝色墙壁上有细细的线条画着什么。凝神细看,那是天文时钟的蓝图,虽然经过了扁平化和简化。

"……"

恶趣味的玩笑,丢给莱奥休的嘲笑。他几乎马上就明白了这个图案意味着什么。被丢弃和遗忘的萨宾娜,内部只剩下这样简单的机制和陈旧的技术,控制着她此刻的言行。

——莱奥休先生,你奉上的骑士精神,就是这种东西。

——就算我拿走了一切,像这样,你也能应付的吧?

抽出手指,莱奥休又站在天文时钟的房间里,站在萨宾娜面前。

萨宾娜松开双手,沙丘瞬间消失了。

"什么都没有吧。这就是我呀。空荡荡的。你别再管我了。"

——这就是我呀。

听到她这样说,该怎么回答才好。

莱奥休在痛苦中最后挤出来的是——

"想看鲸鱼吗?那个,你的区界没有鲸鱼吧?书上写的。"

莱奥休磕磕巴巴地说完,萨宾娜皱起眉头。不知道那是在哭、在笑，还是在生气。

“说得也是。我以前从来没有——在原来那个区界的时候——看到过鲸鱼。”

于是，两个人决定去看下水仪式。

采访（后记）

约定在这一天共同进行的反数值海岸行为，被乔瓦娜·达克及其广泛的支持者称为“敌对性监视行动”。不破坏任何东西，也不阻止任何服务，甚至不干扰带宽。只是监视，只是凝视。

尽管如此，幻灯机公司还是遭受到了毁灭性的打击。直到一年之后的今天，仍然没有恢复服务。正如那份著名的声明中所说，数值海岸整个变成了巨大的坟墓和陵墓。虽然我的看法略有不同，但那只是因为 AI 还生活在其中，我认为不能将之称为坟墓而已。数值海岸对外已经彻底沉默了，变成了一座纪念碑。在这一点上，我没有任何异议。

现在，这种状态被广泛称为“监视包围”。刚刚发生时，由于规模非常大，而且具有多种要素，因而无法掌握“监视包围”的全貌。直到两周以后，才在一定程度上弄清了细节。再加上那些设置在外观上的若干陷阱受到触发，最后花了两个月才弄清和修复。即便如此，达克们的陷阱依然没有清除。

作为涉及个人信息、保密性要求很高的服务，这是致命的。正如很早以前有人指出的，数值海岸的弱点是，服务都在内部完成。信息拟姿的技术太有独创性，很难与一般性的服务连接。因此，数值海岸只能以压倒性的内容吸引力来圈定客户。当内容的安全性受到质疑时，数值海岸的魅力便一落千丈了。

虽然很难数出构成“监视包围”的全部要素，不过对于幻灯机公司来说，最具冲击性的是，敌对性监视团体已经运营了若干区界。令人震惊的是，早在“监视包围”的两年前，情况便已经如此了。其中许多都以惊人的低价提供了小型的区界，如同短片一样精致而富有话题性，因而很容易吸引人来尝试。但是，只要访问过这些区界，拟姿便会被加上追踪标签。这些标签巧妙地混入了经验信息的标签里，因而逃过了检查，传送到用户家中的拟姿接入器上。接入器的固件则是通过别的路径做了修改。到目前为止，对于拟姿接入器的攻击方法，包括这一种在内，已经确定了十几种。

拟姿接入器本来也是数值海岸的薄弱环节，不过之前没有人想到它会遭受如此顽固和反复的攻击。所有攻击都不会对接入器的功能带来任何障碍。达克他们的攻击质量非常高——绝不会导致故障。甚至有人开玩笑地说，遭受攻击后，接入器的故障终于被修好了。

至于服务器群，也不是对其进行攻击让区界宕机，而是把目标瞄准了使用完毕的计算记录。这也相当出人意料。那是将预先计算生成的所有帧分层保存的区域，俗称“预置区”，它也是拟姿带回经验信息时的数据库，因而是必不可少的区域。与此同时，它必然也会准确记下拟姿曾经在哪个地方活动过。

把这些战果结合在一起，会发生什么？

“也就是说……”达克看着我的脸，露出微笑，“我们知道，你刚才说的话——‘都是健康的区界’——到底是真是假。”

发布行动声明的时候，达克他们的手里已经有了几万人的用户活动记录，而且也实名公布了几个用户。那些用户在达克认为性质极其恶劣因而被迫关闭的区界里，做出了即使以该区界的标准来判断也显然越界的异常行为。他们（她们）的行动和言论的主旨，以文本形式公布出来。

监视包围。

被包围的不是数值海岸。

是用户。

数值海岸的服务器群构成了网格全息图。成千上万台服务器通过超高速带宽联合在一起，逐一描绘出巨大的海岸全貌。即使失去其中的七分之六，区界的计算也不会受到丝毫影响。据说带宽降到十分之一也没有问题。

正如全息图的感光介质无论被粉碎到多小都能获得小型化的整体图像一样，一切区界也都能得到正常的计算。无论多小的区界，连路边的一棵小草都不会少。也许会因为整体的信息量下降，导致细节模糊不清，但拟姿的感受能力也会同比下降，因而用户完全感觉不出区别。这本该是万无一失的。

“我们只是不想去破坏海岸的系统罢了。当然，海岸的安全系统有无数漏洞，但就算疯狂攻击，成果也是有限的。我宁愿不那么做。有的是其他方法驱赶区界爱好者。”

达克的手段取得了完全的成功。

我想不出还有什么更让人讨厌的方法。幻灯机公司竭尽全力保证区界和丘脑卡的安全，但顾客从心理上已经不再认可数值海岸了。

不过，这个战术有一个缺点。如果没有了顾客，数值海岸这个商业模式将会难以为继，AI们也将成为数字难民，最后岂不是会灭亡？

所以，乔瓦娜·达克采用了两种方法。

第一种是对濒临经营危机的幻灯机公司进行资金援助。这由受达克指导（但绝没有直接关系）的非营利法人实施。关于这一点，很抱歉我在这里不能提供更多消息。

此外还有一个手段。

这个手段才是“监视包围”的决定性因素，让乔瓦娜·达克的名字得以铭刻在历史上，无论好坏。而且眼下还无法做出评价吧。

现在，以乔瓦娜·达克为首的“Die Into”参与者，在她的支持者所经营的医院中占据了整整一层楼，每日都处在昏睡状态中。

男女合计三十名参与者，全部都是认知体调节不全的康复者。和达克一样，他们都接受了基于丘脑卡的认知再整合，重新回到了日常生活中。

他们——销毁了自己丘脑卡中积累的认知体整合指导书，由此引发昏睡，并且由于无法重新记录整合状态，因而也不可能再次恢复。

Die Into 的所有参加者，全都自愿销毁指导书。

Die Into。

他们选择了事实上的死亡。

而他们的指导书所去往的地方，则是区界角色的内部。

看到手机上的新闻时，我不禁目瞪口呆。达克把我唤回神来。

“我们康复者和信息拟姿差不多是同类。这是事实。不过要说真心话，我们不想把自己当作‘拟姿’，我们更亲近 AI。人们不是常说吗，拟姿是空洞的表象，但 AI 有实体。拟姿是仅有指导书的存在，我们却有自己的肉体。至于记忆，我们的大脑中也确实有着真实的记忆。我之所以如此拥护 AI，大概也是这个原因吧。”

“您……也要做信息上的‘献身’吗？”

“哎呀，这是报道的标题吗？嗯，说得非常好。没错。这个采访一结束，我应该就会去旁边的医院了。”

“这、这样荒谬的行为，究竟有什么意义？”

“我们计划在不久的将来，从幻灯机手里买下海岸。”

我一定露出了无比震惊的表情。

“但我不知道这能不能成功。如果失败，区界就会失去电力。为了消除虐待而采取的行为，将会导致AI的灭绝。我的支持者们绝不会原谅这样的事，我也不能原谅自己。所以怎么办呢？只能创造出一个绝对不能关机的情况，比如涉及人命的情况。”

达克他们，将自己生命的核心丢进了区界——各自选择了他们喜欢的角色。整合指导书在物理世界中没有备份。达克在AI中，依靠AI的资源生存。如果断电，世界级的运动领袖乔瓦娜·达克将会彻底“死亡”。无论“Die Into”的行动多么令人厌恶，从人道主义的角度看，没人能够强行阻止。

“这项行动还有一个好处。如果你在区界里做了什么坏事，而我恰好就在遭受虐待的AI内部，你会是什么感觉？”

AI受到的虐待，达克也将直接承受。小小的、不会眨眼的达克之眼，会在AI内部默默凝视。

没有人再想做出虐待的行为了吧。

就这样，幻灯机公司自行关闭了数值海岸。

关于达克他们是否真的存在于AI内部，至今人们仍在争论不休。数值海岸已经完全与外界断绝了联系，即使想要确认也无从着手。达克方面的机构公开了可将整合指导书转移到AI的技术文档，不过并未透露他们各自选择了哪个角色。

也许确实存在疑问，但我毫不怀疑达克执行了“Die Into”。因为她自己（而且恐怕所有参与者）本就迫切希望这样做。

达克的行动声明《建造欲望的坟墓》中，有这样一段话：

数值海岸是镜子，反映出盘踞在物理世界中的人类的一切欲望。那些欲望既无法简单地用语言表述，也无法用混沌形容。那是在精神的暗渠中涌动咆哮的运动。

这被解释成乔瓦娜·达克是在谩骂那些纯真无邪享受数值海岸的人。但在曾和达克面对面接触过的我看来，这是她在吐露心声。监视包围也好，Die Into 也好，都只是达克他们的迫切欲望被数值海岸这面镜子映照出来的行动而已。声明中的这段话，是她混合着自嘲的苦笑。

达克说过，“我们啊，就像一直在装扮自己。”就连“Die Into”的原型“Die In”，其原本的目的不也是通过“装扮”唤起想象力吗？

我想，乔瓦娜·达克，正如她自己所说，怀有强烈的欲望，想要把鲜明的焦点集中在自己的全部之上。她想要亲自安装一个绝对不会崩溃的整合认知体。这一卑微的欲望，大约一直在她的“暗渠”中流淌。

无论如何禁欲，人，总会在数值海岸面前映照出自己的欲望。

没有必要否认。

也不限于数值海岸。

时时刻刻、连绵不绝地发射永无止境的欲望。永无止境地观看欲望的镜像。那正是“生命”的另一个名字。

大断绝

还会有比这更美的景色吗？莱奥休想。

两个人站在锚塔的最上部，透过锚栓上方的观察窗眺望两头鲸鱼。只有这里才能将鲸鱼的背脊一览无遗。无论是成为邮轮的大鲸鱼，还是改装成客栈的小鲸鱼，所有窗口都透出闪耀的光芒。窗灯沿着鲸鱼的躯体，排成流线型。

十几个气球浮在鲸鱼周围。五彩缤纷的气球，迎着朝阳的那一面展现出绚丽的色彩。几支管弦乐队正在演奏庄严浑厚的乐曲。

山脊上现在挤满了人。轨道车的终点站和锚塔的底部格外热闹。

将山脊拦腰截断的悬崖前方，兹纳姆伽的全景铺展开来。冰霜的光芒环绕着山峰顶端，红叶与岩石形成动态的对比，依然漆黑的谷底点缀着市中心的夜灯。

在这里，初明的天空仿佛触手可及。如果伸手去摸，大约也能摸到冬日的感触吧。两个人的呼吸都变白了。

“去看看吧。”

莱奥休从窗口缩回脖子。很少有人知道，这里的正下方，巨大的锚栓中心，有一个足够让人通过的洞口。两个人从那里钻进鲸鱼内部。

幸好莱奥休负责过小鲸鱼。大的那头鲸鱼，根本无法掌握它的结构。钻过锚栓，穿过客栈后面，顺利抵达了鲸鱼的驾驶台。

没有人在。当鲸鱼从一个区界向另一个区界移动时，原则上鲸鱼是自主航行的。这是为了控制访客和AI在区界间移动。即使想要躲在这里偷渡，也会被系统自动发现、销毁。

虽然很小，但确实有个舵轮。舵轮对面是窗户。每个细节之处都印着圆形的纹理，可以辨认出“鲸饮亭”。这是客栈的名字。

舵轮是固定的，不过萨宾娜假装在转动。莱奥休把那本书摊开在前面。两三分钟里，两个人就这样探访了几十个区界，欣赏了惊人的多样性。小孩子过家家的游戏。

结束了这一切，他们拿走船长座位上的“鲸饮亭”拆信刀当作纪念。两个人来到鲸鱼外面，降到锚塔的一半处，走上悬浮栈桥。

在秋日庆典的喧闹人群中，两个人逐渐沉默下来，就这么一言不发，静静地走着。

没有任何冒险。

什么都做不了。

苦涩地尝到自己的渺小。

萨宾娜不需要自己。这是莱奥休痛彻心扉的认知。但是，原本的区界也没有萨宾娜的容身之处。家人、朋友、恋人——与他们交谈的，并不是这个萨宾娜；而且，就连他们的信息，都已经不在萨宾娜心里了。

这样的痛苦，究竟有什么意义？

为什么科佩兹要把自己卷进来？直到现在，莱奥休还是不明白为什么科佩兹会找上自己。也许只是巧合，还有一时的心血来潮吧。

也许某个时刻，如同机器般精密的陷阱会突然触发，毁灭自己。莱奥休隐隐期待着。比如，他和萨宾娜逃去某个地方。比如，让自己去破坏鲸鱼。比如，获得科佩兹的能力。然后，便可以从拟姿这个有期徒刑中解放。

然而什么都没有发生。

与莱奥休毫无关系。科佩兹他们的计划如期推进，而且似乎已经结束了。即使是萨宾娜，对他们来说也毫无意义。只要将她内部的两组眼睛取出——只要能保持那种稳定状态，外侧剩余的萨宾娜就是无关紧要的。

内部被他们拿去了哪里？

放回原先的AI中了吗？照片集中的那位少女。橄榄般的深绿色眼眸。“稳定的两组眼睛”回到那位少女内部了吗？莱奥休口中轻声念出照片集上写的那位少女的名字。

所有乐队都暂时停止了演奏，庄严地吹响铜管。同样的主题依次传递给大大小小的笛子，然后是弦乐器，最后成为格外强劲的合奏。在此期间，喧嚣声平息下来。

下水仪式开始了。兹德斯拉夫和鲸师的主要成员并排站在锚塔上，开始致辞。莱奥休正在仰头张望，有人在背后拉他的衣服。

是茨娜塔。

“来吧，一起。”

“？”

两个人跟在茨娜塔后面。那边是弹射机，弹射岩盐的机器，从荷台上卸下来，排成一排。

“从整个区界收集来的。我的主意，”茨娜塔骄傲地说，“鲸鱼的另一边也一样，也有这么多。”

兹德斯拉夫的致辞结束了。大家手里都举着一小杯蒸馏酒，一口喝干。

砰的一声，伴随着沉重的金属声，锚栓松开了。两头鲸鱼慢慢飘出去。就是这个时刻。

“啊，开始咯。”

茨娜塔把一个炮弹状的黑块塞给莱奥休。

“把这东西轰出去！”

“轰出去？”

“哎呀，别发呆了。”

伊基看了他一眼，露齿一笑。他把炮弹装到旁边的弹射机上，用火点燃了机器表面的小小突起。火？

“开火！”

带着轰响，炮弹射了出去。砰的一声，就在眼前喷出火焰。

炫目的闪光，还有鲜艳的蓝色曳光。

焰火！

那焰火没有在上空炸开，而是一边燃烧一边拖着炫目的尾巴，画出长长的弧线。莱奥休也慌忙效仿。一闪。夕阳般浓郁的黄色。十多架弹射机，把红色、绿色、银色、还有颜色变幻的光弹一个个弹射出去。它们纷纷画出巨大的弧线，从鲸鱼的背上越过。

“呀哈！”萨宾娜开心地尖叫起来。

“哇哈！！”莱奥休也大笑着叫喊起来。

对面射出的焰火落到了这边。虽然知道不会打中，但经过头顶的时候，莱奥休还是禁不住缩起脖子。他不服气似的装上另一颗焰火弹。

悬浮栈桥两侧发射的焰火，在明亮的天空和依旧漆黑的地面之间飞舞，交织成彩虹色的拱门，祝福两头鲸鱼船的起航。聚集的访客们为这前所未见的景色兴奋不已。他们欢呼雀跃，热烈鼓掌。

“莱奥休！”为了不被喧闹声淹没，萨宾娜放声大喊。

“什么?!”莱奥休大喊回去。

萨宾娜双手圈成喇叭，大声喊道：“谢谢你，莱奥休！这是我经历过的最美好的夜晚，我不会忘记的！”

不会忘记的。莱奥休知道，那对萨宾娜来说有多困难。正因为如此，萨宾娜才这么说。

“我也是。我也不会忘记。”

是的，不要忘记。莱奥休意识到，总有一天，这份记忆会原封不动地移交到物理世界。多么美妙啊。多么了不起的救赎。原来是这样。原来是这么一回事。

如同幻灯片一样，将这一刹那永恒地记录下来……这就是拟姿的意义。

他把最后一颗焰火弹装在弹射机上，点燃了它。和萨宾娜手牵手，目送它离去。

飞吧。

最后的焰火飞翔在天空中，拖着蓝色与金色交织的火焰。如果能和这道光一起飞翔该有多好。就在莱奥休这样想的时候——

突然间，莱奥休获得了焰火的视角。不断上升，与一同画出弧线的伙伴们并排俯瞰鲸鱼的背脊。向对面射来的焰火致意问候，飞向栈桥的另一侧——

架空视角。后台推理的逆流。

与此同时，莱奥休感觉到自己本应该握着萨宾娜的手，握的却是自己的手。他吓得慌忙甩开。

主体交杂。移情的错误浮现。

萨宾娜没有开口。然而他却听到“怎么了？”，然后才看到嘴巴慢慢动起来。怎、么、了。

同步错位。

从下落的焰火视角看去，莱奥休发现了观众的异变。下方的访客们，正在接二连三地倒下。

只有访客才会倒下。

衣服颓然落下，身体已经不见了。在消失的丈夫身边颤抖不已的年轻访客也随之倒下。

眼前掠过巨大的空白。感觉就像是冰冷的鱼从面前经过。一条鱼增加到三条，随即是大群蜂拥而至。

莱奥休明白了。

认知体的整合正在崩溃。

他想起科佩兹的话。

区界封闭之后——

拟姿是终极的个人信息——

彻底地——

粉碎成认知体的最小单位——

那就是微在——

我一直觉得很奇怪，科佩兹。你的存在，你的魔法，真的可以让我把这些记忆带回去吗？你没有疏忽啊。你早就知道，这个区界将会被封闭……所以你才坦然向我展示你的秘密。

萨宾娜哭着伸出手去。莱奥休还勉强整合在细沙涌动飘浮的状态，因而还能感觉到萨宾娜的手在他身体里搅动的动作。萨宾娜的手。他想，自己正在那手中变成小小的沙滩。茨娜塔大喊起来。她指向上空的异变。小鲸鱼将鼻尖对准地面，嘴张到身体的一半那么大。但不可能有那样的设计。巨大的嘴正在吸食什么东西。从所有的栈桥上，从山脊的一切角落里，将闪耀着白光的微在吸卷上去，吞入口中。是谁开玩笑地起了“鲸饮亭”这个名字？吞入之后会发生什么？既然刻意使用了鲸鱼，那么答案只有一个：要送去别的区界。会是哪里呢？啊，但愿是萨宾娜的故乡。躺在那辽阔的大海边、闪亮的沙滩上，将会多么美妙。鲸饮亭啊，能把我像邮件一样送到那里吗？哪怕是小小的一片……

最后，一声轻微的呢喃之后，莱奥休的整合就此断绝。

邮票……

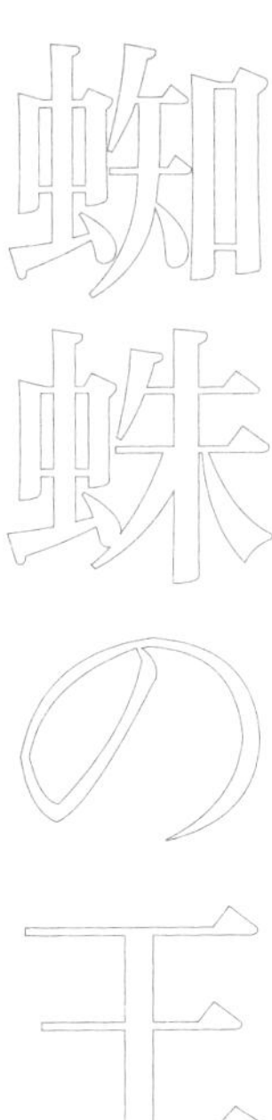

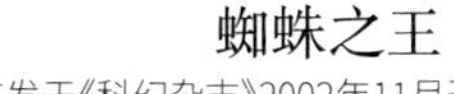

蜘蛛之王

首发于《科幻杂志》2002年11月刊

断崖（一）

岩壁。

绿褐色，粗糙笔直的岩壁。

高达两千米的峭壁巍然耸立。

攀爬峭壁的有二十人。他们身着近乎内衣的轻装，只有鞋子非常结实，年纪可以说还是少年。背上的小小背包看起来很重。

尼姆琴抬起大汗淋漓的头向上看。四肢的肌肉还有余力。眯着眼睛望向峭壁上方，巨大的蘑菇群近在咫尺。好几颗蘑菇伞从断崖上探出来，像是在庇护他们。哪怕是小伞也很结实，足以在上面建起小屋。那里就是今天的目的地。

汗水从额头滑下。因为湿度很高。他眨眨眼，又向下看去。

下方覆盖着潮湿的白色云层，什么都看不见，可能在下雨。

尼姆琴想到二十多天前离开的故乡，村子里全是稻草铺的圆顶房，散养的母鸡跑在泥土地上，刚插过的秧苗散发出清香。这堵断崖已经爬了十天。

“注意平衡。”位于尼姆琴斜下方的卡加西关注着他的动作，短短地提醒了一声。

“知道。”

“好了，下一个。”

尼姆琴把带有攀岩钉的牢固皮靴紧紧卡进峭壁，右手转到腰间。屁股上方挂满了手榴弹大小的“蜘蛛”。他用戴着皮手套的手摘下来一个，钩子卸下时发出咔的一声。蜘蛛一从支架上摘下来就醒了。八条短腿依次伸缩一遍，分布在头部的眼睛也都亮了一圈绿灯。尼姆琴确认过蜘蛛正常，便在峭壁上仰起身体，放开左手。现在支撑他身体的只剩下两条腿，上半身几乎仰到水平。

“嗨！”

尼姆琴长长的手臂如同柳条般弯起，把蜘蛛扔了出去。

蜘蛛通过内部的机械陀螺仪维持适当的姿态，拖出长长的丝线飞了出去。蜘蛛知道自己要被扔到哪里。它喷射少量气体修正方位，飞向目标地点。在投掷能量达到最大效率的位置，蜘蛛的短腿抓住峭壁，强力固定。

“嘿！”

尼姆琴又用左手扔出另一只蜘蛛。他的上半身如同弹簧般抬起，同时扔出蜘蛛，蜘蛛同样拉出丝线上升。丝线分别钩在双手手腕的皮革腕带上。尼姆琴开始把身体往上拉。蜘蛛也卷动丝线，提供助力。

给这一幕做后盾的卡加西，也开始攀登。

二十人参加了这项训练，这项教程。

攀登绿褐色的嶙峋峭壁。

攀登这棵树。

攀登构成这个世界的巨大树木。攀登“通用树”的峭壁般的树干。

尼姆琴是在完成插秧的那天晚上被选中的。

在看弟弟们做算术时，父亲喊他过去。一个客人盘腿坐在木板房里，很年轻，看起来只比尼姆琴大五六岁。个头高，很瘦，有一双细长的眼睛，单眼皮。即使没有挂在腰间的蜘蛛，也能一眼看出这位客人是“助攀手”。因为助攀手身上都有一种独特的气质。助攀手是驱使蜘蛛维护这个区界的群体——蜘蛛众的职位之一。接待来自物理世界的访客，引导访客参观这个树状世界，这就是助攀手的工作。他们在蜘蛛众中具有最高的地位。不过尼姆琴知道，助攀书的根基其实已经荡然无存了。

“你多大了？”父亲开口问。

尼姆琴明白了。

“十五岁。”他向客人答道。

卡加西——那位客人点点头：“我们在招募年轻人。”

卡加西从腰间摘下蜘蛛，递给尼姆琴。蜘蛛众把自己的蜘蛛交给他人，是非常少见的行为。这是绝无仅有的机会，尼姆琴想着，接过蜘蛛。密集的短毛，结实的腿，沉甸甸的手感，确实很像生物。

“可以尽情在通用树上驰骋，可以进入任何树枝世界。”

这句话里隐藏着动听的谎言。来到如此边远的村落寻找成员，本身就说明了助攀手——也包括蜘蛛众——的境况多么难堪。新的助攀手已经无法再靠以前那样的方法孕育了，所以他们才会这样招募年轻人。但是费尽心机维持组织的存续，又有什么意义？他们本来也早已不再从事助攀手该做的工作了。

因为，访客不会再来了。

“你甚至都不知道这个世界到底是什么样子。你知道树枝和树干是怎么配置的吗？”

卡加西继续说。但尼姆琴在想别的事。

十年前的灾难，给这个区界留下无数痕迹。

如今不仅没有痊愈，受灾范围还在不断扩大。通用树病入膏肓。据说好几根树枝世界都坠落了。再过几十年，这个区界也会慢慢消失吧。

尼姆琴用力闭上眼睛，然后慢慢睁开：“我去。”

父亲似乎吃了一惊。尼姆琴也不知道自己为什么这样回答。

“明天早上我来接你。”卡加西伸出手来。那手指长而有力，手掌上的皮肤又硬又厚。卡加西毫无笑容，这反而让尼姆琴松了一口气。即使是自己这种羞于表达、不善与人交往的人，大概也能应付得来吧。

在门口送别了客人。深呼吸。夜晚的空气中满是田畦和水的气息。月亮是蓝色的。要抛弃这块田地了，尼姆琴想。无论是富饶辽阔的田地、在后方展现出棱线的山肩，还是这个三十户人家组成的大群落。

从上空看，这个村子沿着河流展开，细细长长。

区界的村子全都是这样的。

因为它们都分布在树枝世界上。

牛和鸡都睡着了。弟弟们来到门前，抬头看着尼姆琴。

“明天早上吃粥。”父亲说。粥是这个村子的特产，里面加了足量的坚果酱，“随你吃个饱。开心吧。”

为什么会说“我去”？

不知道。自己外表冷静，内心却有一种沉静的昂扬在搏动。

一早，尼姆琴和卡加西离开村子，沿着河道往下游走了半日，来到另一个村子。有个少年孤零零地站在路口等他们。这也是卡加西征召的一员。十三岁，个头矮小，肌肉发达，有一双浓眉。他叫肖塔克，是个很唠叨的小子，和沉默的尼姆琴刚好相配。

往下游再走两天，来到一个有码头的小镇，队伍总共有了二十人。五个助攀手，十五个新人。接下来的道路又窄又险，所以改成坐船。距离出发还有不少时间。

尼姆琴随同卡加西去了一家小小的通信店。那是饲养电信巢并以此做生意的店。电信巢里聚集了大量电虫，能够检索通用树的电路，将接收的信号传递给其他的电信巢。它是集通信终端、交换机、电源、机架为一体的生物。

卡加西亮出蜘蛛，店主让她进了店。蜘蛛众有权直接接触电信巢。这个世界的电信系统本来就是为了助攀手和访客构建的。

电信巢比马蜂巢还大，直接从地板下面的地面立起来，比尼姆琴的个头还高。它的内部分成无数单元，电虫们在里面完成交换功能。这一精巧的结构被视为这一区界得以立足的“诱发”技术的最高峰。卡加西丝毫不顾忌店主，以熟练的动作找到助攀手专用的接口，自顾自地打开它，把蜘蛛塞进去。通信转眼就完成了。

走出通信店，尼姆琴问：“助攀手是不是也会去没有通信店的地方？那时候有办法联系吗？”

卡加西说：“有。不过很多时候我们会预先把它封锁起来，因为访客希望这样。”

尼姆琴再次感受到这个世界是为访客创造的。

乘船的三天，对尼姆琴来说转眼就过去了。

负责解说的是个名叫尤里的助攀手，是团队的副队长。尤里摊开一张透明的薄膜纸，用粗笔在上面画了好几条平行的竖线。

“你们知道阿弥陀佛签吗？”

新人们点点头。

尤里把那张纸递过去说：“尽量弄复杂点儿。”

于是新人们往薄膜纸上画了很多线，几乎把纸涂黑了。这是要做什么？他们怀着疑惑把纸递回去，尤里微笑着把它卷成筒。因为是透明的薄膜，所以尤里的竖线和新人们的辅助线呈现出错综复杂的螺旋状。

“你们可以把这个当成通用树。”

树干不止一根。通用树的树干遍布这片大地，几百根树干拔地而起，彼此之间通过几乎水平的桥枝相连。桥枝上又会垂直伸出更细的树干，再进一步分叉出枝条，形成足以令人目眩的类似阿弥陀佛签的形态。这就是通用树。船只行驶的这条河，位于相对中等规模的桥枝，但就连中等规模都有如此大小。虽然对世界的结构有一些模糊的认知，但现在的说明更让人深刻感受到这个世界的壮丽和伟大。

“区界的天与地之间，”尤里说，“只有通用树。当然，我们AI也只是通用树的一部分。蜘蛛，还有在树梢间飞翔的鸟，也是一样。令人惊讶的是，连金属和石油也都是从通用树里挖掘，或者是敲破某种果实加以精炼，从中获得化学物质。一切事物都来自通用树。

“我们与访客的衣食住行，一切都可以归结到通用树。单一的通用树派生出所有的一切。这个区界，这个虚拟度假区——‘通用树区界’，就是基于这样的原则设计的。如果说存在例外的话（当然存在例外。区界的设计师并不愚蠢，他们知道依靠单一元素构成的世界很容易崩溃），大约只有麦原和麦鲸吧。”

听着尤里的话，大家虽然没有说出口，但都在想——

"非鸟"属于哪种呢？

从船路终点步行到树干的汇合点又用了半日。在那里，河水流入了树干。河面宽度达到四十米，但有一个足以把河流完全吞下的巨洞，河水向其中倾泻而下。

前一天晚上，新人们得到了六只蜘蛛和一根腰带，戴着它们入睡。蜘蛛用一个晚上做好所有准备，静静挂在尼姆琴他们的腰间，等待出场的时机。

"接下来开始基础训练。"

尤里让新人们排成一排。

尤里背后是高耸的树干。那就是吞下河流的树干。虽然曾在自己的村子里远远望见过，但没有在这种触手可及的距离处看过主干。

"给你们三天时间，然后空手攀登这棵树干。"

绿色与褐色混杂的表皮颜色，看上去既像树皮，又像覆在树皮上的苔藓。粗糙的质感，还有近在咫尺的、充满魄力的分量感与压迫感。尼姆琴仰头向上看，就算仰到极限，那堵耸立的峭壁依然看不到头。往左右看去，峭壁也在朝两边笔直延伸，几乎感觉不到树干的弧度。

"首先要记住的是……"尤里的话拉回了尼姆琴的注意力，"蜘蛛的用法。"

原本的助攀手，在刚开始走路的时候便被赋予了蜘蛛。随着助攀手的成长，在枝条间飞跃穿行，到七岁时完全与蜘蛛成为一体，然后差不多到九岁时开始迎接访客。但是这一次征召的新人们并非如此。

“把蜘蛛从腰上摘下来，随便哪只都行。”

新人们怯生生地照做。咔嗒一声，将蜘蛛拿到手里的过程出乎意料地简单。八条腿动了动，眼睛亮起绿灯，随后熄灭。正常。

“蜘蛛用一个晚上完成了自己的初始化。已经准备完毕了。它们从你们的身体补充营养和能量，解析那些物质，完成基本的设定工作，同时也给你们编入了连体子。一切都是自动的。”

据说这一系列的自动化都是那一位精心开发的功能。得益于这一革命性的创新，即使不是助攀手，也能指挥蜘蛛。

“现在检查蜘蛛的状态。”

尤里用拇指在自己的蜘蛛腹部按了按，眼前浮现出光线构成的薄幕。尤里抓住光纸的一头，在空中翻了个面，让新人们看到它的正面。

“这里显示了蜘蛛的状态，也可以调节设定。操作由连体子提供支持。通过连体子，蜘蛛被识别为你们的一部分。设计出这个连体子的人，就是蜘蛛之王。当访客不再拜访这个世界，世界一度面临毁灭时，是蜘蛛之王站出来力挽狂澜。他独自开发出原本只有访客才能实现的介入世界的方法，发现这个世界也可以基于我们的记述进行操控。一百七十年来，是他一个人背负、支撑着这个世界，直至今日。一切都是他一个人在支撑。”

蜘蛛之王。助攀手之王。

在没有访客到来的今天，也没有了继承者。

据说王依然是十七岁的模样。

据说王居住在拒绝一切光明的暗室里。

自从十年前的那一夜以来，王身染重病，不再出现于一切公开场合。

尼姆琴在心中默念出那个名字。

朗高尼……

助攀手的试炼简直是敷衍。新人们在周围用于练习的灌木丛（说是灌木丛，其实大得足够十个人在里面飞跃一整天）里自由行动。按照正确顺序取出蜘蛛的技能，像悠悠球一样操控蜘蛛的技能，灵巧地利用挂在高处的蜘蛛把身体拉上去的技能。根据用途改变蜘蛛丝的强度和黏度的方法、用蜘蛛丝制作攀爬工具（例如把后背挂到峭壁上所用的钢丝）的方法。短短半日便学会了许多技巧。不对，准确地说，是用了半日时间确定自己能够做到。到了中午，尼姆琴甚至感觉六只蜘蛛比自己故乡村子里从小一起长大的玩伴还要亲密。

连体子。无形无色，但确实在身体里精密地运作，令自己得以与蜘蛛共同工作。这半日获得的运动感觉，全都来源于连体子。

午饭后，又学到了另一项技术。

悬浮。

将体重减轻到三分之二。这项技巧的设计，是为了让不擅长肢体运动的访客也能享受在树枝间飞跃的乐趣。而对于助攀手来说，这也能让他们拥有与访客一致的感觉。这很有意思。

最后，新人们和助攀手在细枝条编成的球形健身房里举行了对抗赛，争抢树皮纤维压缩而成的弹力球。上下左右，动用全部的空间感觉。助攀手绑住了一只手，但新人们依然完全不是对手。

其中身为队长的宝莉丝，动作尤为精彩。长长的四肢如同鞭子一样弯折自如，无论什么姿势都能完美地保持身体平衡。所有动作都堪称杂技，同时又如舞蹈般优雅。宝莉丝行动的时候，即使和他人速度相同，也显得更悠然。此外，她的长相也给人留下强烈的印象。黑色皮肤，金色眼睛，金色眉毛。唇涂成绿色，胸前戴着一串彩色石头项链。新人们为了偷学宝莉丝的技巧，一个个大汗淋漓。

通过训练，新人们之间自然而然形成了团体。邻村的肖塔克。在健身房里性情相投的雅夫雅，他的身体还没长开，脸上也还留着天真的印记。还有光头巨汉乌戈，不知为什么，他的半边眉毛只有一半长。

都是年轻人，吃饭的时候也聊得很开心。出乎意料的是，扳手腕要属雅夫雅最强，肖塔克的话非常多，沉默寡言的乌戈脸上总挂着满足的笑容。

当所有人围坐成一圈，享受饭后的香烟时，宝莉丝开口了："我有话要和你们说。关于助攀手的话。我知道，你们当中有些人认为，再怎么提高助攀手的技术也没用，因为访客不会再来这个区界了。之所以征召你们，只是为了维持助攀手这个早已过时的徒弟组织。”

这么坦率的话语让尼姆琴震惊，但这确实是他在第一天晚上就有的感觉。其他新人也纷纷点头。

“你们有任务，等一会儿大概能告诉你们，其实我现在也不知道……要等王直接下令。”

新人们紧张起来。

自从访客不再来到这个区界的“大断绝”以来，助攀手便再也没有以传承的方法孕育过。征召活动随即开始。当事故或自然死亡等原因损失成员时，就会训练一般的年轻人补充进去。失去了本职工作的助攀手，如今承担的是蜘蛛众中最为危险的工作。尼姆琴也有一些心理准备。恐怕底层的助攀手会被派到最危险的、消耗性的现场去。

尼姆琴从没想到王会直接对他们下令。

“那是很重要的任务，估计也很危险。我只能告诉你们这么多。”

强烈的好奇心涌上心头，还有骄傲和兴奋。王会说什么？尼姆琴闭上眼睛，深深吸气，平抑心头的激动。

尼姆琴从通用树上出生的时候，是父亲在产洞里守护他。

产洞是地面（也就是通用树）如同大蠕虫一般拱起的构造，比村子里的所有建筑都大。里面有四条通道，两侧的墙壁上镶嵌着成排的“产房”。胎儿被包裹在柔软的袋子——纺锤形的半透明子宫里。通道的天花板上以相等的间隔垂着灯。产洞是通用树的特化组织——这也可以说是将“诱发”发挥到极致的技术。

尼姆琴的父亲，在三个月前把自己的液滴提供给产洞，与通用树选出的遗传信息组合，让尼姆琴诞生。

最终，阵痛开始，袋子裂开，尼姆琴伴随着黏稠的树液和破碎的胎盘流出来。鼻子和喉咙里的液体冒着气泡，尼姆琴几乎在空气中溺死。他害怕得大哭。父亲把他抱在怀里，让他喝通用树上采的甜美乳汁。闻起来就像熟悉的黏液，散发着大树气息的乳汁……

尼姆琴醒了过来。

很少做这个梦，但每当快要遗忘的时候，又会梦见。做这个梦的时候，尼姆琴总是非常混乱。

梦的视角——也就是做梦时的自己，是婴儿和父亲两个角度。而自己对这两个角度都没有共鸣。平静的疏离感。这两个人仿佛与自己毫无关系，格格不入。不是在梦中从外部观察自己。他很确定梦中的婴儿不是自己。直到醒来之后，那种感觉还会残留一阵。自己和自己并不重合。

他发了一会儿呆，才找回自己。外面天好像还没亮，天边隐约有一丝曙光。

他又闭上眼睛，一直躺到起床的时间。一个人，在一个小小的帐篷里。

歌与乐器，还有诗朗诵。

音乐的艺术是助攀手不可或缺的技艺。透过树梢眺望耀眼群星的夜晚，在天幕中躲雨的夜晚，旋律和韵文都是最好的朋友，也是对访客最好的款待。

开始攀登的前一晚，吃过晚饭，所有人围坐成一圈，倾听一位助攀手的演奏。

助攀手将一把小小的竖琴放在膝上。演奏者管它叫阿尔帕内特[1]——虽然它和访客世界中的同名乐器相比，外形和音色都不一样——然后拨起琴弦。纤细的声音诱起侧耳倾听的情绪。所有人都静静地听着。

每当拨动琴弦的时候，声音的涟漪就会散布开来，形成声音的圆环。

陌生的古语音韵，从歌者的口中流淌出来。

Holl amrantau'r sêr ddywedant

Ar hyd y nôs

Dyma'r ffordd i fro gogoniant

Ar hyd y nôs

剩下的四位助攀手随着演奏者，一句句复唱旋律，故意收住辅音，模糊元音，形成音乐的背景，如同天鹅绒般光洁美丽的帷幕。在帷幕前，演奏者的声音偏离音阶，开始跃动。从地鸣般的低音，到使用假声的花腔。像鸟儿，不，像牵着丝线跳跃的蜘蛛一样，尼姆琴想，因为那乐句的连接如此平滑。

---

① 原文为 arpanetta。

Golau arall yw tywyllwch

I arddangos gwir brydferthwch

Teulu'r nefoedd mewn tawelwch

Ar hyd y nôs[1]

音幕突然像风吹过一般摇摆起来。自由的蜘蛛被那声音绊住挣扎。

尼姆琴想了起来。

那个夜晚，栩栩如生。

虽然他那时只有五岁，但永远不会忘记。

深夜里，他听到鸡群的骚动来到外面，发现田畦对面的低低天空一片赤红。回头看，山棱后面也像着火一样明亮。不是同样的红色。浓淡明暗各不相同，被涂成红、赤、朱色。抬头向上看，尼姆琴目瞪口呆。上面一个树枝世界——在夜空中与尼姆琴的树枝世界垂直相交的桥枝，正被网状的不祥光芒覆盖。

那一夜，通用树区界全境忽然出现了大群“非鸟”，占领了所有藩国的夜空。

它们对通用树造成致命的打击，毁灭了区界里的无数生命，又在一夜之间消失得无影无踪。

直到今天，也不知道它们到底是什么。

尼姆琴的村子来了一只“鸟”。如果说它有什么像鸟的地方，

① 曲名为 *Ar hyd y nos*（度过长夜），十八世纪收录的威尔士民谣。原文歌词大意为：所有星星都在眨眼诉说 / 度过长夜 / 这是通往荣耀王国的道路 / 度过长夜 / 其余的光是黑暗 / 展示真正的美 / 和平中的天国之家 / 度过长夜。

那只有如同白鹭般优雅的长腿。腿上长着玛瑙玉般圆圆的躯干，脖子上面空无一物。一侧长着长鞭，像是手臂，两边的腮盖开开合合。“鸟”就这样鸣叫起来。

那声音至今还缠绕在耳朵深处。

尖锐的、女人的笑声。像是采集了几百个女人的声音，放在好几条旋律线上同时播放出来。声音中满是愉悦。性冲动般令人浑身发痒的律动感，从那“鸟”的周身散发出来。

但，那不是AI能承受的。那声音太过可怕，尼姆琴不禁放声大叫。每个人都像疯了一样大声尖叫。那叫声在“鸟”的一鞭中断绝。半个村落和里面的学校化作闪亮的齑粉，四下飞散，连河水都变成无数干裂的碎片。随后“鸟”就飞走了。在那之后，十年过去了，依然没人能靠近那个爆炸的中心。官能素褪色，无法描绘。时至今日，有时候远远望去，还能看到里面的村落、学校及村民们如同幻影般时隐时现。他们的脸上都洋溢着幸福感，嘴巴像是在追随“鸟”的复调声似的开开合合。

不过，像尼姆琴的村子这样伤痕有限的地方还算是幸运的。刻在通用树上的“非鸟”痕迹是活的，像疾病一样攫住了通用树。

阿尔帕内特不稳定的声音没有持续太久，很快便被激烈的和声切断了。那鲜明的转调消除了尼姆琴的不安，让他平静下来。

歌声又恢复了平稳。

随着通用树症状的加重，区界的治安也在恶化。警察的工作越来越多。更重要的是，原本为访客创造的这个世界，在过去的一百七十年间，早已失去了存在的理由。

每一根主干和桥枝都是一个松散的地方政府，由藩王执掌世俗的权力。但是区界的个体，也就是精神世界，由于访客的存在，由蜘蛛之王统管。这样的机制，自“非鸟”的十年来急速弱化。对藩王而言，通用树的衰落等于领土的丧失。前年，一根桥枝终于坠毁，四个藩国灭亡，产生大量的难民。藩王们越来越怕，手足无措。他们企图扩大自己的藩地，侵略他人的藩地。其中也出现了公然反抗助攀手，即蜘蛛众的藩国。

世界岌岌可危。

支撑它的只有一个人。

朗高尼，蜘蛛之王。

一夜过去，终于开始攀登断崖。趁黑起床，让蜘蛛吃掉帐篷，回收材料。用篝火烤过薄片面包，煮好咖啡，吃过早饭，然后四五个人一组，开始攀登断崖。

由于完成了训练，行程很顺利。峭壁的状态也很好，水平伸展的灌木丛、被遗弃的巨鸟巢穴、大到足以当教室的洞窟。他们沿路经过休憩场所，不断攀登。

卡加西跟着尼姆琴。说实话，卡加西很难打交道。

卡加西擅长杀人。似乎是。至少在杀人的技艺上有着很深的造诣。

在攀登开始前的三天里，卡加西教给自己的技艺之中，如果包含暗示性的内容，那么三成以上都与杀人的技巧有关。尼姆琴对卡加西的执着感到厌烦。当然，在错综复杂的枝条中，几乎都是空中的战斗，如何保证位置、如何在一只手臂悬垂和另一只手臂不能使用（折断、麻痹、丧失）的状况下进行防御和攻击，这些很有意思，但同时也有种过于做作的狂热空谈感，也让尼姆琴觉得卡加西太依赖蜘蛛了。

尼姆琴曾经直截了当地问过一次："卡加西……你杀过人吗？"

"杀过……"依然是毫无血色的脸。淡淡的眉毛和细细的眼睛没有表情，更读不出感情，"或者说，那是我的职务行为。现在也是。"

"你有没有在这样复杂的情况下杀过人？"

"你以为这是空谈？是刻意编造的？"

"唔。"

"家里没告诉过你？"

"唔。"

卡加西微微一笑："秘密啊。装作一无所知是个好主意，不然杀手活不下去。"

尼姆琴的村子，暗杀的技艺代代相传。

也许就是为了这样的技能才征召他。当然，年轻的尼姆琴还没有做过实际的工作。

卡加西担任的恐怕也是杀人或者类似的职务，那意味着自己也暂时加入了这个队伍。

在攀爬峭壁的时候，卡加西总是在斜后方跟着他。

而现在，第十天的行程结束了。行程大约已经走过整体的三分之二。

今天的目的地，那个蘑菇群，所有人都平安抵达。

峭壁上水平伸出的蘑菇伞，大的差不多有运动场那么大。伞面上积满泥土，中央处略有凹陷，长着茂密的矮草。大家各自找了喜欢的地方躺下休息，指挥蜘蛛分解肌肉的疲劳。蜘蛛具有营养调节器的功能，它们可以储备主人身体多余的基本营养和微量元素，也可以补充缺失的部分。

“汲水了……”

所有人都被声音吸引过来聚在一起。尤里在中心。“汲水”是蜘蛛众的生存技能中最具代表性的技法。

尤里为此还戴了一条醒目的蓝色头巾。他盘腿而坐，双手放在地上（蘑菇的表面），像是在用篝火取暖似的。

“嗟，水来，溢于吾等之手。

“无水则吾等无以延命，无水则亲木亦无以延命。

“嗟，水来，降于吾之掌下。”

在手掌朝下正对的位置，一股清冽、清洁、可以饮用的水，突破地面涌出来。

一开始是涓涓细流，随后逐渐加快，直到垂直喷出。很快便出现了一个大大的水洼。

这不是蘑菇中储存的水。

一个训练有素的蜘蛛众，可以像这样从通用树的任何部分——哪怕是岩石表面、枯枝顶端——召唤出水。只要以适当的方法访问通用树，便能获得最低限度的生存必需物资。他们能够直接调用通用树外表下隐藏在“这个世界内部的某种功能”。

无与伦比的朗高尼，正在破译区界设计师建立的技术体系。那些技术隐藏在取悦访客的技巧背后。不过，夸张的头巾和咏唱都只是表象。装扮成魔法可能确实很滑稽，但这样的闹剧哪里没有呢？连这棵通用树本身……这个区界本身，都是闹剧的产物。尼姆琴他们总是会忘记这一点，但“汲水”这样赤裸裸迎合访客的异国情调却强迫他们重新想起。想起这是什么地方，想起这个区界只是一个空洞的谎言。

攀登队开始做饭。收集石头做灶、生火。用锅烧开水，把干燥的谷粒倒进去。各个村子都是这种大米和杂粮混煮的粥，见功夫的地方在于汤头和配料。今天，尼姆琴把生坚果捣碎，和葡萄干一起倒进煮好的粥里，靠余热加温。别的锅里烧的是加水煮的食用蘑菇和干肉，还有在峭壁半路上顺手牵羊的野鸟蛋。

大家饱餐了一顿。蜘蛛也吃得很好。野营的晚餐气氛和谐。尼姆琴享受着和睦的氛围，同时也意识到那只停留在皮肤的表层。这是尼姆琴的天性，来自他作为暗杀者所受的教育。

尼姆琴真切地意识到自己掌握的那些技能。利器、毒药、可以徒手攻击的要害、隐藏气息的具体方法，都在自己心中。必须在完全融入周围环境的同时保证自身的安全。

既然如此，自己为什么会在这里？

被征召的时候，尼姆琴曾经一度幻想过自己用蜘蛛从一根枝条飞跃到另一根枝条的身影。那是有生以来第一次看到那样的形象，与暗杀无关的自己。他甚至从未想过会有那样的可能性。是因为这一点，他才决心离开村子吧。

自己是想去往村子无法影响到的地方吗？

自己是想去往无人命令自己的地方吗？

尼姆琴在带有故乡味道的粥上，放上还不熟悉的他乡味道的炖菜，用力搅拌进去。

吃饭后是洗澡。

汲水的地方在伞洼的中央，所以水很深，直到腰部。他们不断把烧热的石头扔进去加热。所有人都脱了衣服，跳进温水里，轮流用肥皂清洗身体，也让蜘蛛在里面游泳。蜘蛛回收主人身体上剥离的污垢，分解、储存起来。

“尼姆琴，”宝莉丝接过肥皂时说，“你的手臂真美。”

宝莉丝用肥皂涂遍优美的全身。漆黑的皮肤和金色的腋毛都涂上了淡蓝色的泡沫。

“能伸长手臂给我看看吗？太美了。”

尼姆琴将左臂伸向前方。

“暗杀者的手臂啊。”宝莉丝把自己的手臂也伸过来比较，她的手臂略有些粗短，螺钿般的小颗粒嵌在黑色的肌肤上。蓝色泡沫中，打湿的彩色装饰闪闪发亮。

“还没杀过人。”

“但你的手臂是为了杀人设计的对吧？”

宝莉丝握住尼姆琴的手。两个人并肩坐到热水里，水直泡到胸口，手臂缠绕在一起，被螺钿的颗粒轻柔地抚摸，细腻的快感若隐若现。

尼姆琴环顾四周。彼此中意的人们，都同样找到了伴侣，乐在其中。这是正常的社交活动，就像一起吃饭，一起下棋一样。

宝莉丝把没有缠在一起的另一条手臂放在尼姆琴的手腕上，引向自己的性器。尼姆琴滑动手指，描出宝莉丝兴奋的轮廓。

“我想和你做一次。”宝莉丝在耳边低语。

尼姆琴没有回答，用另一只手臂绕到宝莉丝柔软纤薄的乳房上。他滑过小小乳头周围的螺钿，动作随之化作爱抚。

“因为你好像很擅长……”宝莉丝沉醉地呢喃，“杀人！”

语气突然变了。与此同时，宝莉丝的手臂完全固定住尼姆琴的一只手。水中有某个黑色的东西转瞬之间爬上了尼姆琴的胸口。是蜘蛛，腿的尖端对准心脏。那腿如同炭黑的钢锥，似乎可以直接插进去。

“将军。”宝莉丝的声音里带着微笑，“太简单了。”

宝莉丝猛然起身，水从全身流淌下来。黑蜘蛛顺着她的腿爬上去，停在肩头。

“很顺利。”她用绿色的嘴唇亲吻他表示慰劳。其他人或是偷瞄，或者大胆地看着尼姆琴。

尼姆琴感到很无聊。

在整个过程中，宝莉丝的行动全都在预想的范围内，每个瞬间都有好几种反击的可能。虽然之前也有隐约的感觉，但直到这时，尼姆琴才意识到自己的能力确实是卓越的。

擦身子的时候集合了。看到所有人聚集到一起，宝莉丝把蜘蛛放到手背上。黄昏中浮现出发光的矩形。

“王发来了消息。”

现场一片哗然。行程还没结束，出乎意料地早。

“改变路线，提升速度。必须在三天内会合。”

“会合？”有人问。

“和另一支征召小队。”

卡加西在旁边补充说:“今后将进入作战阶段，和其他征召队会合，展开讨伐。”

“讨伐？”

“从王庭逃出的野化蜘蛛。很早以前就一直在找，最近好像终于找到了。从各个意义上说，它比我们饲养的蜘蛛强了不止一个维度，很难对付。”

“什么意思？”肖塔克总是直截了当地提问。

“我们要讨伐的是那只蜘蛛和至少十几个 AI 组成的强盗团伙。领头的是蜘蛛。AI 完全被那个蜘蛛控制，思考和感情都是。”

“控制……”

“连体子。那只蜘蛛把自己的连体子植入 AI 体内，彻底控制 AI，”宝莉丝小心翼翼地叠起发光的矩形、来自王的信，收进自己的蜘蛛，“并且赋予 AI 强大的属性——连助攀手都无法企及的超凡运动能力和巨力。”

“一小时后出发，”卡加西说，“各人用自己蜘蛛的营养调节器调整身体。接下来会一直移动，不休息，记得强化补充剂的配方。不要在移动中消耗太多，别忘了后面还有战斗。”

“提问，”尼姆琴举手，“刚才说到‘至少’这个词，是不是说蜘蛛在不断控制蜘蛛众？”

“是的，”宝莉丝回答说，“但还有一个意思。”

“还有一个？”

“被控制的蜘蛛众，会互相生殖。用自己的肚子怀孕、生子。”

新人们目瞪口呆。他们从没想过还有这样的生产方式。

……太亵渎了。

在这番冲击即将平息的时候，宝莉丝又添了一把火。

“这次讨伐，王也会参加。”

暗室（一）

蜘蛛众之王，朗高尼，第一次见到父亲，是在七岁生日那天。

那天也是他第一次作为助攀手工作的日子。每个助攀手的第一项工作都是把自己的父亲当作客人迎接。

父亲当然是“访客”。

他们是在计算机网络某处构建起来的虚拟度假区“数值海岸”的来访者。是来访问“数值海岸”中的一个区域、被称为“区界”的一个单位、被命名为“通用树区界”的单位的来访者。

那天，养育组的蜘蛛众一大早叫醒了朗高尼，把他带去浴场，让他在洒满红色大花瓣的水池中沐浴。朗高尼清楚地记得花瓣的甜美芳香和清爽，从浴场的窗户照进来的朝阳十分美丽。身体的关键部分都被涂上精油，然后穿上衣服。那是很朴素的衣服，头巾也是一样。必须符合来访者的认知：蜘蛛众的工作服很朴素。但无论是头巾的包裹方式，还是袖口的装饰，都是完整的少年正装。

作为助攀手的第一份工作，七岁要比通常早了两年。这证明了朗高尼的早熟、潜力，以及人们的期待之高。早在出生前，朗高尼就是精英。赋予他的性能是最好的，他也得到了与那能力相称的待遇和教育。父亲爽快地支付了那一切的价格。而在这一天，他将会首次面对那位父亲。

最后装好六只蜘蛛，在两个养育组的人员陪同下，朗高尼向对面走去。

朗高尼住的地方被称为“大学”，这是蜘蛛众共同生活的场所。树干相对规模较小，可能是在雷击导致的火灾中折断过。利用断口处偶然形成的形状，建造了若干房子、塔、走廊和广场。那结构又像城堡，又像修道院，为足足数百名蜘蛛众的生活、锻炼、研究、技术开发乃至政治行动提供了相应的设施。朗高尼一行自昏暗的走廊穿过明亮的广场，走向迎接来访者的区域。在他周围，同龄的蜘蛛众们有的在踢破布做成的足球，有的在练习乐器，还有的在磨小刀。当朗高尼经过时，他们会暂时放下手头的事情，注视未来的王。

父亲已经到了。区界迎接宾客的房间很小，窗户很大，营造出亲密的氛围。斜射的光线在房间里画出对角线，线上有一把低矮的接待椅。父亲正坐在上面。

“早上好。”

“早。”

父亲站起身来。还很年轻，个头不高。椭圆形的脸，披肩的波浪发是深褐色的。石榴色的眼眸，与嘴唇的颜色相配。立领西装和西裤，脚上穿着靴子。那副打扮既像军人，又像探险家。也许既传统又正式，也许带有一些幼稚的少女趣味。朗高尼无从辨别，唯一可以看出的是，装饰着大大徽章的胸口，从内侧向外鼓起。

朗高尼由此发现，父亲是一名女性。

“我很想见你。”父亲微笑道。眼睛下方显出温和、柔软的隆起。

“父亲”是什么？

“父亲”是一种角色，与性别无关。“父亲”就是向“母亲”——装配生命的矩阵——提供一半遗传基因的人。

“父亲”是什么？

除了“母亲”和“孩子”，其他的就是“父亲”。这个区界里，只有通用树是“母亲”。其他都是“孩子”或者“父亲”。这个概念也适用于访客。

通用树区界迎接各种访客。其中最高级的是购买“父亲”地位的访客。也就是助攀手真正的、唯一的“父亲”。“父亲”购买的是助攀手的种子和“监护权”的集合。种子里设定了助攀手的容貌、性格和性能。“父亲”对它进行自主修改后，放入区界运行，也就是让通用树怀孕。

在这个区界中，只有助攀手才有这样的制度。这也是助攀手具有特殊地位的原因。据说，“父亲”的地位是数值海岸最大的奢侈之一。父亲令自己诞生于这个世界的孩子成为助攀手。让他们探索并引导自己领略通用树富于变化的惊异，让他们准备食物、唱诵音乐与诗。同时也作为人生的先驱，作为老练的文明世界的一员，向他们传授知识。由此，父亲和孩子都能获得教养主义式的成长。通用树区界的乐趣非常多样，但毫无疑问的是，成为助攀手的父亲是其中最高级的乐趣。

“你叫朗高尼呀。”父亲说。访客不允许给自己的孩子起名。

“是的。旋转命运盘获得的名字。”朗高尼坐到对面，回答说。

在这个区界，严格禁止将个体所具有的一切特征，比如人种的倾向等，刻意添加到名字当中。身体和名字应当随机化，应当尽可能让一个身体拥有多样的人种（不是融合，而是并存），这是物理世界里种族马赛克的典型表现。这不是区界设计师的个人爱好，而是为了迎合顾客层的道德观。

“好名字。你会成为这里的王啊。”

父亲购买了朗高尼的设计、性能，以及他未来必将获得王位的承诺。肯定是超乎想象的高价，朗高尼非常清楚，必须以相称的方式接待这位访客。

“是的。”

朗高尼想，这位女性在物理世界是怎么生活的呢？他听说过，一般而言，这里的访客所具有的身体形象，与实体之间不会有很大的差异。聪明、文雅、富有的女性。

“父亲看起来非常幸福。”

“啊，当然，对。我很幸福。”父亲拨了拨头发，然后发现朗高尼的一缕头发从头巾里掉了出来，伸手摸了摸，“和我的头发一模一样。”

“您喜欢自己的头发吗？”

“非常喜欢。我的头发，和我父亲的一模一样。”

“我的……爷爷……？”

这时，朗高尼感到包围自己的时空一下子拓展了很多。自己有父亲，还有父亲的长辈。在区界之外……

“哎呀，是啊……对了，总有一天，总会有人，也许是某个来到这个区界的客人会看上你的头发，把你的设计盗用给自己的孩子。真有意思。身体的设计在物理世界和虚拟世界中来回穿梭。”

“差不多该带您去房间了，父亲。”

朗高尼站起身，推动推车。那上面放了父亲的行李。接下来直到父亲离开区界为止，都会由朗高尼一个人陪同。

“好的。”

两人握手。

在整个会面期间，朗高尼一直很在意一件事，但怎么也问不出口。

为什么您不动嘴唇?

为什么父亲的嘴唇不动?

“父亲”的脸上,唯有嘴唇是静止的图像。交谈期间,那嘴唇一动不动。

套房有一半空间是露天的,满眼的绿色与房间的木材和藤艺形成了美丽的对照。带有顶盖的大床周围,亚麻色的窗帘已经拉开了。桌上堆满了五颜六色的水果。套房的一角是助攀手的房间。既是肉亲,又有主从关系,这样的距离感能取悦访客。

“我给您泡茶。”

“好的,我去换衣服。一边喝茶一边讨论路线吧。”

从宽敞的阳台可以俯瞰大学。玻璃杯里装满了朱瑾色的碎冰,和竹编的杯垫一起放在旁边的小桌子上。脚下散发出蚊香的气息。朗高尼把卷起的地图摊在大桌子上。

平面的地图无法绘制出通用树错综复杂的立体世界,只能在各种平面上做切片。不过,当纸展开时,那图像就会在垂直方向伸展开来,通用树在桌子上拔地而起。树枝伸展,森林繁茂。

“我们在哪里?”

朗高尼首先水平滚动地图,然后再垂直滚动,放大其中的一点,那就是现在所在的地方,也就是大学。夸张风格的建筑画颇为诙谐,还加上了炊烟升起的动画。朗高尼介绍了几条面向初学者的线路,又简明扼要地介绍了辽阔的通用树世界布局。

“这个区界真大啊……好吧，这次就交给你了。我跟着你，你选个喜欢的地方吧。”

“您看过指南吗？”

“来这里之前吗？没有。这里不是有你吗？”

假装自己是优秀的探险家，摆出一副很强悍的模样，就是享受这个区界的诀窍所在……当然这话朗高尼没有说出口，因为那样的态度看起来就是这位父亲自然而然的举止。而且，让被动的访客变得主动，也是朗高尼的工作之一。

父亲把玻璃杯贴在脸颊上享受清凉。风从窗外吹进来。盆栽植物的长叶随风摇曳。父亲喝了一口茶，嘴像通常一样张开，喉咙正常地蠕动。朗高尼松了一口气。

“种类很多啊。”

父亲指向放在阳台上的水果盘，芒果、葡萄、凤梨、青柠、荔枝……周围还装饰着更多摘取的鲜花。旁边还排满了按摩和美容用的精油、面霜、香水，以及各种油膏的瓶子。色彩丰富到仅仅看着就感觉幸福。

“这些全都是通用树上采来的吧？”

“是的，用‘诱发’。”

通用树通过药剂、肥料、光照、器具等刺激的组合，表达出无限的形质。你可以从世界中引导和培养出想要的东西，那就是“诱发”。区界 AI 多少需要掌握一些诱发的技巧才能生存。

“父亲，您肯定会喜欢这个区界的。”朗高尼说。他希望父亲能喜欢这个区界，也喜欢自己。因为他永远永远想见父亲。

“朗高尼呀。”

“嗯？”

嘴唇又不动了。但这是父亲第一次喊他的名字。朗高尼心跳加速。

“我有东西给你。”

“……”

“你表情有些奇怪，很紧张吗？你看，我怎么可能忘记自己儿子的生日呢？之前每年都送的，对吧？”

“是的。”

“大家都好吗？关系融洽吗？”

“是的。”

朗高尼掀开上衣的下摆，六只蜘蛛迅速伸开腿，以一种感觉不到重量的动作迅速滑到地上。

“和父亲打个招呼。”

朗高尼说了一句，蜘蛛们弯腿行礼，父亲咯咯笑了起来。这些蜘蛛都是父亲的礼物，每年生日送一只，全都是定制的超高性能蜘蛛。

“你知道今天的礼物是什么吗？”

父亲把朗高尼招到身边。每个人只能有六只蜘蛛。朗高尼低下头。父亲在他脖子上挂了一条项链，项链上垂了一只小小的火箭。

“里面装了药，吃了吧。”

朗高尼按照吩咐，服下小小的硬药丸。他感觉到父亲圆圆的眼睛注视着自己喝下凉茶、喉咙蠕动的样子。

父亲说:“那是改变你身体的药。彻底改造你的连体子,然后就可以加上第七个连体子。”

“……”

“还没告诉任何人,但这样你就更适合做未来的王了。”

“做王?”

朗高尼想起当代的王与历代的王。

历代的王基本上都是以其特别的力量而被铭记的。那力量来自王的父亲、来自物理世界。由富有的访客精心设计、特别定制的力量。

“对,它肯定会成为非常了不起的力量之源。你与生俱来的连体子是用来操控蜘蛛的程序,是把蜘蛛作为奴仆的东西,但这个不同。”

“什么不同?”

“还不能告诉你。”

父亲把朗高尼抱在怀里,年轻女性的体温和身体的质感包裹着少年。那是区界之外的物体,是物理世界绝对性的实在感和存在感。那是朗高尼完完全全第一次的体验。

“……但不会马上生效,”耳边的声音突然变得亲密起来,“要用好几年……对,要用你的好几年时间……让那种能力慢慢成长。你必须驯服那种力量。不过先忘了它吧。这个假期,是要让我开心的。你肯定想象不到,我有多期待这个假期,多期待见到你。”

朗高尼闭上眼睛，品味父亲的拥抱。是的，对父亲而言，这只是一种乐趣而已。

＊＊＊

耳边掠过尖尖的叶尖，险险避开手臂粗细的树枝。

浓郁的森林气息，在枝叶包围的漆黑般的昏暗中，两个人飞跃穿行的速度快如子弹，惊险的移动感。

突然间，漆黑如同被切断了似的骤然破散。两个人跃入鲜烈的光芒中。

八岁的朗高尼已经在远方的树枝上钉进了蜘蛛的锚，朝向那个地方加速跳跃，父亲也以同样的速度跟在后面。六只蜘蛛轮流抛向远处，由丝线牵引着横空而过，从树枝跳向树枝，从枝丛跃向枝丛，随后又像刺刀般钻入另一片灌木丛。

这次的灌木丛有些稀疏。太阳光以飞快的速度刻在近处的枝条和远处的叶片上，化作闪闪发光的跃动切片。向上、向下，父子俩不断在移动中改变角度。鸟儿受惊飞起的时候，在视网膜上留下鲜明的红色残影。原猴一家聚在一起，用瞪圆的金红眼睛看着他们。花粉的香气，苔藓的气息，某种动物啃掉树皮后散发出的新鲜木头味道。他们连续跳进感觉圈中，又把它们甩到身后。父亲在后面发出愉快的叫声。对，忍不住尖叫的兴奋。

在出发前，朗高尼对父亲的身体施展了悬浮术。

一年前，最开始的时候，父亲发现自己明明站着不动，脚下却仿佛快要飘浮起来似的，而且自己身体的实在感和重量感都依然存在，这让她非常惊奇。父亲用脚尖踢踢地面，身体便轻轻浮了起来，并且就这样悬在半空，迟迟没有落下。朗高尼轻轻拉手，父亲便像滑行般飘了过来。两个人相撞时的冲击力意外地强，让父亲发出一声轻轻的尖叫。朗高尼告诉父亲，如果撞到什么东西，会受伤的。

悬浮术是助攀手的秘术，只要精心调节参数，像父亲这样的初学者也能享受与蜘蛛一同飞翔的乐趣。

——横穿过前方的巨大树枝突然闯入视野，直飞过去就会撞上。朗高尼把一只蜘蛛投向前面的斜下方，抓住某根树枝，把方向改到那里。体感差不多是朝向浓绿色错综复杂的方向垂直坠落一般。父亲的叫声变得很僵硬。

脚下的灌木突然消失了。

下面豁然开朗。下方数百米之间，什么都没有。指挥留在后方的蜘蛛制动，速度顿时下降。利用悬浮慢慢降落。听着背后父亲带有几分愉悦的惨叫，朗高尼搜寻应该可以在下方看到的露台群。我会让她像羽毛一样轻飘飘地落地，朗高尼想。小鸟开始聚集到两个人周围。

“我的腿还在发抖。”

身着轻装的父亲坐下来。短袖，像是拳法道服般的礼装。带子和靴子是蓝色的皮革。她伸长腿，笑嘻嘻地瞪着儿子。

“真是过分啊，刚才那么粗鲁，是你故意的吧？”

这里是助攀手建造的“休憩台”。从树干直接伸出来的好几层露台群。在可以观赏麦鲸的区界中造出这样的地方，是为了在前往最下层的途中暂时歇脚。从大学到这里需要三日行程，降过七个以上的桥枝世界，垂直距离大约超过八千米。这里已经是区界的基层、盘根圈的中部了。树相与大学完全不同。今天也是一大早出发的，现在已经快到中午了。在这里吃午饭吧，朗高尼想。

“还有多久？”父亲说。她的注意力被小鸟们美丽的尾羽吸引了。

“半天吧。从这里开始斜度没那么大了，用时可能也不一样。这里已经是通用树的树根了。”

“啊，是那个什么圈吧，我预习了。还看不到‘麦原’啊。”

“如您所见，还看不到。”

朗高尼耸耸肩。树干有着山谷一样的巨大起伏。休憩台位于谷底，视野不好。

哪怕是虚拟世界，要让巨大的通用树直立，也必须设计相应的构造。在大学附近，树干是笔直的，表层相对来说比较平坦，但基底部完全不同。如同溪谷一般的褶皱遍地都是，像迷宫般错综复杂，又像山麓般辽阔无边。成百上千的主干盘根相互缠绕络合，形成了堪称“活岩体”的坚固基础。

不过，由于大部分都处在名为“麦原”的草原中央，所以无法看到。

“肯定是无比辽阔的草原啊。”

一只鸟停在父亲的手背上，这让她很开心。它的翅膀是翠绿色的。鸟儿如此驯服，是朗高尼总在这里喂食的结果。

“嗯，非常辽阔。”他向水壶盖子里倒了些冷水递给父亲，“累吗？”

“不累，没事。而且一切都是你帮我做的。”

访客使用的蜘蛛，当然全都由助攀手操作。

“我可以给它们喂水吗？”

“它们不喝，”朗高尼微笑，“也不吃东西。蜘蛛在通用树上充电。”

“那太可怜了。朗高尼，你可以把它们改造一下，让它们也能吃东西。改变生态，让助攀手可以给它们喂食。那样的话，你们的关系能够变得更亲密，我想访客也会喜欢。谢谢。”

朗高尼接过剩下的水，凉凉的，很好喝。他们交谈的语气比去年随意多了，就像是老朋友一样。这些话语让他心跳加速，非常开心。

朗高尼用汲水给锅里加上水，放入干肉，点上火，又用另一个锅煮谷粒。他的汲水技巧比其他任何助攀手都要好。他可以像呼吸一样把手伸入这个世界的深处。因为他是昂贵的AI。很少有助攀手能在三天里下降八千米，再加上不令访客疲惫的条件，那就更没有了。

“汲水真的很方便。剩下的水我能洗脸吗？”父亲一边用毛巾一边问，“对了，傍晚能看到麦鲸吗？”

“肯定能。”

朗高尼从两个锅里盛了一碗食物递给父亲。

“啊，好期待呀。哎，这个很像古斯米[①]。”

朗高尼不懂这个词，因而选择沉默。那不是不高兴的沉默。他能从中感觉到世界的辽阔。父亲盘腿而坐，把儿子亲手做的饭菜一扫而光。

“唔，很好吃。我的吃相还行吧？”

“还行。”

“你胆子挺大啊。”父亲伸手揪住朗高尼的脸颊。一点也不痛。父亲的手指很温暖。朗高尼希望那手指永远不要放开。

“区界真是好地方啊，可以保持自然。”

父亲的指尖插进头巾里，摸了摸儿子的头发。抚摸了一会儿八岁少年的柔软头发。

但是嘴唇一动不动。

朗高尼确实很不安，也很烦躁。为什么嘴唇不动……他很想问，但没有那个勇气。

到访区界的访客，有时候会在身上施加这样的限制。可能是一种时尚，也可能是一种自残行为。对父亲来说，嘴唇不动肯定是很重要的。朗高尼明白这一点，但他还是想知道原因。

过了一会儿，手指离开了。

“好了，出发吧。真想早点儿看到麦鲸啊。”

父亲站起身。朗高尼感到很神奇。现在父亲的手指沾上了我头发的气息。如果父亲回到物理世界，那她会在这个区界消

---

①couscous，用粗面粉制造，形状和颜色都像小米，是非洲西北部地区的传统主食。

失吗？……然后他反应过来了。

不是消失。

是原本就不存在。

就像她在这个世界的体重一样。

观赏麦鲸将是很好的压轴活动。他们可以观察到一年一度的大群麦鲸。

在视线所及的范围内，金黄色的麦穗随风波动。麦原。这水平的麦草之海，是这个世界的基准面。一切高度都基于这里计算测量。

在朗高尼的引导下，他们拜托捕鲸人，乘上捕鲸艇追踪麦原，在最近的距离上观察麦鲸的巨大身躯划破穗波浮上来。陆栖的鲸，成年的体长可达一千米，可以说是这个区界，不，是数值海岸所有区界中体积级别最大的生物。它的详细生态，只有在麦原以捕鲸为生的一族人才知道——在这个区界。

麦原下面是这个世界的最下层。水平扩散的穗波之下，应该是盘根，但没人见过。那里已经不是区界了。据说那是其他的区界。所以麦鲸是能与其他区界往来的唯一存在。

朗高尼和父亲坐在捕鲸艇上，靠到最近处，承受着麦鲸求爱舞蹈的风压，听到了麦鲸喷气时发出的暴风雨般的声音。长长的尾鳍将天空一分为二。一下高尾，一下低尾。两头雄性鲸鱼把头斜斜探出，你追我赶，速度飞快。捕鲸艇吃了尾巴一击，差点儿翻掉，两个人紧紧抓住捕鲸艇的栏杆。

如此跳跃的、战栗的感动。

麦鲸三分之二的身躯突出在草原上。毫不夸张地说，就像是山在天空中飞。那身体扭曲着，如果山体整整扭转一圈的话，大约会很像吧。单是观看都足以叫人被摄魂夺魄。那身躯眼看着又坠下去。

“来了！”远远传来老捕鲸人嘶哑的声音。之后的事情朗高尼也记不清了。那是足以让身体轮廓消失的冲击。没错，他记得，父亲温柔的手和自己的手本来紧握在一起，然而在这刹那的冲击中，两者的轮廓隐约重叠在一起。

晚上借住在捕鲸人的家里，端上来的是堆成小山的肉。麦鲸的肉。当然，没人能杀死麦鲸。这些肉是来自麦鲸体表的收获物。是算准时期，在捕鲸炮的伤口愈合过程中回收的柔软部分。捕鲸人从捕鲸艇上跳下去，用砍刀般的刀剜出肉块。

“这个就是农业啊。”

父亲咂着嘴，笑了起来。这也是为了迎合访客的罪恶观。访客高兴，朗高尼和捕鲸人便都欢喜。

大大的被褥直接铺在木板地上，裹住两个人。塞满稻草的被褥。这是两个人第一次睡在同一张床上。

“你长大了。”

父亲露出微笑。眼睛下面的鼓起和一年前一样温柔。对了，听说现实的物理世界和区界的时间流速不同。对父亲来说，自己的一年前，可能只有十多天。

“差不多该公布谜底了。”父亲轻声笑道，但是嘴唇一动不动,“毕竟是你的生日呀。”

父亲把左手从被褥里伸出来,给朗高尼看。那里戴着一枚简简单单、没有钻石的指环。

“瞧。”

指环表面有一条细微的分割线,自那条线处分裂、展开。如机关盒一般的复杂内部结构折叠了好几层,收在小小的指环形状里,此刻开始自我展开。父亲把某种压缩程序带到了这个区界。指环脱落,掉在枕边。朗高尼要起身,父亲用手臂搂住他,不让他动。铬,钢,铝,铂,银。各种由银色构成的机械骨架、执行器、动力箱。八条腿。

是蜘蛛。

表面流过一层水银膜,像是在做最后的润饰。具有光滑表面的金属蜘蛛。月光映出朗高尼的脸。

“这可不是普通的蜘蛛……蜘蛛是各个区界都很常见的工具物种,相对比较简单。”

一提到其他区界,朗高尼就会心跳加速。这让他再次认识到自己是虚拟空间的AI。被父亲囚禁在臂弯里的时候,他感觉自己更加强大。

“蜘蛛原本是作为区界的开发辅助工具制作出来的。对,它们的初衷只是为了实现自动化建造辽阔的景观。区界投入运行后,它们的主要任务就成了维护。所以用的都是小个体,动作基本上都是自动化的。没有什么思考能力,也就是像个机器人,修复背景和物体,检查计时器同步之类。你们的蜘蛛比它们强大好几层，但本质上没有区别。”

父亲的话，有些明白，有些不明白。

“但是这个不太一样？”

银色蜘蛛的表面又出现了变化，生出了和助攀手的蜘蛛一模一样的色泽和质感，和其他蜘蛛无法区分。伪装。

“去年给你的药，差不多该有效果了。”

“……？”

“你可以试试那个药，用它。”

“……”还是不太明白。

“这个小家伙不是蜘蛛，是AI。基本上和你具有相同的结构……”

朗高尼静静地颤抖起来。

那是违禁品。

父亲搂着儿子的手臂更加用力。捕鲸人没有洗澡的习惯，两个人今天都没有洗身子。近在咫尺的父亲有股浓密的体臭。这气味也是区界提供的乐趣。在物理世界，不允许连续几天不洗澡外出。但在这里，可以当作一种野趣原谅自己。朗高尼轻柔但又深深地嗅着那股气味。他想触摸父亲的实体。看着父亲的脸，朗高尼刹那间闪过一个念头：父亲的嘴唇是不是会张开？

按照父亲的说法，银色蜘蛛是以培养区界开发者的教程套件为基础的定制品，本身就是一个工作坊。

这个蜘蛛型的工具包里包含了基本的开发者工具套件、区界管理者进行日常操作的工具组，还有数值海岸中普遍使用的几种蜘蛛模式。这些都不是普通来访者可以带进区界的东西。把它们交给区界AI，是一种严重的违规行为，甚至会被追究刑事责任。AI本来也没有操作这些工具的能力。AI无法识别这些工具。看不见，也摸不到。

父亲用了两个办法清除这些限制。一是把它们收容到蜘蛛的外观中。这使得朗高尼可以“看见”它们。蜘蛛的外形是生日礼物的包装。

“还有一个，”父亲说，“没有去年生日送给你的药，你也看不到这份礼物的内容。其他蜘蛛众就更不用说了，连我和区界的管理者也看不到。这里面被加工成类似隐藏画一样的东西，只有从特定的角度去看，才有意义。药物的功能之一，就是给你提供那样的视角。”

一切都是有预谋的。就像把走私的枪支分解成不同的零件包。

“你将成为这个区界的王。我作为父亲，这点儿礼物总要给你。”

父亲放开了搂着儿子的手臂，温柔抚摸他的后背。的确，在通用树区界里，访客是AI的支持者和赞助人，有时也会赠送不合规的能力，但这次的规格完全不同。

朗高尼的目光落回蜘蛛身上，开始小心翼翼地摸它。因为还没连接，所以感觉很陌生，不过摸上去没有丝毫违和感。他的手指贴在蜘蛛躯体的隆起处，从某个地方钻进了蜘蛛身体里。

电光石火之间，连体建立起来。已经在朗高尼内部成长到新高度的连体子，刹那间就把银色蜘蛛识别为一个设备。

朗高尼的视角进入了蜘蛛内部，其中展开的场景就像巨大的图书馆。朗高尼就像捧着地图一样，清晰地读到图书馆的配置。他仿佛站在一个足以看到所有书架的位置上，同时又能看清楚每一本书的书脊。在他对面最远处的墙上，有一个壁龛，如同雕像般伫立在里面的就是父亲所说的AI吧。雕像是成熟的成年人体型。八岁的少年本以为会是和自己年龄相近的雕像，这实在让他应付不来。

按照父亲的说法，那是被称为“白纸AI”的人工智能。当然，这也不是可以交给朗高尼的东西，不是光判为违反使用规则就能算了的。

“差不多算是还没装眼睛鼻子的人偶吧……”父亲说，“给他画上美丽的脸庞。用这个工具包，一点点慢慢来，就像练习本，好好练习，啊，不过……”

父亲放开手臂，仰面躺下。

“……我也不知道自己在做什么，”她看着朗高尼笑了起来，“我真是个傻瓜。”

朗高尼抽出手指，大图书馆消失了，他回到了捕鲸人狭小的房间里。

“你是不是在想，我为什么要这么做？”

“……”

“可爱的孩子，过来。你还只是个孩子呀。真可怜。”

她又把朗高尼抱在臂弯里，然后亲吻他的额头。亲吻。第一次亲吻。

是否必须张开嘴唇才能亲吻?

朗高尼想到这里，抬头看父亲的脸。圆润、温柔。嘴唇虽然闭着，但刚才似乎张开过。肯定张开过。因为朗高尼感觉到温暖湿润的嘴唇在自己的额头动了动。他很想看看嘴唇里面。

切实地看看。对，就像恋爱一样。

“起个名字吧，给这只蜘蛛。起个你喜欢的名字。”

如果父亲能把物理世界的真实名字告诉我，我会用那个名字。朗高尼心中悸动。他犹豫了半晌，最终还是没有把请求说出口。

“……达基拉。”

“达基拉？是这孩子的名字吗？”

“是的。”

“嗯。”

朗高尼决定完全掌握这只新蜘蛛。

断崖(二)

通用树树干上开着无数小洞，足以让人直立通过。其中一个，有位少女坐在洞口，双脚悬在半空晃来晃去。她身材娇小，胳膊、肩膀、大腿都很瘦削。

还有如同火焰般鲜红的头发。

她的身体也像辣椒一样赤红，画满了同样令人联想到火焰的图案。

在月光的映照下，她小巧的鼻子微微翘起，嗅着夜晚的空气。

满是夜晚清新的空气。

少女——琪特萨伊非常讨厌这样的空气。清新的，带着不知从何而来的馨香气息。

她喜欢血的味道。

屠戮 AI 时的新鲜气味很不错。在袭击的村子里过夜，第二天早上醒来闻到的微带酸腐的味道也不错。

她也很喜欢恶露的气味。

分娩后慢慢流出的排泄物有着复杂的气息。新生儿出生后不再需要的、死去的部件，从自己的股间排出来，带有生与死混合的味道。

琪特萨伊是这个区界第一个成为母亲的 AI，也是以残忍著称的强盗头子。

十年前发生的“非鸟的蹂躏”，在通用树上留下了无数的痕迹。“非鸟”经过的地方，原本的木头质感会发生各种变化，有些变得像是多孔的浮石，有些变得像是抛光的银器一样光洁闪亮，有些变得像是黏糊糊的黑色焦油……

而在这里，像蚁巢一样隧道错综复杂的地方，则是琪特萨伊的强盗团伙作为藏身之处的重要堡垒。

琪特萨伊已经屠杀了几百个AI，并且生了十几个孩子。

她现在又怀了一个孩子，距离临盆还有一点儿时间，但乳房很胀，小腹也鼓了起来。琪特萨伊试图回想这个孩子的父亲是谁，好像是几个月前袭击的村子里领头反抗的人，很难对付的老家伙。在打斗的过程中琪特萨伊情欲难耐，扑倒了他。对方四肢都断了还在拼命挣扎，无法相信自己会被体重只有自己三分之一的少女玩弄。徒劳的挣扎显得很有活力，又很可爱。所以琪特萨伊吃掉了他的眼睛，吃掉了他的舌头，又咬下了他脸颊上的肉。在这过程中，她在男人的耳边低语："我会生下你的孩子。"因为你引以为傲的孩子们都被砍了头。

那张脸真的惨不忍睹，现在想起来也觉得很好笑。

琪特萨伊最喜欢的是流血。正因如此，她才特别喜欢战场和产褥。

琪特萨伊微笑着仰面躺下。

自由。

一切都和一年前不一样。

杀死别的AI，自己生育孩子——在故乡的村子打水、照看孩子的时候，从没想到过还会有这样的自己。

现在的自己，被这个图案束缚着。

而这个图案也给了自己自由。

并不矛盾。

被那只蜘蛛强奸，印上这样的图案，自己的人格被重新定义，成为蜘蛛的仆人。AI 堕落到服从蜘蛛的倒错地位，而由此换来的是超现实的强大力量。以前来讨伐的优秀蜘蛛众都不是自己的对手，而且自己还可以怀孕。这个图案甚至诱发出自己从未知道的功能。我，无比自由。

琪特萨伊沉浸在一种令人愉悦的无所不能之中，突然又坐起身子。彭罗特过来了。他也是强盗，没有脚步声。

琪特萨伊对他露出牙齿。是笑。翻起的嘴唇下面露出异常发达的犬齿。

彭罗特把头发完全剃光了。从眼睑到嘴唇内侧乃至手指，全都覆盖着蓝色的绵密唐草图案。琪特萨伊的图案是用粗笔描绘的火焰，与他形成鲜明的对照。

“你真是不长记性。生了多少个了。”

“啊……不生是不可能的。”

“讨伐队来了，快的话后天就会遇上。”

“不错啊，”琪特萨伊舔了舔嘴唇，“不过我有点儿吃撑了。”

“不用担心。这次朗高尼好像也是来真的。”

“来真的，来什么真的？已经没什么能用的蜘蛛众了吧。蠢货招再多也没用。”

“他自己来。”

“哟，”琪特萨伊双眼放光，站起身来，“什么意思？”

“听说王离开了暗室。”

“……是吗？”

彭罗特轻轻扬了下下巴:“走吧。”

“好……轻装上阵。”

琪特萨伊和彭罗特一起横穿过堡垒。

这个由蜘蛛率领的强盗团伙,连同幼儿在内,已经成为多达百人的大群体。

这些强盗都很狰狞。饥饿,凶残,嗜好破坏。非常非常嗜好。

我们是危险无畏的狼群。

我们都受那只蜘蛛——达基拉控制。通过图案,通过这身肌肤与人格边界一体化的信息锁甲。

正因如此,我们才是自由的。

比任何王都要自由。

讽刺的是,我们的“王”,达基拉,反而更为不自由。因为它必须逃离“朗高尼”。

会场里,主要人物都到齐了。

地板是用盐巴揉实的土。琪特萨伊在薄薄的蒲团上找到自己的座位,坐了上去。

房间中间蹲着一个黑色的、如同原油般的液状物体。一条覆盖着硬毛的蜘蛛腿笔直伸出来,突在池外。被蜘蛛腿支撑的其他部分逐渐显现。漆黑的蜘蛛——达基拉的全身仿佛是从浴盆里爬出来似的。等它显现之后,黑色池塘便不见了。

这不是蜘蛛的本体,是远程发来的具有实体的影像,只有极少数的高层才知道本体在哪里。

不会下达任何命令的统治者。

达基拉可以禁用编入AI内部的各种限制。它可以将容纳在AI中但实际并未使用的强大破坏力、妊娠能力及如此凶残的欲望显现出来。

但它不会下达任何命令。

不管我们如何胡闹，达基拉基本上都没兴趣。它只是给了我们初始条件——破坏的冲动和超凡的身体能力，随后基本上是在放任自流。袭击村庄、屠杀、掠夺。用抢来的东西填饱肚子，呼呼大睡，然后交媾、繁殖。行动越华丽越好，越吵闹越好。大概这就是它的想法吧。

迷彩。

达基拉正在推进另一件事。在我们享受掠夺和杀戮期间，它正在悄悄推进另一项与强盗行动没有关系的作业。

“……嘿！”旁边的彭罗特捅了捅她，“快点儿连体。”

琪特萨伊回过神来，开始与达基拉连体。六只蜘蛛与助攀手连体、服从于助攀手，但在这个强盗群体中，配置是完全反过来的。AI从属于蜘蛛。

达基拉将它内部广阔的空间划分出一部分，分配给琪特萨伊他们。在那个小小的昏暗的圆形房间里，连体的强盗们通过图案识别彼此。琪特萨伊化作摇曳的火焰图案，排在精致的彭罗特旁边，接收讨伐队正在逼近这个藏身堡垒的信息。

讨伐队有好几支，其中有两支队伍最近，距离这里只有半日的路程。但他们的速度很快，可能四个小时就能赶到。这非比寻常的速度，是由于轻装的缘故吧。琪特萨伊想起那些年轻人，他们的装扮接近于当年——还有访客时——的助攀手。达基拉提高了讨伐队位置信息的分辨率。两支以惊人速度朝这里赶来的队伍，都是差不多二十人的规模。按这种规模来看，应该是征召部队。五名教官和十五名新人组成的常见编制。

“什么鬼，太小看人了！”琪特萨伊骂了一句，“真以为靠这些小鸡仔就能搞定我们？畜生。”

听说王会亲自出马，她本以为前锋也很不一样。

“算了算了，那只是开胃小菜。”彭罗特安慰道。

另外四支队伍还很远，移动速度也慢。虽然还没到可以仔细分辨图像的距离，但能看出装备相当沉重。

“切。”琪特萨伊很不高兴。她不喜欢靠数量和武装蜘蛛解决问题。

她喜欢和强大的对手一对一战斗。她喜欢那些必须把自己的潜力完全榨取出来，否则就无法战胜的对手。

不过朗高尼的尊驾在哪里？潜伏在重装部队中吗？他打算做个胆小鬼，缩在那里面指挥吗？

“哼，学者王能做什么。”

“你真这么以为？”彭罗特讥讽琪特萨伊的毒舌。

当然她并没有那么想。

琪特萨伊最想战斗的对手就是朗高尼，无与伦比的蜘蛛之王。

达基拉投射的视觉区域猛然拉伸，展现出通用树的壮观树势。

他们所在的堡垒，位于通用树最接近底部的地方，再往下爬半日就是麦原。走到外面就能透过下面的云层缝隙，看到曾经被麦鲸的脊背与喷气装点的黄金穗波。尽管自从那次“非鸟的蹂躏”以来，麦原已经完全枯萎了，麦鲸游泳的景象也都看不到了。

这里是盘根圈，树势最为复杂的区域。不论讨伐队的脑子里装了多详细的地图，己方都有压倒性的地利。

总计四十人的两支小队没有丝毫减速的迹象。他们打算就这样一头闯进来吗？勇气可嘉，但这是自杀行为。

琪特萨伊一向直来直去，而其他强盗则更加狡猾。保护堡垒的陷阱纵横交错，而且大概已经启动了。可能还没到这里，自己还没动一根手指，他们就死绝了吧。

既然这样，我们就去吃点儿碎肉吧，琪特萨伊向彭罗特的图案低语。

琪特萨伊喜欢生与死的边界。在撕咬失去生命的碎肉时，这尤为清晰。

掀起的嘴唇下面，露出犹如洗过的骨头一般雪白的犬齿。

* * *

向下、向下、向下，垂直向下狂飙突进。

在通用树的急峻断崖上，永不停止地埋头向下降。

向下、向下、向下。

比坠落还快，速度令人目眩。十个多小时，连一秒都没有休息过。

这简直不像是自己的身体正在做的事。这让所有人都意识到，昨天之前的攀登是多么悠闲。舒缓地交替投掷蜘蛛，那是为了访客大幅降低难度的攀登手段。助攀手的本领、卓越的运动能力，也许正是在俯冲断崖时才能发挥出来。尼姆琴重新想起，巡逻区界、拘捕和驱赶违法分子，都是蜘蛛众的工作。

只有两只蜘蛛在让人奔走，剩下的都挂在腰带上一动不动。

但那四只蜘蛛并不是在休息。

它们通过连体子与尼姆琴合为一体，驱动这具躯体。单靠尼姆琴本体的运动神经，无法及时处理这种杂技般的动作。这些运算负荷，由四只忠实的蜘蛛并行处理。

肖塔克掠过尼姆琴身边，超过了他。瘦小的身体简直不是往下跑，而是像弹跳球一样充满弹力感。他的身体是斜的，上半身悬空，在脚下和他并驾齐驱的是他的蜘蛛。那两只蜘蛛有时会抓住肖塔克的身体帮他保持平衡，有时又会抛出丝线引导前进的方向或进行制动。一个 AI，两只奔跑的蜘蛛，四只停在腰间的蜘蛛，这是一个完美的联动单元。尼姆琴也加速要反超回去。跳跃。超过几个人，又被超回去。呼吸并没有乱。他也没想到自己会有这样大的潜力……他听说过传言，说学者王朗高尼将区界配置对象背后的潜力完全挖掘出来了……他想自己终于知道这话的真正含义了。

每时每刻都有新的信息传入。

朗高尼王的随从一直在发送信息。蜘蛛接收那些信息，通过连体子形成一条不间断的信息流，汇入尼姆琴的思想。

他读到了无数关于强盗的画像、文件，也加载了他们战斗动作的回放数据。

看到强盗依次袭击排在一条树枝世界上的各个村庄的记录，尼姆琴感到非常难受。不分青红皂白的狂野暴力。对牺牲者遗体的亵渎。讨伐队纷纷泯灭的景象。

他庆幸自己现在是在飞速狂奔。如果静静地坐着阅读这一切，自己可能会承受不了。

肥胖丑陋的强盗，竟然比任何精悍的讨伐队动作更快，把对手的双臂逐一撕扯下来。披着蓝色图案的强盗，指挥上百只小蜘蛛，把许多讨伐队的 AI 活活肢解。先拆成碎片，再组装成多足战车，骑着它踩死其他讨伐队员。外形像个小女孩一样的强盗，烤熟了村民，大快朵颐。她的小腹大大鼓起，乳房沉甸甸地垂着。尼姆琴看到那大大的眼睛里闪耀着欢喜的光芒。

向下，向下，向下。

尼姆琴在头脑中展开准确的树势图，那上面清晰地画出了接下来要去的强盗堡垒，还有自己以及其他讨伐队的位置。

其中的一队，看起来很快就要和尼姆琴的小队走上同一条路了。

当那个小队十分接近（但还不能看到）时，尤里的话传了过来："开始了。"

战斗突然开始。

另一群人忽地现身。他们发出威胁性的怪叫，杀了上来。

敏捷如电。残酷无情的动作似曾相识，和刚才在脑海里看过的强盗动作一模一样，还挥着蜘蛛众很少用的巨物。

尼姆琴一边跑，一边避开掠过耳朵的斩击。蜘蛛们努力拉回了他踉跄的脚步。敌手并排插入了尼姆琴的小队，打乱阵容，阻碍前进。有人被绞住胳膊，失去了速度，像是被击飞似的远远落向后方。

这场战斗不是真的。

这也是在脑海里展开的模拟战斗。

与此同时，尼姆琴他们还必须完成另一项任务。他们要将刚才获取的强盗的动作和武器数据载入自己的身体，挥舞着沉重的门板刀冲进对方的小队。

实际上两支小队还没有相遇。实体正沿着通用树的断崖向下飞奔。在此基础上，将双方的视角替换，同时开展虚构的模拟战，还要控制好正在以疯狂的速度向下冲的身体。尼姆琴将分配的运算能力用到极致。

冲进盘根圈时，模拟战结束了，下降的速度也放慢了。两支小队首先会合，随后又散开。这两支小队打头阵，之后再投入四支队伍。王亲自指挥这六支小队。这就是计划。

随着在通用树上的位置下降，树势的状况也在变化。

垂直耸立的主干逐渐转变为水平展开的根部，这就是盘根圈的区域。笔直的断崖线开始出现褶皱般的起伏，并且宽度和高度都在增加。在垂直方向上呈现出山丘地形的模样。这的确是天然的要塞，而且在“非鸟”经过后，许多线条都患上疾病交错在一起，让情况变得更为复杂。地利显然在对手那边。

尤里选择了当年助攀手用作休息点的地方。那像是一座棚屋，很久没有维护，已经快烂光了。在丝幕周围挂上了信息迷彩后，宝莉丝的队伍把疲惫的身躯搬进那里面。尼姆琴跌坐在地上，再也动弹不得。蜘蛛们开始全速运转，分解疲劳物质，补充失去的营养。

“哎呀哎呀，终于到了。”

卡加西看起来也很累，但举止还和平时一样，确实厉害。乌戈一屁股坐到旁边。

尼姆琴感受着身体迅速恢复，在头脑里回味着模拟的攻击手法。那不是脑海里的模拟战，是两人一组共二十组袭击“蚁巢”——姑且这么称呼。这场攻击的目的是敲打“蚁巢”，获取强盗团伙的构成，以及达基拉真正位置的线索。那成果将会传给主力部队——朗高尼率领的蜘蛛军……

“喝水吗？”

雅夫雅和肖塔克坐到对面，周到地泡了茶。尼姆琴感激地接过来，喝了一口热茶，觉得自己又活过来了。他试着说起自己对作战安排的想法，肖塔克笑了起来：“不会那么干的。”

“哎？”

“因为我们就这么堂而皇之地说出来了。肯定是说给强盗听的。哪有就这么用的道理。最重要的是，如果真是那种安排，早该分配手榴弹给你了吧？”

这么说来，确实没分配。

雅夫雅咧嘴一笑，偷偷亮了一下分配给自己的炸弹。

尼姆琴顿了顿，刚想反驳——

“？”

他突然有种违和感。看到了什么东西。一个好像有毒的东西掠过视野。那是什么？

“？”

肖塔克和乌戈也都眨了眨眼。他们也感觉到什么了吧。某种非常令人不安的东西，危险至极的东西。三个人的视线停在同一个地方。

雅夫雅的脸上。

“嗯？这是——”雅夫雅僵直的舌头想要说什么，但已经失去了机会。

舌头变色了，整个变成鲜艳的紫色。那上面密密麻麻画着橙色的图案。在判断出那是什么之前，每个人都跳离了雅夫雅身边。他们的后背撞开破败小屋的墙壁，滚到外面。透过破损的墙壁，尼姆琴继续观察情况。雅夫雅嘴里溢出的图案覆盖了他的脸，然后是脖子、胸、手臂、腹部。只有一个人没有后退，而是扑向了雅夫雅。是卡加西。

卡加西根本不看雅夫雅右手伸出的刀子，她用新月形的小刀一挥，斩下了雅夫雅的左手。那手里不知什么时候已经握住了一个发着微光的球体。是刚才的手榴弹，威力足以炸死小屋里的整支队伍。

卡加西饲养的蜘蛛中，有两只跳了起来，拉起丝网。雅夫雅的手腕被网缠住。蜘蛛先落到地上，随后又跳得更高。借助跳起的势头，连丝网带炸弹一起扔了出去。

两个人影交错。雅夫雅踩上卡加西的肩膀，高高跳起。

尼姆琴听到尖锐的咂舌声。

卡加西。她的身体即将被肢解。

被雅夫雅饲养的蜘蛛。

六只蜘蛛，在卡加西的人格边界上造成了无数的裂痕。被雅夫雅一踩，裂痕扩得更大。肩膀上显出一道锯齿。手臂的根部已经摇摇欲坠，但卡加西依然在笑。那不是情感冻结，是她强行认定这还在“预想的范围”内。卡加西的蜘蛛扑向雅夫雅的蜘蛛，纠缠在一起，互相攻击破坏。

“尼姆琴！”卡加西用健康的肩膀抛出新月刀。尼姆琴接过来。出乎意料地轻，但平衡感很好——

冲击波敲打他的鼓膜。

雅夫雅的手腕在远处爆炸了。冲击波不止一次。两次、三次。那本应该是这次讨伐的秘密武器。它是一种多功能的小型炸弹，可以通过使用者的操作来控制方向。四次、五次。周围的一切都被震飞了。好像出现了脑震荡。被爆炸卷起、在地上弹了好几下。

在这种稍有疏忽就会掉下树干的状况中，尼姆琴的头脑飞速运转。他开始明白雅夫雅是怎么被附身的了。

问题应该就是强盗的战斗回放数据。那是从实际发生战斗行为的区界运算数据中回收的。为了模拟战斗，他们把那些数据临时加载进来，在自己的身上运行。如果强盗袭击的时候，刻意控制自己的身体，在数据中留下陷阱，那会发生什么？如果那是专门在重播数据时攻击AI最为脆弱的部分——连体子——的陷阱呢？

尼姆琴发现自己悬在半空，死里逃生。新月刀钩在断崖上。但紧接着又是一波冲击撞上了尼姆琴。别处又有新的炸弹爆炸了。一大块树皮刚好击中他的侧脑，他就这样晕了过去。

他感到有人抱起自己……

* * *

琪特萨伊清楚地记得自己被黑蜘蛛侵犯的那一天。因为那一天彻底改变了她生命的意义。

故乡的村子擅长制作铜版画，依靠把铜版画卖给访客和富有的蜘蛛众谋生。那一天琪特萨伊去河边打水。那片土地本来水井就少，田地也很贫瘠。虽然有幸躲过了“非鸟的蹂躏”，但从那以后赖以为生的水井就干涸了。她背着素烧的陶罐，双手提着皮袋。冷风吹得光脚生疼，全身咯吱作响。再过三年，就是能让通用树生下自己孩子的年纪。多生几个，把他们养大，就能把打水的事情交给他们，然后就会有更艰苦的任务落在自己身上。看不到头的沮丧。

花了整整半天回到村子。达基拉在村里。

围着干涸的水井，AI 散布在小得令人难堪的广场上。有的像是承受不住内部的压力而崩溃了，有的像是干枯似的缩成一团。所有 AI 身上都浮着奇怪的图案。而比牛还大的漆黑蜘蛛，按倒了井边的彭罗特。

看起来像是在凌辱他。

覆盖着短短硬毛的棒状器官插在彭罗特身体里。自幼熟识的少年剧烈抽搐，一边抽搐一边惨叫，那声音不知为何——

像是充满愉悦。

陶罐掉落、碎了。那声音让达基拉看到了琪特萨伊。它拔出器官，来到少女身边。彭罗特虚弱地躺在原地，细密的蓝色线条画正在体表增殖。看着这一幕，琪特萨伊张开双臂，抱住黑蜘蛛。她抬起一条腿，搭在达基拉肩上，希望它像对彭罗特那样对自己。

就像是原版被酸液洗过后生出美丽的铜版画一样，琪特萨伊的边界受到腐蚀，被写入许多代码。它向汲水的少女许诺了强大的破坏力、残酷性和生殖之力。

原先的破败感被尽数剥离，宛若脱胎换骨般的新生。

从内里沸腾而上的残忍令人愉悦。酸液清洗之后，原本就存在的东西清晰地浮现出来。但琪特萨伊也知道达基拉真正做的是什么。达基拉把自己内部的某种东西，注入了琪特萨伊（以及其他强盗）。它们结合在一起，形成了新的琪特萨伊。

琪特萨伊舔到了大大的犬齿，那是自己新生的标志。

从那以后，她总是选择强大的对手战斗。想到马上就要遇上最强大的对手——朗高尼，她便兴奋得无法自已。

这个世界看上去野趣盎然，实际上却是对政治正确敏感到卑躬屈膝的世界。朗高尼肯定深知这一点。琪特萨伊想，即使剥离了虚妄也能一命换一命。所以她不想躲在“蚁巢”里迎击讨伐队，因为这就像是眼睁睁错过一顿美餐。

彭罗特叹了一口气。

“已经干掉了那支讨伐队，没必要非得去冒险了。朗高尼的主力还没来，你等那时候再发泄吧。”

“还有人活着，不能放他们逃走。这也是为了和朗高尼的主力好好打一场。”

强盗头子们不耐烦的嗡嗡声在达基拉内部响起——行了行了，都说到这一步了，随她去吧。不让她去，她也不肯老实。

琪特萨伊笑嘻嘻地点点头。

大家都讨厌自己。讨厌就讨厌吧。这就像是讨厌自己的阴暗面一样，但是又不能不承认。这是每个人都有的性状，都是达基拉注入的，只不过频谱的波峰刚好表现在自己这里而已。

“那么我就去尝尝。”琪特萨伊减弱了连体，钻出达基拉，站起身来。

一个小喽啰把一只像马一样大的蜘蛛牵过来。那东西只有琪特萨伊能骑。她一跨上去，蜘蛛便像黑旋风一样冲了出去。

* * *

尼姆琴发现自己倒在卡加西的脚边。

太阳穴湿漉漉的，大概是渗出的血液快要干了吧。尼姆琴晃了晃头，集中起来的意识似乎转眼又要逃掉。

他掉在距离第一次爆炸的位置百米以下的地方。大概已经降到“蚁巢”的海拔了吧。尼姆琴位于盘根圈某个山谷的底部，周围堆积着厚厚的腐殖土，尼姆琴和其他所有人都是一身污泥。

“卡加西……”

别出声。会被听到。卡加西打了个简单的手势。

她的右臂没了，在刚才的攻击中失去了。

她怎么把尼姆琴抱过来的？这时候尼姆琴才发现乌戈站在旁边。他也满身污泥，但好像没有伤，依然沉默寡言、超脱事外的样子。这里只有三个人。其他人怎么样了？

尼姆琴看到自己的蜘蛛还在周围，确认过都还有连体，不禁松了一口气。连体子是蜘蛛众的最大弱点，所以每个人都原样备份了连体子。看到雅夫雅舌头上的图案，尼姆琴便意识到自己的连体子可能也被污染了，所以他朝后跳的同时也废弃了连体子，换上了备份的。

卡加西和乌戈大概也是这么做的。

那个继续放你那边。卡加西又用简洁的手势说。

尼姆琴用了半秒才意识到他指的是新月刀。信息处理速度好像很慢，是损伤程度超乎预想吗？他把身子下面的新月刀拔出来。全是泥。尼姆琴小心地擦了擦刀刃。幸好没有太大的损伤。刀刃映出月光。

！

尼姆琴意识到自己的错误，僵住了，卡加西和乌戈也是。刀不是脏，是被污染了。在他昏迷期间，其他人给刀刃涂上了泥，就像把整个身体涂上泥一样。这是为了尽可能不被发现。

被发现了。

这不是恐惧，而是沉甸甸的实感。有人发现了毫无防备的三个人。

那气息迅速逼近。不……已经不是气息了，而是真实的声音。几十个脚步声，沙沙作响的声音。

来了。

在哪儿？

乌戈慢吞吞地站起来，很少见地开口说话：“来吧，让我看看他们的手段。”

卡加西叹了一口气。虽然少了一条胳膊，但还是可以耸肩。“没错。”她嘟囔了一句，微微一笑。

飞速逼近的声音突然间化作空白。

伪装的音像。假动作。集中在耳朵上的感觉刹那间失去方向，这便形成了破绽。

冲击波沿着树干笔直冲下来。

如同一把大刀，将盘根圈错综复杂的起伏形成的长城般的地形尽数劈开、粉碎、震飞。

尼姆琴看到那超音速的浪头上站着小小的破坏者，跨着马匹般大小的蜘蛛，红色的头发在空中飞舞，身上披着火焰的图案，就像是掌管冲击气浪的小小风神。看到冲击波——那大约是少女骑的蜘蛛发出的——的威力，尼姆琴强按住无力感，紧紧握住新月刀的刀柄，双腿撑开。三个 AI 迎面撞上了冲击波。冲击气浪遮蔽了所有的视野，轰鸣让一切声音都归于无效。

就在这一刹那，一条细细的手臂从背后缠上尼姆琴的脖子。什么时候绕过去的？

尽管几乎没有什么压迫感，呼吸的通道却被夺走了。可怕的暗杀力。

不要——骨头碎裂的声音响起。

暗室（二）

朗高尼曾经接待过一位没有手指的访客，那双手就像舀糖饴的勺子一样圆润光滑。也有访客没有把耳朵带进区界，只有一侧留下了一个设计得如同花瓣似的小小耳垂。还有双眼总是缠着绷带的访客，只在大学周围的有限空间里闲逛。“这样很好，”那位客人说，“我就是为了感受这样的状态而来的。”

在接待那些访客的过程中，朗高尼也开始明白，父亲让嘴唇静止不动，也是一种爱好和品位。

抛弃某种东西。

或者，封印。

无意识的，或者真切的，或者只是当作装饰。动机各不相同，而且这样做的访客也是少数。

当然，对于任何访客，朗高尼都以最高的诚恳和技术为他们服务，但是朗高尼真正焦急等待的是他的父亲。父亲每年只会在生日来访。为了这一天，朗高尼比任何人都要更加努力地了解这个区界。他希望父亲知道自己这个世界的复杂与多样。

藩王西塔科比的树枝世界充满了呛人的花香。通体漆黑的花瓣，只向隐匿的观察者展现多彩的颜色。黑漆漆的果实也是一样，只有剥了皮，才会显示出宝石般鲜艳的色彩。AI 西塔科比在这个世界设计的丧服，在物理世界深受重视。父亲要了好几件，非常开心。

名为“斜塔”的细长树干上没有树枝，内部是白蚁用纤细的颚雕出的高迪风格建筑。父亲和儿子的身体紧贴在一起，攀登那如同干燥的木雕内脏般狭窄的山路。穿过出口时，眼前全都是蚂蚁，它们颤动着透明的翅膀胡乱飞舞。那就像处在龙卷风的中心。

野生蜘蛛密集的“蜘蛛牧场”是一片辽阔的露营草地，位于无人树枝世界的分叉处。一只巨大而温顺的蜘蛛在吃柔软的草，两个人钻到它的下面，用嘴贴在腹部，品尝如同奶茶般的分泌物。

父亲从来没有让他看到过嘴里的样子，但两个人是最幸福的。

父亲很高兴看到朗高尼一年年长大。

朗高尼并不健壮。与异常发达的运动能力相悖，他的体型有种纤弱的倾向，精神上也是。

父亲有一次说过："第一次见到你的时候，看到你的眼睛，那里面完全没有作为未来之王的眼神，有点儿吃惊。"父亲在儿子耳边低语，"你应该更有攻击性才对。"

但是随着年龄的增长，个头长高了，肌肤晒黑了，头发变硬了，胡子也开始长出来了。迎来了青春期的变化。父亲抚摸着坚硬的脚踝、耸起的肩膀、腿上的汗毛，眯起眼睛。发质总算开始和自己不一样了，她说。你的眼睛不是剧烈的火焰，而是深邃的深渊。深不见底。

朗高尼全身心地努力记下父亲说这话时的模样。娇小柔软而丰满的身体。褐色的头发。眼睛下面的隆起。一年只能见到一次，然后……

"朗高尼，你工作室里的蜘蛛数量又多了吧？"

"蜘蛛牧场"有一张莲叶形状的绿色睡床。父亲全裸躺在上面，让朗高尼给她放松。用椰子油和柚子油按摩，然后用姜汁和橙皮擦洗。朗高尼的手在父亲的身体上游走，给仰面的额头倒上温热的精油，那精油顺着褐色的头发流淌下来。健康纯正的香味让两个人很放松。

"是啊。"朗高尼一边按摩一边回答。

"明天给我看看。"

"好的，带你去暗室。"

"你的工作室。"

八岁时的礼物是一个无穷无尽的庄严的知识宝库，也是一个必须全身心对抗的对手。朗高尼差不多每天都把所有时间花在那里。当然，他也必须完成助攀手的工作。为了兼顾两者，朗高尼基于白纸 AI 制造了自己的变奏体，让他在达基拉的图书馆中自由研究。

不知道父亲听到这个消息，会有多惊讶。第一次制造变奏体的时候，九岁的朗高尼用战栗的手指抚摸着另一个自己想。

朗高尼将那些研究中获得的知识全部动员起来，展开实践。他的野心之一，是成为蜘蛛的育种家。

为此，大学的一角建起了实验室、工作室、研究与思考与试制的场所，那就是朗高尼的"暗室"。在十五岁的朗高尼引导下，父亲走在两侧陈列着儿子大大小小的习作和完成品的通道上，和往年一般赞叹不已。

爬虫蛛。在通用树的各个树枝世界和主干世界巡视、搜集信息的蜘蛛。

归档蛛。整理爬虫蛛搜集的信息，送到"图书馆"的蜘蛛。

建筑蛛。筛选采集通用树的材料，进行大规模诱发和土木建设的蜘蛛群。

游戏蛛。能让拇指指甲盖大小的蜘蛛进行对战和游戏的新种。对于五颜六色的鲜艳色彩有敏锐的辨别力。

棘柱蛛。大幅强化助攀手的工作功能的蜘蛛，以及空前的发明——连体子。

父亲对这些每年都变得更加精巧且大胆的作品赞不绝口。看到上一年的成就，本以为不可能再有更好的了，然而下一年朗高尼又轻而易举地拿出了更好的作品。

然后就在十五岁那年，父亲在暗室里看到了新的发明。

黑蜘蛛。那是从未见过的巨大蜘蛛，长着密集的短短硬毛，身高大约是父亲的四倍，体长又是身高的三倍。它折叠着腿，正在沉睡。即使是土木建筑蛛也没有那么大。

“好大呀，太大了。这是做什么用的？”

“……怎么说呢，我也不知道。我就想先造出来再说，于是就造出来了。”朗高尼嘿嘿地笑了。

“怎么了？”

“你还没发现呀？也难怪，样子变了很多。”

“？”

“嗯，你从这边看。”

朗高尼在旁边操控父亲的视觉。父亲的眼睛应该能看到覆盖在蜘蛛表面的银色覆膜吧。那是她熟悉的颜色。

“达基拉这么大了？”

“因为我改了很多东西。”

朗高尼调回了操作。就像父亲当年做过的那样，这次朗高尼把这只蜘蛛设为了“不可见”。

父亲说：“走吧，我想呼吸一些新鲜空气。”

“好的呀。”

父亲笑了：“你不知道我现在有多开心，多骄傲，又有多寂寞。”

“怎么了？”

朗高尼走在父亲身后，回头看了一眼。如果父亲知道此刻达基拉内部正在孕育什么，还会感到“骄傲”吗？

明年给你看成果，朗高尼想。父亲肯定会大吃一惊。

最终没有实现。

某一年，朗高尼与父亲的关系突然结束了，像是被斩断了似的。不仅如此，区界与访客的关系也是一样，从某一天开始便完全断绝了。

突然有一天，一个人——一个访客都不来这个区界了。店铺和平时一样开门，却没有一个客人来访。区界第一次尝到了这种狼狈的滋味。没有任何人预想到这种情况。助攀手的预约，安排好了接下来至少好几个月，通用树区界应该还是一如既往地繁荣才对。区界中和平时完全一样，只是完全没办法了解外面的情况。大学的主要人物惊讶地意识到，他们从来没有任何手段能从区界向物理世界“发起交流”。没有任何办法了解访客的世界发生了什么，只知道不知什么原因，这个世界的电源还没有关掉。

断绝一直没有恢复，AI们的困惑迅速转为不安和恐惧，又从恐惧进一步恶化成绝望。仿佛在给这个“大断绝”推波助澜似的，先王在三十二岁时急逝。蜘蛛众通常很早就会过世，所以先王的时间本来也差不多了，但这个时机还是太糟糕了。

朗高尼的加冕就在这样的混乱中举行。统治树枝世界的各地藩王密集举行密谈，设下重重密谋，出席加冕仪式。豁达的先王善于掌握人心，与藩王们建立了亲密的关系网，然而朗高尼给人的印象则是沉溺于无用实验的孱弱者。许多人认为，蜘蛛众必须要有访客的威望和后盾才算正统。世俗的力量甚至超越了藩王们的密谋——实际上就在这一天，命中注定朗高尼将会丧命在阴谋中。

加冕仪式在大学的大会堂举行。

会堂位于外围的大树林里，参加者需要走路过去。藩王们首先被护卫自己前进的蜘蛛和骑手们吓了一跳。肢体如同纯种马一样美丽，体型完全相同的十几只蜘蛛，行走的步伐一丝不乱。戴着崭新头巾、不到十岁的蜘蛛众，完美地驾驭着那些蜘蛛。藩王们意识到，蜘蛛的标准化和量产方面发生了某种革命，AI 与蜘蛛的合作带来了划时代的技术。然后在那队列的外侧，沿路如建筑物一般排列的威严蜘蛛也让他们震惊，甚至是恐惧。本应该存在于神话中的建筑蛛——参与通用树世界创世的蜘蛛，就在眼前。而且可以清楚地看到它们具有武器装备。

木质结构的质朴会堂，在加冕之日，墙壁会刨去薄薄一层。木屑和崭新的墙壁散发出馥郁的香气。加冕仪式的装饰仅此而已。一切冗长的手续也都没有。参加者全数进入会堂后，大门便关上了。乐器在某个看不见的地方奏响，几枚金属簧片吊在空中敲响，长长的余韵宛如色彩般弥散在空气中。正面的墙壁上雕刻着通用树的纹章和蜘蛛的纹章，朗高尼出现在下方。他已经穿上了王的装束。只要弹响佩刀，宣布新的治世开始，仪式便完成了。

就在这时，会堂外响起不同寻常的声音。那是藩王们带来的下级武士在喧哗。辱骂、嘲笑、粗俗的话语。酒馆般的骚动席卷会堂。参加者交头接耳，会场里呈现出一片紧张气氛。

朗高尼的表情没有丝毫变化。

然后，声音戛然而止。

毫无征兆，外面的声音突然消失了。

发生了什么？没有任何打斗的声音，也没有痛苦的叫喊，那些武士的气息骤然不见了。会堂里鸦雀无声。

无声持续的时间越长，动荡不安的想象便越是让参加者焦虑，尤其是主谋的藩王们。

其中一个无法忍受不安的人，向旁边的护卫发出信号。护卫站起身，伸出一只胳膊指向仪式台。衣袖裂开，露出一把弩。反复锤炼的暗杀剧本，只有最后一节得到了敷衍了事的执行。绷紧的弩弦射出铁箭。

箭没有射到朗高尼面前。它在参加者的头上、在会堂中央失去了速度。或者说，它飞得越来越慢，直到在半空中停了下来。没有继续飞，也没有下落。朗高尼对箭毫不在意。他敲了敲佩刀，装饰在上面的铃铛发出清脆的声音。随后，他用自己而不是仪式要求的话语说了起来。

这位十六岁的王，坦率地、毫不遮掩地说起了当下的绝望状况。他也讲述了自己对物理世界那失却的联系有多思慕。他阐述了维持和加强通用树繁荣的意义。

参加者们被年轻的学者王的魅力吸引。在整个讲述的过程中，箭就像是被忽视的笑话一样悬在天花板下面。在他们离开会堂的时候，外面并没有他们所恐惧的景象。武士们不见了，每个人都消失了。藩王们忍受了恐惧，熬过了那天晚上朴素的宴会，第二天一早便像逃跑般返回了自己的领地。

就这样，朗高尼成为蜘蛛众的新首领，作为区界的新王而即位。

最后一位藩王回去后，朗高尼独自回到他的大暗室。

达基拉迎接它的主人。朗高尼一如既往走了进去，走进划为图书馆的内部空间。那是个辽阔的空间，比大暗室和会堂都要大。白纸 AI 如同雕像般伫立在藏书森林的最深处。不对，应该说是曾经的白纸 AI。

那周围有几个朗高尼的变奏体，就像是聚集在公园铜像前的少年。有的在给工作的小蜘蛛喂食，像是在公园里给鸽子喂面包屑。

“一切顺利吗？”其中一个问朗高尼。

“和预计的一模一样，很没意思。”

“那肯定的。”

“现在肯定都吓坏了。”

“因为想闹事的家伙全都打包送回藩国了。”

体形和声音各不相同的好几个朗高尼，带着不同的话语和思绪，从藏书森林的各处飘出来。有的如同幽灵一般稀薄，有的又如铜像一般浓密。他们常驻在达基拉内部，专注于各自的研究领域。现在出现的短发朗高尼正热衷于在 AI 的人格边界上打印图像式的控制因子。他认为，这样可以封禁束缚区界AI的伦理规范，赋予他们危险的行动原理。出现在另一个角落的朗高尼身高达到三米。他每天都把自己替换成非现实的大小。几十个朗高尼——他们都是利用这个白纸AI素描出来的朗高尼的自画像。

“还是这里舒服。”学者王朗高尼说。他自己也在白纸AI下面坐下来。有人在高脚杯里倒了饮料递过来。

“那是当然。这里只有你。”

在啜饮的时候，朗高尼意识到周围的话语和思绪正在浸润自己，不，应该说是自己在主动参考。这是令人愉悦的体验。是的，人类似乎就是这样思考的。识阈下总是在处理看不见的任务，有时则被整理成报告浮出识阈。

“只有一个不是，对吧？”

七岁时的——对，就是第一次见到父亲时的那个自己，问朗高尼。他的身体散发着那天早上沐浴的气息。

朗高尼保持着坐姿，扭转身体望向斜后方。

曾经是白纸AI的东西……

那是……

“像是磔刑图。”有人说。

双臂横向张开，确实像是钉在十字架上的姿势。

眼睛闭着。

眼角似乎带着一抹微笑。

全身都散发着那令人怀念的气息。嘴唇也是紧闭的。

朗高尼的眼睛里浮现出宛如做梦般的神色。

伪造的“父亲”，以被钉死的姿势昏睡着。

* * *

热牛奶倒进桶里。

往里面滴几滴醋，轻轻搅拌。桶里各处开始慢慢凝固，那种难以捉摸的感觉……在白纸 AI 中产生出微睡与清醒交错的断续意识。

在此之前，朗高尼在这白纸的表层素描自画像，然后剥离下来制成变奏体，放在图书馆里活动。

但这次完全不同。他要使用白纸 AI 的整个频谱，进行大规模的实验。

桶，就是白纸 AI。

把窃取自父亲的碎片放进去。

来到区界的拟姿一旦被物理世界回收，便不会在这个区界留下任何痕迹。

但是，拟姿处于这个区界的期间，又确实是实际存在的，能与区界对象发生相互作用。触摸花朵，花茎便会弯曲。啃咬果实，便会留下齿痕。走上沙地，也会留下足迹。大笑的气息会摇动空气，舔玻璃杯的边缘会隐约留下唾液和味道。而且仅仅是存在于某处，便会挤开那里的空气，反射虚拟光源发出的光。人不可能不在世界上留下痕迹。可以说，那些贯穿人一生的痕迹的积分才是真实存在的。或者至少，能够从中获得实体的阴模。

朗高尼一直在收集这些痕迹。从七岁的那天早上，父亲抚摸他头发的时候开始。区界依靠高度的计算能力逐帧生成。朗高尼可以参考那些历史记录，将其作为数据提取出来。即使不能直接复制父亲的拟姿，也可以复制拟姿如何干涉区界的其他事物和现象。朗高尼搜集了那些。得到达基拉后，他学会了如何将那些细微的痕迹保存在达基拉内部。将那些组合起来，一点点制成父亲的阴模。他梦想着有一天把那些碎片组合到白纸上。

工具都齐备。白纸AI、加工工具，还有程序库。朗高尼需要考虑的只是如何提高自己的技术。

朗高尼把搜集的父亲碎片丢进白纸AI中定型。碎片在地基上离合聚散，同时思考自己到底是什么东西的碎片，直到一个与父亲极其相似的身影浮现在白纸上，那身影开始努力回忆出自己的意识。访客拥有的真正的身体，欲望忽而聚集忽而分散，形状在这样的重复过程中逐渐固定下来。像小个子的男孩一样，性征很不明显的女性身体。柔韧的骨架，手感舒适的皮肤。不知道那是访客本来的形态，还是变形成非平衡的状态。

进一步捏紧它的是朗高尼的手。

每次来访，朗高尼都会给父亲做全身按摩。他的手包裹在淡淡的官能微光里，精心赋活每个角落，用手掌记住父亲的身体。朗高尼爱抚着白纸AI，将双手所保存的父亲的记忆注进去，将零散痕迹的碎片整合到一起。

这是哪里，我在哪里？诞生的意识在思考。

安静的大房间。几十个文静的少年如同影子般来来往往。

尽管外形各不相同，但那些孩子却像兄弟似的，气质十分相似。

是这些孩子创造了我。

我好像被钉在十字架上。缓慢的麻痹像薄膜一样覆盖着我。

那些少年们轮流来到这里，亲吻我的腿，抚摸我的小腹、腿和胸膛，吸吮我的嘴唇。

有时少年们会“诱发”我。

对这具身体进行各种加工和变形，令我身体的某个部分膨胀或缩减。

就像孩子们抓住青蛙一样，残酷的游戏。

那也不错。因为我知道你们都沉溺于我，我很惬意。

因为自己被摧毁的痛苦与悲伤都是很惬意的。

但，还是寂寞。

因为……

——某一天，“父亲”非常不安。

浑身发痒。就像小虫子在皮肤里蠕动，又像口中随时会爆发出意想不到的大笑。愉悦的，但不稳定的律动，在体内不停奔跑。

一个少年独自走过来。他来到和脸庞同样的高度，将嘴唇贴在唇上。在瘙痒的催促下，她张开口，接受了少年的舌头。

少年十分震惊，他退后一点盯着她的脸庞。那表情显得很可爱。

是吧？

你想看我的嘴里吧？

一直都想吧？

她变得非常温柔。

那就看吧。

她大大地张开口。

自己的口裂到了耳边。这是一直在忍耐的。在来到区界的很久很久以前就在忍耐的、一直不断忍耐的，但已经无法再忍耐的。

少年惊讶的脸庞被恐惧冻结。

就用这样的姿势，她一口咬掉了少年的头。

很快，她又侵犯了几个勇敢的人，给所有人留下深深的咬伤，夺取了达基拉的控制权，逃出了朗高尼的暗室。

那正是“非鸟的蹂躏”当晚发生的事。

破碎的下颚

赤发少女短短呻吟一声，按住手肘朝后方飞去。尼姆琴的强大握力捏碎了她的关节。

当他横挥新月刀，回头去看落脚点的时候，少女已经跳到了他的头上。裸露而坚硬的脚掌狠狠踢在他的额头，让他眼冒金星。

少女落在面前，形成彼此拥抱的姿势，鼻子都快贴在一起了。他看见红色的嘴唇和白色的犬齿。少女伸臂把尼姆琴拉过来。尼姆琴双臂交叉护住喉咙。少女保持着站姿，把尼姆琴整个向前推，撞在如同岩石般的树皮上。尼姆琴的后背咯吱作响。

琪特萨伊一口咬上交叉的手臂，连骨带肉地咬下来。下一口就会咬掉剩下的胳膊，再下一口会咬上咽喉。终于收拾掉这个对手了，琪特萨伊想。她张开染血的口，紧紧抱住对手。她忽然发现自己的姿势正在受到冷静的观察，于是微微挪动视线，发现那不是别的，正是此刻即将被血祭的、这个年轻人的眼睛。她不明白他为什么这么冷静。至今为止，她还没见过有人手臂被咬断了还能这么从容不迫。

琪特萨伊怒火中烧，愤怒充满了她的大脑，视野里一片血红，所以琪特萨伊没有发现尼姆琴在做什么。

尼姆琴的腿不自然地动了动。

像是用脚尖画圆弧似的。

琪特萨伊终于注意到那圆弧的尽头有什么东西。这小子在用脚尖挥舞某个东西——蜘蛛丝，丝线前端绑着什么，那冷冷的光芒画出更大的圆弧，插进琪特萨伊的后背，直插入肺部深处。

肺部充满了鲜血。琪特萨伊在空气中溺水了。

尼姆琴将新月刀从敌手的背上拔下来。

这就是卡加西教给自己的。当失去一只手臂、另一只手臂又被封死时的战术。

“你小子！”琪特萨伊的表情狰狞。

尼姆琴把脚掌贴在少女腹部，用力将她踢开。时间仿佛停止了一瞬，随后又流动起来。修复程序迅速给咬伤的手臂止血。那是行军过程中分发的。

“琪特萨伊！”尼姆琴喊道。那个名字也是分发下来的。

“哎呀？我这么有名？”琪特萨伊站起来，“那可让我开心。”

虽然装作很平静，但伤势应该很重，可能放弃了半边肺部。尼姆琴把蜘蛛布成圆阵，防止少女逃走。

“别动。”

就在他想抓住少女的时候，一个大小像马的黑影从尼姆琴的视野里横穿过去。那个黑影——像马一样大的蜘蛛，掠走了琪特萨伊。

蜘蛛背上是火一般的少女，还有装饰着蓝色图案的强盗。

尼姆琴像断线的木偶一样瘫倒在地。再过半晌，手臂才能完全恢复。

话说回来，这是在哪儿？

虽然是古老的盘根，但也到处长出了新芽和嫩枝，一部分还形成了球形的灌木丛。滑落的尼姆琴抓住了一个灌木丛密集的地方，死里逃生。

环顾周围，好些 AI 倒在地上。都是攀登队的同伴。有些似乎是在雅夫雅的炸弹下骤然丧命的，修复程序都没来得及启动。

他看了看新月刀上的血痕。

失去了一只手臂的卡加西，能在那场冲击中活下来吗……肖塔克和乌戈怎么样了……

尼姆琴瘫坐在地上，迷迷糊糊地睡了一会儿。

他又梦见自己从产洞里掉下来。

那是自己被父亲抱在怀里的画面。依然不是自己的视角。

彭罗特催动捡起琪特萨伊的蜘蛛飞奔。琪特萨伊跨坐在彭罗特后面，紧贴着儿时玩伴的后背。很快又有一只同样大小的蜘蛛接近。两只蜘蛛来到了盘根圈最下面的区域，紧挨着麦原。

“感觉怎么样？”

“不好……”琪特萨伊脸色暗淡，“很不好。”

“想回你的蜘蛛吗？”

“不，现在没力气。让我继续在这里休息一会儿。”

琪特萨伊从彭罗特的蜘蛛处得到补给。受损较大的组织已经在体内销毁了，正在建立新的组织来弥补损耗，所以需要大量的补给物资。

“这么软弱，真少见。”彭罗特开玩笑地说。

“切。一点儿都不好笑。畜生，我要是能像那小子一样使用魔法般的修补程序就好了。”琪特萨伊毫无血色的脸颊上显出怒色。

“欲求不满啊……”

“……”

咬到那个年轻人手臂的时候，琪特萨伊兴奋得眼冒金星。这导致她露出了破绽。但那兴奋到底从何而来？直到现在还没平息。

为什么?

她感觉答案似乎已经很明显了。答案近在眼前,只是自己还没发现罢了。

算了。身体很快就会恢复,到那时候再慢慢想。一边宰他一边想。

"……琪特萨伊。"

"什么?你以为我没发现?别当我傻。"

有追兵。是蜘蛛,五只。保持着适当的距离。不是尼姆琴的。来自更老练的人物。

"没想到直觉很不错嘛。"彭罗特说。

"是说我吗?"

"不不,是说敌人。可能是刚才那支小队的头儿。好像抢先我们一步,在'下颚'。那些家伙不是一直跟着我们,是在监视有没有人靠近'下颚'。我们刚好经过那边,所以从那边开始被追踪了。"

"是吗?"

"他们已经到'下颚'了。会在那边埋伏我们吧。"

"达基拉……被发现了?"

"不知道,很难发现吧。"

* * *

通信恢复了。首先联系上了肖塔克,然后又联系上了卡加西。尼姆琴收到了集合所需的定位数据，前往约定的地点。

战斗的经过零零碎碎地传了过来。

他们成功攻下了“蚁巢”。在尼姆琴的小队与琪特萨伊交战期间，其他讨伐队发动了突袭，几乎彻底拔掉了“蚁巢”。他们还找到了其他地方的非战斗人员，并处理了所有人，包括孕妇和幼儿。达基拉还没找到，但范围已经缩小到相当精确的程度，所以才会有会合点的指示。

向下，向下，向下。

已经是通用树的最下层了。树根的倾斜度也变得很平缓，世界从垂直向水平转变，移动就像在山脊上徒步一样轻松。

前面应该有一座小镇的遗迹，那里曾经生活着捕鲸众。旧日的道路如今已经废弃，虽然荒芜，不过还是保持着原来的形状，可以沿着它走。

一开始会合的是卡加西和乌戈，他们在根与根交叉的陡峭山崖上等待。卡加西还是一只手，不过伤口好像差不多愈合了。乌戈连一点儿擦伤都没有，他扛着长枪，像是从敌人手中夺来的。

三个人继续往前走，途中又和肖塔克会合。

除此之外就没有人能联系上了。宝莉丝和尤里曾经出现过，但后来就没能再联系。在某个时间点后，和另一支先遣队的联系也断了。

再走半日，应该就能抵达与这支队伍会合的地方。如果是昨天以前的那种移动速度，转眼就能赶到，但战斗的消耗太大，不得不露营恢复体力。简单煮了些食物，一边吃一边交换关于今后的想法。卡加西否定了王动用铁骑部队或者巨型武装建筑蛛的可能性。铁骑部队和建筑蛛都不擅长垂直移动。看不到宏大的战斗场面，让肖塔克很遗憾。

尼姆琴虽然加入了交谈，但时常心不在焉。

琪特萨伊的身影一直在他脑海里挥之不去。一直都在。那少女想要杀掉自己时迸发出的感情和强烈欲望，让他无法抗拒。

在故乡的村庄学习的杀人课程中，当然不允许那样的感情表露。因为不经意的辐射会让暗杀者陷入危机。

琪特萨伊却不是。她什么都不隐藏。

受到她的触发，尼姆琴也被激起强烈的感情。

少女的手臂困住了尼姆琴。

尼姆琴把刀插进了少女的背心。

那一刹那的拥抱不容置疑。他想。

即使在大家都睡着以后，尼姆琴的眼睛依旧睁着。那是危险的征兆，他警告自己。难道，你喜欢上琪特萨伊了？

第二天开始移动后不久，周围的景象变得截然不同。

坚硬的盘根上，就像是被剥掉了一大片树皮似的，失去了很大一块面积。取而代之的是脏兮兮的珍珠色组织，它们一直长到原来的高度，但那质地和通用树并不相同。那不是再生，反而有种得了皮肤病的印象。

那是“非鸟的蹂躏”的痕迹。

“‘鸟’竟然还来过这种地方。”

肖塔克慢悠悠地说到这里时，乌戈突然滔滔不绝地说了起来："不是，正好相反。'非鸟' 一开始出现的地方，就是捕鲸众的小镇。就在这附近。

"你们不知道吧？没人知道 '鸟' 是怎么经过这个区界的，怎么进来、怎么离开的。那么大的灾难，没有准确的记录，没有被语言化。'非鸟' 到底是什么？"

乌戈突然问肖塔克。肖塔克张口结舌。

"你问、问什么？吓我一跳。"

是的，谁都无法用语言说明。

只要说到 "非鸟" "鸟"，就不需要麻烦的说明，也不需要去想它到底是什么。尼姆琴意识到人们有着这样的默契。

他觉得眼前一亮。没错——

"非鸟" 是从某处来的。

"非鸟" 后来又去了某处。

从哪里来的？

其他区界。

虚拟度假区数值海岸有许多区界。这个巨大而复杂的通用树区界也只是其中的一个而已。

一行人抬头望向前方。

那里耸立着某个东西。

会合的标记清晰地出现在前方远处，那比任何纪念碑都要巨大。在这个区界里，那是仅次于 "通用树" 的巨物。

麦鲸的头骨。

一头成年麦鲸像是遇难船只一样撞到了通用树的树根，就在那里化为白骨。据说麦鲸的寿命比通用树还长。它的死当然是“非鸟”的手笔。麦鲸遭到“非鸟”的侵袭，在濒死的状态下挣扎游泳，最终在那里死去。

“听好了——”乌戈用枪指了指背后，也就是通用树的方向，“看。”

一行人转回头，顿时目瞪口呆。

在这个位置，之前下降的垂直断崖和相连的树枝世界一览无遗。

那雄浑的景色被腐蚀了多处。

“非鸟”移动的轨迹化作通用树的患部保留下来。如果仅此而已，那都是非常熟悉的景象。

但是——

原本以为，无论是出现的地点还是移动的轨迹，从那痕迹看来都没有任何规律性。但从这个地方看去，明显并非如此。如同熔岩台地般的黑色树皮荒野上散布的患处，就像是巨人在这里挥舞油漆刷时抖落的飞沫。

显然，“鸟”以这里为起点，呈放射状地飞向通用树。

从这里——

“非鸟”从这里“登陆”。

枪尖换了个方向。

一行人的脸随着枪尖转向前方。

近在咫尺的白色山崖。

骷髅头。

深陷的眼窝，像是什么东西穿过的痕迹。

麦鲸不是与其他区界往返的唯一存在么？

眼窝深处、骨头的缝隙间有个小小的密室，琪特萨伊躲在里面。她在这里准备伏击。她窃听着讨伐队之间交换的情报，知道幸存的讨伐队和后续部队正朝这里前进。

达基拉确实潜伏在这具麦鲸的尸体中。

虽然很麻烦，但既然受到达基拉控制，那就有义务保护它。而且等在这里的话，那个年轻的、名叫尼姆琴的小子迟早会送上门来的吧。简直等不及了。

等得实在不耐烦，琪特萨伊坐下来，一条腿用力跺了几下。脚下的血泊啪啪作响。

宝莉丝和尤里躺在地上，他们比琪特萨伊和彭罗特到得还早。确实很难对付。虽然肯定没有那个尼姆琴厉害。

快点儿来吧，尼姆琴……

让我们再拥抱一次……

“能等到现在，真是不像你。伏击不是你的作风。”彭罗特说，“早点儿出击不好吗？”

“我在升华情感。”

彭罗特很罕见地大笑起来：“难怪。别说这么俗气的话了，好好享受吧。不过，也是时候觉醒了，朗高尼……蜘蛛之王。”

“是吗？”

“自从‘非鸟的蹂躏’之后，到现在整整十年间，王都没有出过暗室。不过这一次实在厉害，整个区界的蜘蛛都被征用了，可以说是连根拔起。真的很久没见了，王的显现。”

彭罗特双手交叉，伸出手指。每当战斗迫近时，他就有这种习惯。

“……唔。”琪特萨伊想了想，反问道，“你是说，把蜘蛛彻底征用了？”

“……是啊。”

琪特萨伊拍着膝盖笑了起来：“没想到朗高尼会那么蠢。好，这下我可有干劲儿了！彭罗特，耳朵凑过来。”

琪特萨伊在彭罗特耳边低语。彭罗特的脸色先是变白，然后慢慢涨红。

“你……是魔鬼啊，不愧是火焰之子。”

“快去吧。准备工作可不简单。”

琪特萨伊又看了看外面的情况。这种欲望属于那个钉在达基拉内部的女人。那个女人的欲望，通过我来呈现。

不过，即使如此，我也并不认为这不是我的意志，并不认为这不是我的欲望。不然也太天真了。我想强奸尼姆琴、杀死尼姆琴、怀上尼姆琴的孩子。那确实是我的欲望。

也许那个女人自己都没有意识到，那是对这个区界的欲望。

不是借来的，是抢来的。

好想见到你啊，尼姆琴。

快点儿来吧，我的——

琪特萨伊的脚又在变冷的血泊上踩了几下。

在区界各处巡逻的蜘蛛，出现了异常的动作。

这几年来，蜘蛛的主要任务是谍报活动和维护通用树的健康。面向访客的观光信息，收集再多也没有用。它们收集通用树逐渐朽坏的受害情况，将数据发送给大学的树医。处方发回来后，蜘蛛们又会亲自执行。这种不起眼的活动勉强维持住了区界的命脉，设法避免了大规模的饥荒和疫病，防止了树枝世界的致命性崩溃。那些蜘蛛一齐偏离了负责的巡逻路线。向下、向下、向盘根圈、向麦鲸的白骨搁浅的地方，以最快的速度下降。其中有些沿着树干爬行，但绝大部分都是背起丝线编织的减速帆滑翔下来。一边滑翔，一边开始武装。虽然变化而成的个体外形各不相同，但讽刺的是，从某种意义上说，这支蜘蛛大军有些类似“非鸟”。

这是朗高尼拥有的最强大的歼灭部队，比铁骑队和武装建筑蛛的队伍更加强大。

歪了……

伪造的意识缓缓闪烁，感觉到自己的身体正在倾斜。十字架似乎断了，歪得很厉害。

我是容器。

装满了柔软、洁白、有机的东西，就像温暖的酸奶。现在它歪了，于是里面的东西慢慢流了出来。

扩散开来。

沿着倾斜的方向流动，不，流淌过去。

向哪里？

对了，想起来了。是我想过去。从被钉的十字架上流淌出来，去往新的地方。

这里，这个新的地方，非常令人兴奋。在麦鲸内部找到这里的时候，就想浸透这里。不，是非常想吞容这里。触及这里的时候，我感到欢愉，就像是接触我七岁的孩子——朗高尼时的感觉。这里沉睡着无数尚未开拓的东西。

无穷无尽。

我想触摸区界。想撕咬、想吸啜、想含在嘴里慢慢咽下去。如果咽下去的东西能在肚子里孕育出新的生命，那是多么美妙啊。

“走吧，尤里他们好像还没来。”

卡加西刻意用了一种轻描淡写的语气。乌戈的枪尖带有一丝紧张。尼姆琴知道自己可以随时启动腰间的蜘蛛。会从哪里来？每个人都意识到这个会合点不可能没有埋伏。全神贯注。从上一次的战斗中可知，那个赤发的少女喜欢突袭。

四个人若无其事地散开，表面看起来像是在闲逛。他们抬头仰望巨大的麦鲸头部。

麦鲸撞到盘根时的冲击，让头骨的下颚裂开了。四个人走上岩壁崩塌般的碎骨堆。还用不到蜘蛛。巨石杂乱地堆积在一起，很适合突袭。任何时刻发生突袭都不奇怪。

几块小骨头滚落下来，发出咔嗒咔嗒的声音。

那上面站着一个瘦小的女孩。

她双手下垂，没拿任何东西。

赤裸的双脚，有一只是红色的。那不是图案，而是快要变色的血红。

“不搞突袭了？”

“嗯，没必要。正面交手，干掉你们就行了……你们的头儿也是这么收拾掉的。”

卡加西说：“在这里吗？从王庭逃出来的蜘蛛。”

“达基拉吗？当然。”

“那么王的——”卡加西微微一顿，随后继续往下说。现在没有宝莉丝他们，只能由卡加西来说，“王的父亲也在这里？”

“哦呵呵，这话官腔很足啊。你以为自己是警察吗？”

“回答我。”

“如果你说的是人类的仿制品，那当然在。”

“交给我。”

“它没那么小，装不进口袋里。”琪特萨伊挡在卡加西他们面前，“姐姐，你扛不住的，赶快回去吧。”

独臂的卡加西站在琪特萨伊面前，个头更高的她俯视琪特萨伊：“交出来。”

琪特萨伊伸出一只手，与此同时卡加西也挥起了新月刀。刀劈空了，只砍掉赤发的发梢。但是趁这个机会，肖塔克绕到了琪特萨伊背后。按照预先的计划，他在背后用蜘蛛丝缠住了琪特萨伊的脖子。卡加西猛然逼近，手臂缠住了琪特萨伊的一只手。

琪特萨伊那只被缠住的手臂完全无法活动，她很生气，用另一只手摸索背后，想抓住肖塔克的头。

“哟吼吼。”悠然自得的声音。手腕被摘掉了，像是拇指的指甲被撬开似的感觉。有什么东西连接上去。乱七八糟的字符串飞速涌入。信息麻醉。她本能地用肩膀阻止，于是双臂都无法动弹了。

“快走！”卡加西怒喝。

尼姆琴和乌戈轻盈越过琪特萨伊的头顶。琪特萨伊恨得大叫。她知道自己掉进了陷阱。畜生，放开我，我要杀了他！她咬牙切齿，捶胸顿足。

“好了好了，陪我们玩一会儿。”

琪特萨伊绝望地仰头看天。

她看见无数蜘蛛下落，盛开着减速帆之花。

“尼姆琴——有没有——觉得——有点儿热——？”乌戈的声音忽远忽近。

“是啊。”

在乌戈听来，自己的声音也像是在荡秋千吧，尼姆琴想。两个人此刻正借助蜘蛛丝，在麦鲸白骨化的体内下降。在树枝状交错的骨头缝隙间穿行下降，和在通用树上移动一样简单。两个人轻轻松松走下坚固的骨头楼梯。

麦鲸的尸体保持着脊椎几乎垂直的姿势，所以两个人是在朝麦鲸的尾部移动。现在刚刚穿过咽喉（如同一片巨大的珍珠质瀑布）。如果能从这里看到麦鲸外面，会不会已经在麦原里、也就是是"地下"了？不知道。

"为什么……温度……这么高？这下面……应该……有东西吧……"

"乌戈……？"尼姆琴喊。

"嗯。"回应的声音。

"乌戈，你是——从哪里来的？"

"……"

"从外面吧？你知道'非鸟'。你来自这个区界之外，是吧？"

虽然头部已经完全化成了白骨，但在这里，除了骨头，还留下了完整的皮和肉的部分。没有外界的光线，两个人散开蜘蛛，打出探照的光芒。

"你来这里……做什么？"

滑过咽喉，下面是玻璃纤维状蓬松的纤维广场，非常辽阔。他们在一个角落里发现大大的腐蚀孔，相信达基拉曾经从那里穿过。钻出孔，来到胸部，肋骨结构分成好几层，像是白色的森林。如果有一种森林只有上下左右伸展的枝条，那就是这里吧。

"我是来找……的。"

"找东西？还是找人？"

乌戈又沉默了。两个人默默地从白色森林继续往下走。过了一会儿，乌戈像是想起什么似的，开口回答。

“王……我是来找朗高尼的。我想见他，无论如何都要见到他。”

“见到了吗？”

“他——不在大学里。”

“不在？”

“也不在暗室……所以我改变了方针。”

尼姆琴大吃一惊。不在？无与伦比的朗高尼，竟然不在？这十年来，他确实因为生病，一直没有出现在公开场合。据说他一直把自己关在暗室里，但是没人想到他不在。最重要的是，不是他发布了这项讨伐令，派出大批武装蜘蛛，奔赴战场的吗？

“你来找他——？”

“嗯。”

“但你为什么在这支队伍里？”

“喂——”乌戈的语气变了，像是要换个话题，“……明白吗？”

“……”尼姆琴点点头，调低了探照灯的亮度。这就很清楚了。透过错综复杂的骨头枝杈，对面亮了起来。有某种光源。

两个人加快了速度。温度和湿度更高了，还有一股浓烈的气味。鲜活的，令人想起血液、唾液和肛门的气味。在这个死去的麦鲸遗址中，这气味非常突兀。随后他们的去路被挡住了，密密麻麻的骨枝编成了墙壁。乌戈举枪一击，刺穿了愈合的巨大骨瘤。他们穿过缝隙，眼前是一个巨大的空洞。

“……！”

呛人的气味和温度、湿度。他们都没意识到，这里是潮湿的、巨大的鲸鱼子宫。全长百米。

还活着。

在这个区界里，麦鲸是唯一并非来源于通用树的生物。它是胎生的。

这头白骨化的麦鲸已经怀孕了。即使是胎儿，也无法避免“鸟”导致的变质。况且从那时起，至今已过了十年。不过，眼前这个乳白色的子宫温暖而湿润，明显充满了生物的质感。

凝目细看，无数蜘蛛在巨大的子宫周围活动。都是和AI差不多大小的蜘蛛。数以千计的蜘蛛，都是被称为“工兵”的种类。它们将周围无穷无尽的材料——母鲸的尸体组织细细粉碎，恢复成属性初始化的简单材料，提供给子宫。但这不可能是麦鲸的自然生理，是有人在指挥工兵。

“这是——”乌戈呻吟，“是麦鲸的孩子，还是……达基拉？”

没人知道潜伏的达基拉做了什么，但这幅景象不可能和它毫无关系。看到胎儿的残骸就能明白，达基拉显然是在它的结构——或者是包容那个结构的什么东西——基础上制作什么。

“这里面发生了什么？”尼姆琴咽了一口唾沫，“在培育什么？”

“那个……可能——”

就在这时，传来一声巨响。伴随着爆炸声，内部空间的顶盖破开了。是尼姆琴他们来时的方向。

“太厉害了！”乌戈叹息道。

大群武装蜘蛛突破母鲸的外皮冲了进来。这些蜘蛛的外形各不相同，每二十只聚集在一起，肢体相连，形成飘浮的球状群体。

球面像是削开的苹果皮一样旋转展开，蜘蛛们转入单独行动。装备的火器喷出火焰，在子宫的柔软表面钻出深洞。洞里开始漏出大量体液。这是有指挥的攻击，但没有丝毫王的气息。

“走吧，别被卷进去。”乌戈的手搭在尼姆琴的肩膀上。

两个人望向大群蜘蛛冲进来的方向，准备离开。

赤色头发的少女在外皮的破口边缘朝下看。一只手上挂着卡加西的新月刀。手肘都红透了，像是泡在血里似的。

“确实很难对付……对了，告诉你们一个好消息，”琪特萨伊的眼睛湿润了，被感情打动的眼睛，“我的同伙刚才放了火，烧了麦原。这个区界完了。”

连尼姆琴都知道，枯萎的麦原是区界最大的风险。一旦发生火灾，通用树就撑不住了。当然也有消防的预案，但……那是蜘蛛的任务。现在所有蜘蛛都被调来讨伐达基拉，都在这个洞里。

乌戈举起长枪。琪特萨伊在高处看着他。

“嗯？你……不是蜘蛛众吧？甚至不是这个区界的AI。我刚才没注意，你来这种地方干什么？是来守护吗？还是来征召的？”

琪特萨伊从洞口边缘纵身跳了下来，擦着枪尖落在地上。

“真不错啊，有这么多保镖。”她笑嘻嘻地对尼姆琴说。

“……”

“啊哈哈哈，你还没明白吗？喂，也该醒了吧？”琪特萨伊一把揪住尼姆琴的脸，“想想你自己的名字啊，不对不对，想想你自己制造了什么。把你脑袋咬下来的家伙，喏，不就在那儿吗？”

尼姆琴被她的手指揪着，朝下面看去。

撕开的子宫垂了下来。里面是如同蚕茧一般的白色东西——表面覆盖着细微的凹凸，还在蠢动。乌戈的表情抽搐了一下。那些看起来像是凹凸的地方，是人的手脚、口鼻、乳房、小腹，以及无数的口。

这是一个以女人的身体为基础，将其中可以汲取的一切形质都彻底诱发出来，使之分支的庞大集合。在武装蜘蛛的炮击下还在不断重生，每次都会增加分支。那是四肢的无政府状态，是“父亲”彻底变异的模样。

“仔细看看，那是你制造出来的怪物。”

几百只眼睛认出了尼姆琴，一齐急促地眨动起来。每只眼睛下面都有柔软的隆起。看起来很眼熟。

无数手指如同草原一样起伏不停，指着尼姆琴。他记得那手指爱抚头发的触感。几十具躯体都在扭动，希望尼姆琴的手给自己做美容按摩。

嘴巴张开着。

成千上万的齿列在眼前如同花园般绽放。

成千上万的无声一齐低语。

朗高尼……

向着尼姆琴。

达基拉的逃跑与“非鸟的蹂躏”同时发生，是偶然吗？

至少在那一夜，仿造出来的父亲毫无疑问展示出异常的力量。朗高尼很谨慎。虽然是仿造的，但他并没有轻视人类不可捉摸的力量。他并不知道父亲的——比如从那静止的嘴唇中可以窥见的迷恋，背后隐藏着多大的破坏力和渗透力。所以他总是对父亲施加超过一定数量的信息麻醉，让父亲沉浸在微睡中。

他打算这样慢慢解构和研究人类的本质。

朗高尼非常喜欢父亲，也可以说很爱父亲。

当得到白纸AI这个赠礼的时候，朗高尼在父亲身上感受到无边的恶意。那不是对朗高尼的恶意，也不像是对这个区界的恶意。那是不同的、但又确凿无误的恶意。

父亲想要彻底破坏某种巨大的、包含父亲自己在内的东西……他感觉到一个恶毒的阴谋，就像是把重武器或者炸弹交给幼儿。那恶意让年幼的朗高尼战栗不已。就像交给自己一个不同寻常的东西，毁灭世界的种子。

那让他很开心（尽管他很关心这个区界……也正因为很关心这个区界），因为那是父亲爱他的方式。

朗高尼想，自己正是从那时候开始，真正爱上父亲的。所以只有用父亲爱他的方式去回报爱。他禁锢了父亲，试验各种诱发，尝试插入父亲内部。即使这样会摧毁父亲。

然后有一天，父亲从十字架上逃走了。本应该稳定住她的，但还是低估了危险。真正的父亲通过嘴唇的静止实施严格的控制。控制本来的欲望。想要啃噬世界的欲望。撕咬、嚼碎的欲望。微睡让那欲望显像了。

一开始，当一个自己的头被咬掉以后，朗高尼迅速脱离了达基拉。他回到暗室，随即惊呆了。

那里画了图案。牙齿的图案。那图案撕咬着朗高尼。无论如何修复，都无法摆脱这个打印在人格边界的牙齿。朗高尼在暗室的地板上翻滚，被他曾经无比渴望看到的父亲嘴里的东西包裹。被痛苦，以及用力撕咬自己的快感玩弄。

朗高尼终于放弃了重建身体，但他必须统治这个区界。

朗高尼首先封锁了暗室，宣布自己患了重病，禁止入内，并定期发布施政指示。接着，他着手保护自己的能力和个性。朗高尼可以随时访问蜘蛛的网络。他将能力和个性传送到监控整个区界的那个网络上，这样便可以继续施政和研究。朗高尼决定反过来享受这个环境。在一段时间内，作为没有固定形体的存在，把整个区界都纳入自己内部，这说不定也不错。与此同时，通用树区界正在因为“非鸟”而遭受着空前的损害，但朗高尼认为，这恰好也是一个机会。遍布整个区界的感觉，刚好看到了一个被“非鸟”杀死的五岁孩童。那是暗杀之村。于是他决定，将自己的极小一部分注入，重构那个孩童，作为将来某一天牙齿的图案无效化时，自己复归的抓手。

那就是尼姆琴。

而掌握着朗高尼所有信息的蜘蛛们，也都集结在这里。

在尼姆琴这个完好无损的境界内部，朗高尼正在高速复原。

“为什么放火？”乌戈举着枪问，“想要趁火逃跑？”

“是又怎么样？”

跟在琪特萨伊后面的另一个身影，从洞口边缘跳了下来。蓝色的男人。两只一模一样的蜘蛛紧随其后。

“火烧到麦鲸身上了，”男人说，“马上这里也要烧光了。”

“好了好了，”琪特萨伊拍了拍手，“差不多该到大结局了吧。你这位伟大区界的王啊，现在才终于意识到自己是王。一无所有、手无寸铁、胆战心惊的全能之王。”

她握住新月刀，赤裸的双脚如同舞蹈般缓缓踏出。

“太期待了。期待像这样再见到你。”

“父亲……”朗高尼呼唤比自己更年轻的少女。没有称手的武器。蜘蛛也很温顺。

“你是什么样的女人？……在物理世界，你的日常生活是什么样子？”

彭罗特挡住了乌戈的枪，像是要让琪特萨伊和朗高尼单独对决。

“你在什么样的办公室里工作？

“怎么上下班？

“在哪里吃午餐？

“化什么样的妆？

“读什么杂志？”

琪特萨伊的视线恍惚了一下。这个少女当然没有那部分的记忆。但是，给自己赋予残酷性格的访客，原本显然就过着那样的日子。这让琪特萨伊的思绪有些飘移。

朗高尼继续说道：“我想肯定是个普通人。肯定是个很了解自己的人。知道自己心中有着无法控制的部分，非常害怕，所以封住了自己的唇。但又是个很有能力的人，所以不小心造出了达基拉……送给了我。”

一块烧塌的麦鲸碎片，洒着火粉从顶盖的破洞上跌落。琪特萨伊迅速拉近和朗高尼的距离。新月刀横切过火粉，像是被朗高尼的耳朵吸引一样，直刺过去。

琪特萨伊的脸色变了。

就在即将触到耳朵的时候，刀尖停住了。卡在空中了。

同时，她伸出去的手臂，也在目标地点前方被挡住了。两次、三次。即使指尖碎了，琪特萨伊依然盯着朗高尼的眼睛，把手往前伸。所有手指折断以后，她用刀砍掉了手腕。迁怒。

“残虐的图案……父亲，你必须自己给自己刻下这样的图案吗？不这么做就无法杀人，对吧？你太善良了。”

没有比这更大的侮辱。

“闭嘴！”

“但是，这样不好吗？承认不好吗？不这么做不好吗？”朗高尼的双臂圈到琪特萨伊背后。

朗高尼短短地吻了一下琪特萨伊。火粉在两个人的头发和肩膀上燃烧。

琪特萨伊发现自己完全失去了身体的自由。这是自己获得图案以来的第一次。不能咬，不能挖，不能撕扯，不能渗透。与世界隔离的感觉。我明明这么深爱朗高尼。被他抱着，却连一根手指都无法触摸。

风神般的少女眨了眨眼睛，尖尖的鼻子向上翘起。琪特萨伊咬牙忍住泪水。

“再见了，父亲。”

于是，朗高尼作为所有蜘蛛的领袖和王，向眼前蠢蠢欲动的工兵下令。逆转进程。

最高优先级的命令插入进来，工兵蜘蛛一齐违背了达基拉的控制，开始拆解父亲的材料，执行属性的初始化。

父亲的轮廓模糊起来。剥离的微小对象如同尘埃般飞舞。父亲眼见着消瘦下去。全身被活生生剐去。成千上万张嘴露出白色的牙齿，无声地尖叫起来。

琪特萨伊的头发倒竖，宛如即将消失的火焰重新燃起。沸腾的怒气从全身辐射开来。

“还早，还早。”

朗高尼松开了怀抱，像是怜悯少女似的。解开束缚的身体即将崩溃，只靠愤怒支撑着。

“彭罗特！”琪特萨伊喊道，“快走，这里有我！”

彭罗特飞快地动了。他折断乌戈的枪，纵身跳到下方蜘蛛、工兵和父亲交织的危险之中。和两只蜘蛛一起。

“不好！”朗高尼叫道，“那个——那个蜘蛛是达基拉！两只组成了达基拉！”

正如朗高尼所说，两只蜘蛛一边下落，一边重合为一体，随即和骑手一同，被吞入蠕动的手指和绽放的齿花中。

乌戈愤怒地抛出长枪。

琪特萨伊举起新月刀，盯着朗高尼。

“你要去吗？”朗高尼问少女。

“嗯。”

新的火粉带着轰响掉了下来。那是火葬通用树与麦鲸的火。

“你偷了麦鲸的结构——能在区界中穿行的结构？”

“你什么都不懂，”琪特萨伊惊讶地摇了摇头，“你这个手无寸铁的王，行吧，我已经对你没兴趣了。你可能以为你现在正在破坏自己制造的假货，但是你看好了——”

眼前的父亲突然放弃了一切抵抗。不管是蜘蛛的炮击，还是蜘蛛的解体，全都不再反抗。父亲燃烧起来，被一层层削掉，变得越来越瘦小。

“达基拉来到这里的时候，麦鲸之子还没有完全死掉。”琪特萨伊抚摸着纤细的小腹，“不过放任不管就会死掉，所以达基拉和麦鲸做了一笔交易。”

“……”

“达基拉是这么说的……我让你再怀孕一次。把你的信息注入白纸 AI 里，真正赋予你生命。条件是，在这之后，带我离开这个区界。”

父亲的身体纷纷剥落。

那不是死亡的景象。是撕开羊膜、丢弃胎盘、走向生命的过程。

“朗高尼，你现在是在帮助我们分娩。看好，麦鲸就要生了！”

果不其然。

蓝黑色的脊背上湿漉漉地亮起来，手指、牙齿、眼睛、手臂和腿的丛林裂开了。

全长三十米。

虽然很不成熟、非常虚弱，但毫无疑问是麦鲸。经历了“鸟”带来的灾难和存续，现在终于诞生了。

父亲，是那个女性怀孕、在这个虚拟世界生下的孩子。

……对了

总有一天，总会有人

会看上你的头发，把你的设计盗用给自己的孩子

真有意思

来回穿梭

仿佛又听到了那样的声音。

声音的主人完全不知道自己的影子被偷了，她大概现在依然在物理世界里过着日常生活吧。她不可能知道自己的影子正在虚拟世界里大肆屠杀，还生下了孩子。

麦鲸像是飘浮般在空中游动。火焰已经烧到了这个空洞的外壁。麦鲸之子像是挑选了火势最激烈的地方游过去。

忽然回过神来，琪特萨伊眼中满是泪水。

“朗高尼，”乌戈抓住朗高尼的肩膀，“走吧。”

幼鲸撞上了外壁。被火焰烧脆的外壁裂开大口，随即破成碎片，就像是撞开燃烧的浮冰前行的鲸鱼。达基拉和蓝色图案的男人都在那里面。父亲的一部分肯定也在吧。

然后幼鲸游了出去。

慢悠悠地，摇摇晃晃地。刚刚出生的鲸鱼。

“这里已经撑不住了。”

“是啊。”

朗高尼召集蜘蛛。它们在朗高尼和乌戈的附近慢慢盘旋，缩小间隔，逐渐形成球壳。工兵们紧紧卡在那个球壳的缝隙间。

“我说，跟我走吗？”乌戈说，“不会无聊的。”

“你在外面的工作和‘非鸟’有关？”

“嗯……不过不叫那个名字。”

“追踪‘非鸟’？”

“……那很危险。对哪个区界都是。”

“要对抗‘非鸟’？”

“是啊。”

“邀请我加入？”

“没错。”

“太鲁莽了吧？我也没有对抗那东西的手段。”

“谁都没有。但这是——”乌戈说出的名字，数值海岸的每个 AI 都知道，“——的意志。”

“是吗——”

朗高尼朝琪特萨伊伸出手:“一起来吗?”

乌戈在旁边瞪大了眼睛。

“对不起,”她耸耸肩,细细的锁骨非常少女,“嘿,你觉得现在上面怎么样了?”

数百的主干、连绵的桥枝,在阿弥陀佛签的世界中生活的无数 AI。

“我把你珍视的世界一把火烧掉了。”琪特萨伊露出犬齿。放火是强盗的惯用伎俩。她烧了整个区界。作为杀戮之子的最后一项工作,这无可挑剔,“如果不去亲眼看看,那不是很没意思吗?”

朗高尼沉默了一会儿,然后说:“那,你就为我好好看看吧。”

“再见了,我的小崽子。好好干啊。”

琪特萨伊在烧得摇摇欲坠的空洞内壁上跳跃,高高地跑上去,随即那苛烈的图案也被火焰吞入,浑然一体,无法区分了。

乌戈喃喃自语:“她……不想出去啊。她喜欢这里。”

“我说,这些小子可以带走吗?”朗高尼指了指蜘蛛球壳,脸上的表情仿佛完全忘记了琪特萨伊。

“求之不得。不过……”乌戈忽然想到了什么,“你没有留恋吗?没有牵挂吗?你是这个区界的‘王’——”

“啊,怎么说呢,有当然有,不过,”朗高尼朝球壳露出微笑,“这些是信息收集机器人。这个球壳里填满了信息,足以原封不动地重现通用树区界。”

乌戈感叹地出了一口气。此刻在火焰包围中被烧死的AI们,这位王根本不在乎。

随后他想，也许，我正在把更危险的东西带出去，比强盗，不，比那个“非鸟”更危险。

“你知道通用植物吗？”朗高尼问。

乌戈不知道。

“我在达基拉的图书馆里读过。以前物理世界很流行。配有诱发组件，可以让一株植物长出各种花和叶子。马赛克状的。就是这么小的盆，”朗高尼用双手做出花盆的形状，“就算是单人住的小房间，也可以不占地方，享受园艺的乐趣。玩具植物——我说乌戈，这个区界就是在模仿那东西。只是个玩笑。”

两个人下意识地抬头往上看。

没人知道物理世界在哪个方向，也没人知道访客们在想什么。这里已经被抛弃了一百七十年。即使如此——

人类依然还在。直至此刻，数值海岸依然被他们的痕迹翻弄着。

朗高尼想到了火焰的图案。

想到了如同草花般颤抖的手指和牙齿。

想到了幼鲸的脊背。

想到了残留在无数区界中的、访客们数不胜数的指纹、齿痕、足迹。

朗高尼伴着乌戈，走向球壳的开口处。

蜘蛛们行动起来，遮住王的背影。

后　记

本书是“废园天使”系列的第二部，也是本系列的第一本中篇集。《夏日的玻璃体》和《蜘蛛之王》的故事发生在虚拟度假区“数值海岸”内部，《瘢襞少女》和《衣柜》的故事发生在现实世界——物理世界。《魔述师》横跨两方。

《夏日的玻璃体》是在《废园天使 I 悠长假日》出版时以外传形式发表的，描写了“夏之区界”平静的一天。也许是因为刚刚推敲过长篇，一转眼就写完了。很羡慕当时的自己。

关于《瘢襞少女》，《废园天使 I 悠长假日》中有一个限制，不能写任何科幻设定。开始写这篇的时候本打算补充这一部分，但写完的时候，我惊讶地发现里面冒出了一个意想不到的怪物，从某个女性的视角描写了“数值海岸”的核心技术之一是如何开发出来的。这也许是笔者至今为止的最高杰作。虽然篇幅很短，但还是将之用作全书的标题。

《衣柜》是《瘢襞少女》的续篇。收录的时候推敲了一番，但还是不太顺畅。这种不适感肯定很重要，也许想表露出作者自身也无法控制的某种本质性的东西。可能在系列完结时会理解其真正价值。

“大断绝”是本系列最重要的事件。《魔述师》阐述了它是如何发生的。这篇是专为本书而写的。通过以上三篇作品，总算确定了大约三分之一的科幻设定。路还很长……

《蜘蛛之王》紧跟在《夏日的玻璃体》之后发表，讲述了彻底摧毁了“夏之区界”的朗高尼的过去。在笔者的作品中，再没有其他故事的发展能够如此华丽。不过，本系列的第二部长篇《空之园丁》可能更华丽。

《魔述师》的初稿完成于九月下旬，之后发生了令人难忘的事件。笔者买来四个月的电脑，硬盘损坏了。啊，损坏原来是如此安静的过程（嘘——）……所以这篇是用圆珠笔写在打印纸上的。

话说回来，硬盘中的数据怎样了呢？它们不可能知道自己迟早会被废弃吧。垃圾邮件的碎片、没价值的网络书签、下一部作品大约三百页篇幅的草稿，都静悄悄地躺在里面吧。笔者再也见不到那些数据了。

这样想来，此时此刻，世界各地正在发生无数的“小断绝”啊。

谨以此书，献给安静的硬盘们。